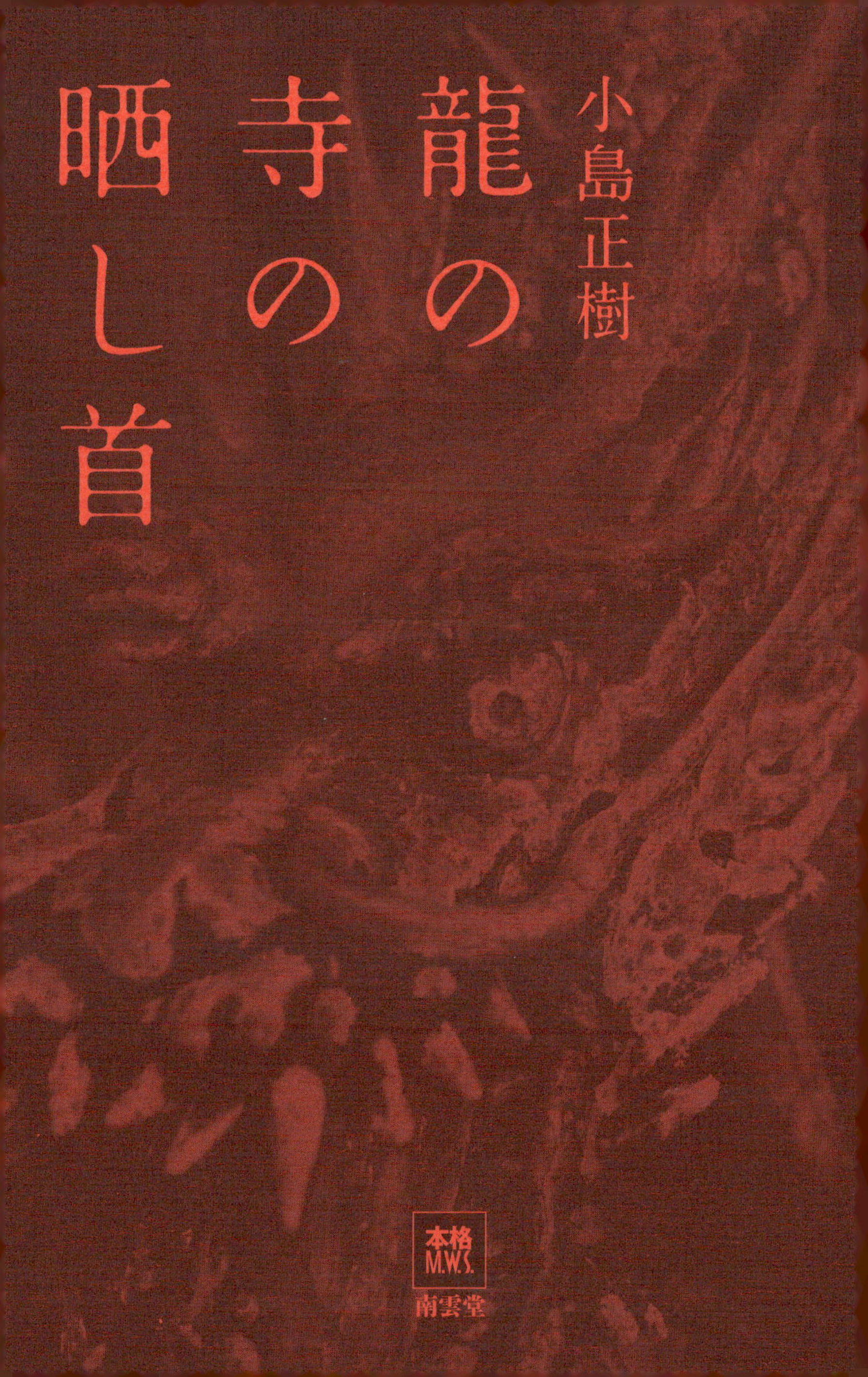

龍の寺の晒し首

小島正樹

本格M.W.S.
南雲堂

龍の寺の晒し首

装幀　岡　孝治
写真　中村一平

目次

神月家見取り図

※ ═══ はふすまを表しています。

龍跪院俯瞰図

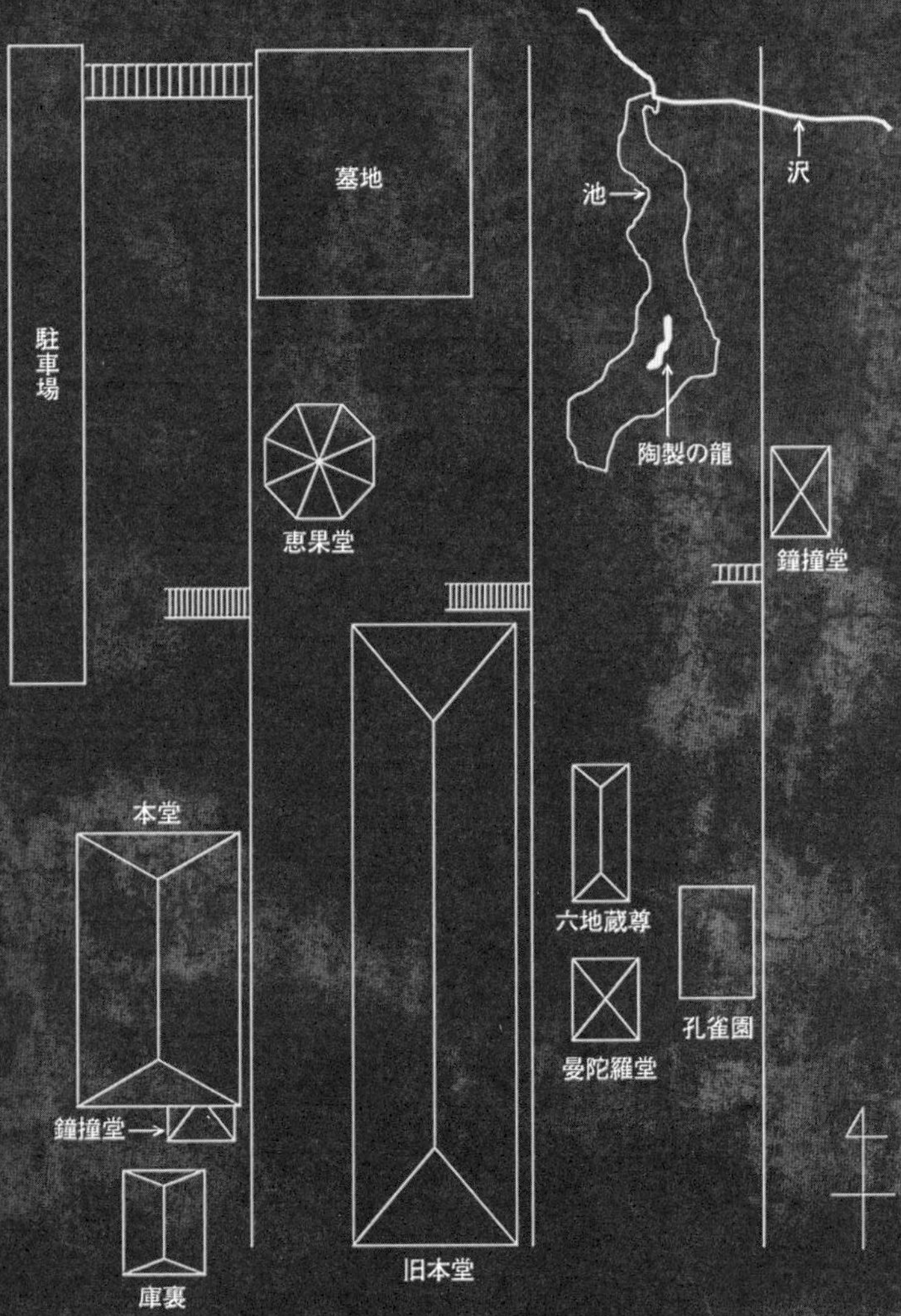

主要登場人物一覧

神月英市（こうづきえいいち）……神月家の十七代目当主。五十四歳。
神月初江（こうづきはつえ）……英市の妻。五十三歳。
神月一乃（こうづきいちの）……初江の母。八十二歳。
神月彩（こうづきあや）……英市と初江の娘。二十七歳。
神月唯（こうづきゆい）……同。二十五歳。
山崎敬雲（やまざきけいうん）……馬首寺住職。六十七歳。
山崎美雨（やまざきみう）……敬雲の娘。双子の長女。二十七歳。
山崎風音（やまざきかざね）……同。双子の次女。二十七歳。
今井瑠璃子（いまいるりこ）……彩の友人。二十七歳。
西条みさき（さいじょうみさき）……同。二十七歳。
朝河弓子（あさかわゆみこ）……同。二十七歳。
坪内清範（つぼうちせいはん）……龍跪院住職。四十六歳。

有浦良治（ありうらりょうじ）……群馬県沼田署の刑事。四十七歳。
森住継武（もりずみつぐたけ）……群馬県警本部の刑事。四十二歳。
浜中康平（はまなかこうへい）……同。二十六歳。
石田真吉（いしだしんきち）……首ノ原の駐在所巡査長。五十三歳。
海老原浩一（えびはらこういち）……神月唯の友人。あるいは名探偵。

龍の寺の晒し首

プロローグ

十一月二日。部活を終えた私は用事があるという彩たちを残し、一人で帰ることになりました。小さな校舎を出ると陽はすでに山の向こうに隠れ、薄闇が広がり始めています。

私たちのかよう首ノ原《くびのはら》中学校は、県道からそれた道を少し上ったところにあり、山間の集落には貴重な平地でしたから、まわりを田んぼに囲まれています。近くには家の明かりも街灯もありません。一人での帰宅は怖く、私は足早に歩き始めました。

少し行きますと、ふいに声をかけられました。振り返れば彩が立っています。にこにこ笑っています。用があると言っていたのにおかしいなと思いましたが、友人の姿に私はほっとしました。

彩と呼びかけ、私は彼女に歩み寄ろうとしました。急に目が見えなくなったのはその時で、隠れていた誰かが大きな布で、私に目隠しをしたのです。

「肝試ししよう。ね？」

彩が言います。目隠しを取ろうとしていた私は、ぴたりと手を止めました。彩には逆らえないのです。

「楽しいわよ」

耳元で瑠璃子が囁《ささや》きます。目隠しをしたのは彼女だったのです。仕方なく私がうなずくと、瑠璃子はくつくつ笑いながら、ぎゅっと目隠しを締めました。そして瑠璃子は私の右手を握り、ほとんど同時に別の誰かが、さっと私の左手を取りました。知らず口から悲鳴がもれます。彩は少し先に立っているはずなので、もう一人、誰かが隠れていたのです。

「さあ行こう。ねっ」

私の悲鳴を聞き、愉快そうに笑いながら彩が言います。その言葉を合図に、左右の二人が歩き始めます。両手を取られ、目隠しをされ、胸の中に不安を抱え、私もそろりと踏み出しました。よたよたとした私の姿がおかしいのでしょう。ふふふと彩が笑います。彼女は一体、私をどこへ連れて行くのでしょう。

もしかしてと思いながら、手を引かれるまま私は無言で歩きました。誰も口を利こうとしません。少し行くと、靴音が響きました。トンネルに入ったのです。ぽっかり空いた黒い闇。異世界へ呑み込まれる気がして、私はトンネルが大きらいです。

行くほどにみなの靴音が響きます。とても大きく響きます。怖くなって腰が引け、思わず私が足を止めると、左右の二人がぐいと手を引きます。立ち止まるのは許されません。涙が湧くのを覚えながら、私は歩き出しました。

ほどなくトンネルを抜けたらしく、靴音は響かなくなり、風が頬に当たりました。手を取られての無言の歩みは続きます。

しばらく行くと、左右の二人がふいに足を止めました。

「ここからはゆっくりね」

囁くように彩が言います。小さくうなずいて右足を出し、石段を上らされるのだと私は気づきました。靴先が硬いなにかに当たったのです。彩たちはやはりあの場所へ向かっていたのです。

いやでした。上るのはいやでした。けれど彩には逆らえません。一歩一歩、私は上っていきます。

やがて石段を上りきり、少し歩いたところでふっと両手が自由になりました。彩たちの気配が消えていきます。風が吹き、カタカタとなにかが鳴っています。

「いいわよ。目隠しを取っても」

遠くから彩の声が聞こえました。目隠しを取り、私はあたりを見まわします。一瞬首をひねりましたが、やはりそこは墓地でした。隠れてしまったらしく、彩たちの姿はどこにもありません。立ち並ぶ墓石のただ中、私は一人ぼっちです。ざわと両腕に鳥肌が立ちます。風が吹くたびカタカタと、まわりの卒塔婆が鳴ります。

「彩」

お墓には慣れていますが、やはり一人は怖いです。冷たい汗が背中に滲むのを覚えながら、私は大きな声で呼びかけました。けれど返事はありません。

「瑠璃子」

もう一人の友だちの名を言いました。やはり返事はありません。

「彩……、瑠璃子……、みんな……」

誰も応えてくれません。一人きりがひどく怖くて、取り残されるのがとてもいやで、気づけば私は泣いていました。とにかく彩に謝ろう。きっとなにか、彼女の気に障ることをしたのだ。手をついてでも謝って、許してもらおう。そう思って口を開きかけた時、すぐ近くでがさりと音がしました。ひっと小さく悲鳴をあげ、音のしたほうに目をやると、闇をまとうようにして何者かが潜んでいます。小さく身を折り、両手で顔を隠し、墓石の陰にうずくまっています。

「誰」

あとずさりしながら私は問いました。けれど応えてくれません。とにかく逃げよう、そう思った時、ばさとその者が立ちあがりました。私はそして、まったく動けなくなったのです。目を見開いて、息さえ忘れ、ただ立っていました。それは人ではなく、化け物でした。だぶだぶの服を着た化け物です。もう顔は隠していません。両目は気味が悪いほど離れ、ほとんど顔の横についています。耳は二つとも頭の上にあり、ぴんと尖って天を向いています。大きく開いた鼻はあごのあたりまで気味悪く垂れさがり、轡《くつわ》でも銜《くわ》えているのか、口に鉄の輪をしています。

化け物です。馬の化け物です。人間の手と足を持ち、顔だけ馬の化け物です。

「ぐううっ」

くぐもった低いうなり声をあげながら、化け物がゆっくり近づいてきます。けれど私は動けません。一歩、一歩、私を見据えたまま化け物がきます。動けません。きます、化け物がきます。私はまばたきもできません。のどが渇いて張りついて、悲鳴さえ出ません。きます、化け物がきます。きます、きます、きます。

そして地面がぐらりと揺れて、私は気を失いました。

意識を取り戻した瞬間、はあはあという荒い息づかいが聞こえてきました。どれぐらい時間が経ったのでしょう。あたりは暗く、けれど墓石が並んでいるのは解りました。私は先ほどと同じ場所にいて、地面の上に仰向けです。そんな私に何者かが、覆い被さるようにしています。

誰だろう。この人はなにをしているのだろう。そう思った時、雲の間から弱い月光がさしました。恐ろしく尖った頭と口の轡。逆光でしたが私の上に乗っているのが、あの馬の化け物だと解りました。恐怖にまったく声が出ず、手足ががくがく震えます。そんな私の体を、化け物がまさぐります。獣じみた生臭い息が、私の鼻や口にかかります。

やがて両足をぐいと開かれ、そのあとに激痛が駆け抜けました。恐怖と痛みに涙がこぼれ、私は叫び声をあげていました。化け物が右手で口をふさいできます。息ができず、とてつもない恐怖の中、私はばたばたと手足を動かします。でも化け物の力には及びません。やがて頭の隅がしびれ、徐々にそれが広がって、私は再び気絶しました。

気がつけば夜が明け始めていました。ぼんやり目を開いた私は、空が見えたことを不思議に思い、はっと上体を起こしました。

なぜここにいるのだろう。そう思いながらあたりの景色をきょろきょろ眺め、ずきずきとした下半身の痛みにすぐ気づき、私は昨夜のことを思い出しました。あれは夢ではなかったのです。

私はそっと起きあがりました。馬の化け物はいないようです。私は大きく息をつきました。あたりには古びた墓石ばかりが並び、朝日の中でも寒々として、やはり恐怖を覚えます。

痛む下半身をかばいながら、私は歩き始めました。墓地を出て、朽ちかけている旧本堂の脇を抜け、石段を下りて門の所まで行きます。細長い真っ白な旗が何本も立っていました。赤い文字で、「馬頭《ばとう》観世音菩薩《かんぜおんぼさつ》」と書かれています。この前私が洗ったばかりで、どれもまだきれいです。

そういえば以前父に、馬頭観世音菩薩について訊ねたことがありました。昔インドにいたビシュヌという神様が、馬に姿を変えて悪魔と戦い、こうした観音様ができたそうです。私は悪魔なのでしょうか。だから観音様にお仕置きされたのでしょうか。

旗をぼんやり見ながらそんなことを考えていると、腿のあたりに生温かいものを感じました。そろりと目を落とせば、旗より赤い血が二筋垂れています。

死んでしまおう。

血を見た時、なぜだかふいにそう思いました。汚れてしまったこの体の、行き場がないように感じたのです。

馬首寺を出、しばらく私は死に場所を求めてふらふら歩きました。下半身の痛みが治まるにつれ、左手が熱をもってうずいてきます。昨夜ひねるか打つかしたようです。見れば人さし指と中指が大きく腫れあがり、ほとんど動かせません。骨が折れているのでしょうか。でも私はもうすぐ死ぬのだからそんなことはどうでもいいと、芋虫みたいな指を見ながら思いました。

うつむいてただ歩き、ふっと顔をあげると道の彼方に、白い旗が見えてきました。いつの間にか戻ってきていたようです。家に帰る気はありませんから、私は前を素どおりしました。

それからも歩きました。ずっとずっと歩きました。そして再び顔をあげると、道の先に旗があるのです。風に乗って鮮やかに揺れています。白地に赤い旗を見あげ、思わず私は笑っていました。いくら死のうと思っても、こうして家に足が向いてしまうのです。もう一度私は笑い、家の門をくぐりました。

家には誰もいませんでした。家族と顔を合わせるのはいやでしたので、がらんとした家の中、私はほっと息をつきました。

翌日学校へ行くと、一昨日のことを彩が私に聞いてきました。墓石の陰に隠れていた彼女たちは、がさりという音が聞こえた途端、怖くなって逃げたのだそうです。だから私が馬頭観世音に、辱めを受けたことは知らないようです。

「音がしたよね。なんだったの？」

彩が訊きます。

「私もとっさに目をつぶったから解らないの。でも今思えばきっと、犬か猫だと思う」

「そっかー。うん、そうよね」

彩はすっかり興味を失った様子で、それきりこの話はおしまいになりました。腫れあがっていた私の左手に気づいたはずですが、なにも言ってはくれません。

その日の夕方、私は思い切って一昨日のことを、ある人に話しました。彼女は私なんかよりずっと、仏教に詳しいのです。私も父から時折説法を聞かされますが、仏の話にあまり興味を持てずにいたのです。

彼女は私の話を、とても熱心に聞いてくれました。そして私を辱めたのは、馬頭観世音ではないと言い切ったのです。思えば観音様が、あのような行いをするはずありません。では墓地に現れた化け物は、一体何者なのでしょう。

彼女は少し考えてから、馬頭《めず》ではないかと言いました。馬頭というのは牛頭《ごず》とともに、地獄で亡者をいじめる鬼で、馬頭人身なのだそうです。まさにそれだと私は思いました。あの化け物も頭は馬で、体は人でした。

どうしたらよいのでしょう。地獄の鬼に、私は辱めを受けたのです。これからどうなるのでしょう。馬頭はまたくるのでしょうか。そう問えば、彼女は馬頭を封じ込める方法を調べてみると言ってくれました。

陽の光の下では、馬頭は動けないのだそうです。日中は安心ですが、夜になれば私のところへくるかも知れません。部屋の窓辺に塩を盛っておくよう彼女は言います。そうすれば、馬頭は入ってこれないのです。

その夜部屋で勉強していると、庭でがさりと音がしました。窓辺に塩が盛ってあるのを確認し、私はかけ布団を頭からかぶって両手で耳をふさぎました。目をつぶり、ぎゅっと身を縮めます。

一時間ほどもそうしたあとで、恐る恐る手を離して耳を澄ませば、音はしていません。馬頭は帰ったのでしょうか。私は大きく息をつきました。

翌日の夜も同じ時間に、庭で音がしました。慌てて布団にもぐり込むと、がたがたと窓を揺する音が聞こえます。心臓が止まるほどに私は驚き、ただただ震えていました。けれどほどなく音はやみました。盛り塩のお陰で馬頭は、入るのをあきらめたのでしょう。

次の日私は居残りをさせられ、すっかり帰りが遅くなりました。校舎を出ると、太陽は谷川岳の向こうに隠れようとしています。陽が落ちて夜がくれれば、馬頭に襲われるかも知れません。私は夢中で走りました。

家に着いたら中は暗く、誰も戻っていませんでした。家中の明かりをつけながら、私は自分の部屋へ入ります。そして窓辺に目をやれば、片づけられてしまったらしく、盛っておいた塩がないのです。私は台所へ急ぎ、塩の入ったかめを取ってきました。机の上に置いて蓋を取ると、塩がたっぷり入っています。

ほっとして、埋もれかけた計量スプーンを右手でつかんだ瞬間、庭で音がしました。息を呑みながら庭に目をやると、あの化け物が立っています。相変わらず耳は尖り、両目は恐ろしく離れ、口に轡をしています。

悲鳴をあげた私は、とにかく塩をすくおうとしました。けれど慣れていないので、なかなかうまくいきません。その間にも少しずつ、馬頭はこちらに近づいてきます。知らず涙がこぼれます。早く塩を盛らないと、馬頭が入ってきてしまいます。

落ち着け、落ち着け、そう言い聞かせながら、ようやく塩をすくいました。けれど右手はぶるぶる震え、見る間に塩がスプーンからこぼれ落ちます。早く、早く、盛らないと。私はスプーンをあきらめ、右手をかめに入れました。塩をぐいと直接摑《つか》み、手をあげようとしたその瞬間、がたがたガラスが鳴りました。すぐそこにまで、馬頭がやってきたのです。

悲鳴をあげ、せっかくつかんだ塩をまき散らしながら窓に目をやり、私は凍りつきました。鍵がかかっていないのです。盛り塩を片づけた時に窓を開け、施錠を忘れたのでしょう。馬頭は右手でひどくゆっくり窓を開けていきます。私はもう動けません。馬頭から視線をはずせません。馬頭の手はとても白くて小さく、すべすべしています。なんてきれいな手なのだろう。そう思いながら、私は気を失いました。

気がつくと私はベッドに仰向けでした。顔に毛布をかぶせられてなにも見えず、はあはあという息づかいだけが聞こえます。四日前と同じです。馬頭が私の体をまさぐっています。怖くて怖くて、私はまったく動けません。

やがて馬頭は私の肩をぐいと摑み、腰を強く押しつけてきました。めりめりとした痛みが、下半身から頭までを貫きます。私は思わず悲鳴をあげました。馬頭は一瞬動きを止めて、それから毛布越しに、私の口をふさいできます。

死んでしまう。そう思い、なんとか馬頭の手を引き離そうとしましたが、私の力ではとても無理です。ほどなく馬頭は右手一本で私の両手をからめとり、空いた左手で再び口を押さえてきました。両手が痛く、下半身が痛く、ぽろぽろ涙がこぼれます。私はすっかり観念しました。

息のできない苦しみと痛みにひたすら耐えていると、やがて体が軽くなり、ふっと馬頭が離れました。声を立てたら殺される。なぜかそう思い、私は身動きをせず、息を潜めていました。目をつぶり、顔には毛布がかかっています。けれど馬頭が見ています。じっと私を見おろしています。気配でそれが解ります。

殺さないで、殺さないで、殺さないで。私は祈りました。

馬頭は動きません。じっと私を見ています。怖くて勝手に悲鳴が漏れそうです。でも声をあげたら馬頭の両手がにゅうと伸び、私の首に巻きついてくるに決まっています。

殺さないで、殺さないで、殺さないで。私は祈り続けます。

ほどなく空気が揺れました。どうやら馬頭は去るようです。安心し、思わず息をつきました。そうしたら、馬頭がぴたりと足を止めたのです。ぎょっとして、私は身を固くしました。

殺さないで、殺さないで、殺さないで。

無言の時間がしばらく流れ、馬頭が再び歩き出します。私は気配を窺いました。どうやら馬頭は窓に向かっています。ほっとして、けれどさっきみたいに息をつくことはなく、私は静かにしていました。窓のあたりで音がして、馬頭の気配がすっかり消えます。それでも私は長い間、息を殺していました。もういいだろう。そう思い、そっと毛布をはいで目を開けました。馬頭はいません。ゆっくり起きあがった私は窓を閉めて鍵をかけ、窓辺に塩を盛りました。馬頭はもう、姿を見せませんでした。

これが昨日のことです。そして今日、馬頭を封じ込める方法を彼女が教えてくれました。馬頭に襲われてからの出来事を紙に書いて捧げ、三つの約束を守ると誓えば、馬頭観世音菩薩が馬頭を封じ込めてくださるというのです。

誓います。

三つの約束を守ると誓います。
だからどうか、二度と馬頭が現れないようにしてください。

一つ
私はこのことを、決して口外致しません。

二つ
嫉妬深い馬頭を地獄から呼び戻さないため、今後一切男性を好きになりません。

三つ
それでも誰かと結ばれたい、そう思った時は馬頭へのいけにえとして、あの時近くにいた者すべての首を、どこかのお寺に晒《さら》します。
きっと首を晒します。

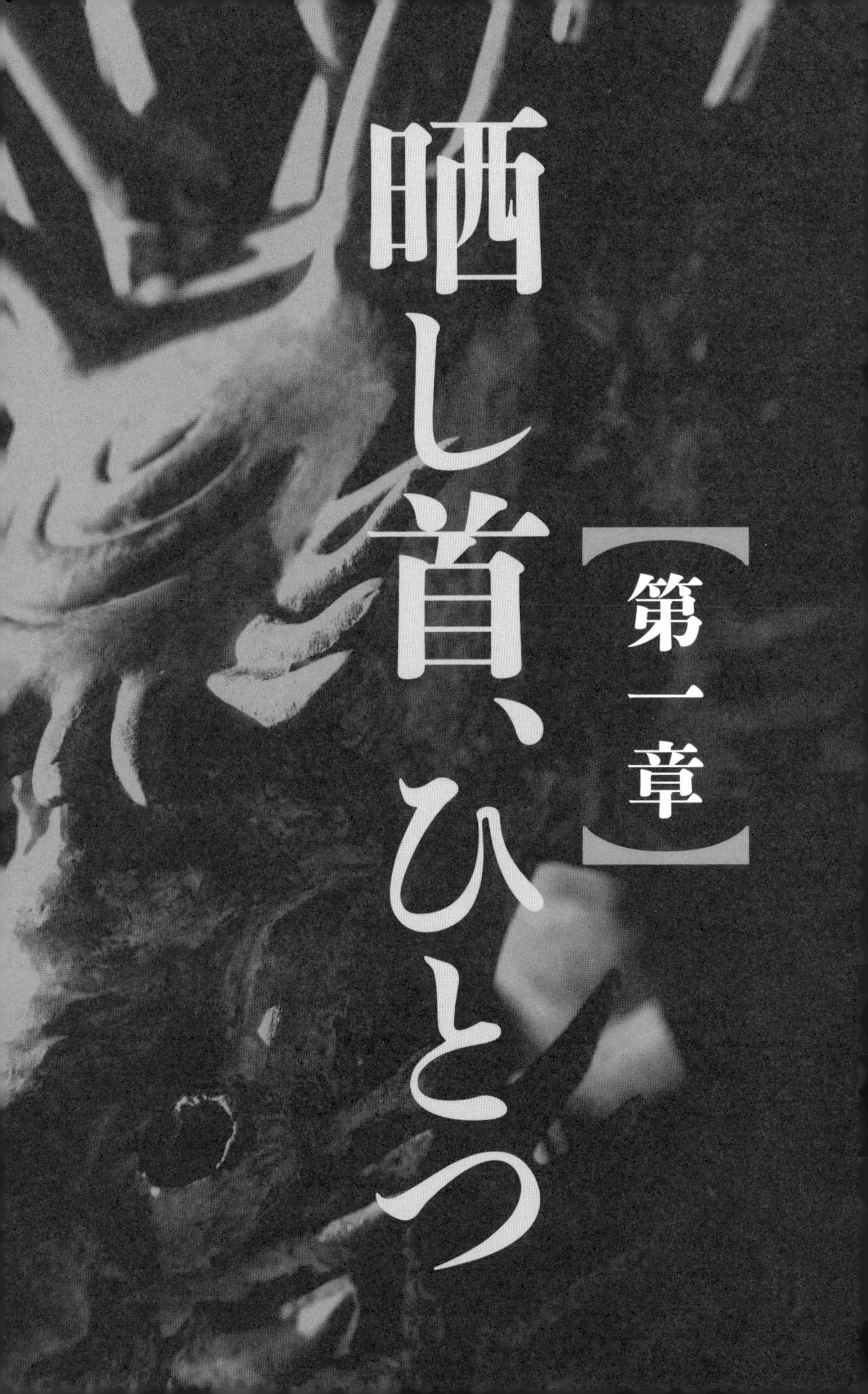

【第一章】

晒し首、ひとつ

1

「冷えてきたね」

そう言いながら、今井瑠璃子は立ちあがった。部屋の端まで行き、障子を滑らせて開ける。張り出した縁側の向こうに、ガラス戸が見えた。

「あっ」

思わず瑠璃子は声をあげた。地面がうっすら白くなっている。

「雪?」

すわったままの西条みさきが、顔をこちらに向けて問う。漆黒の髪が重そうに、腰まで垂れている。

「みぞれみたい」

外を見たまま瑠璃子は応えた。ストーブで暖められた部屋の空気が縁側に流れ出、ガラス戸が隅のほうから曇っていく。

「雪にはまだ早いか」

みさきが言う。舌足らずな、どこか媚《こび》を含んだ声だ。小学生の頃から変わっていないと瑠璃子は思う。

「明日は晴れるかな」

と、瑠璃子は障子を閉めた。明日は神月彩の結婚式が行われる。式に出るため久しぶりに顔を揃えた友人たちとともに、瑠璃子は神月家に泊まりがけで遊びにきていた。みなで旧邸に泊まろうと、彩が言い出したのだ。

瑠璃子たちは神月家の北東角の奥座敷にいる。先ほどまでは彩の姿もあった。座敷は控えの間と奥の間に分かれており、部屋中央のふすまを開ければ広々とした十六畳になるが、今はぴたりと閉じられている。

「彩、遅いね」

山崎風音が口を開いた。くるぶしまでの、野暮ったくさえみえる暗い色のスカートをぞろりと穿き、まっすぐな黒髪を眉の上で切り揃えている。すっと鼻筋がとおり、小さな唇も可愛らしいが、瞳には他者を寄せつけない色がある。

「覗いちゃおうか？」

切れ長の目で悪戯《いたずら》っぽく笑いながら、ふすまに目をやって朝河弓子が言った。チノーズのパンツにブラウス、秋物のカーディガンを羽織っている。誰とでも、適度な距離を置いてうまくつき合える。そんな印象を、瑠璃子は弓子に抱いていた。

「花嫁衣裳を着るのは、とても時間がかかるの」

みさきが言う。腰までの髪が揺れた。

「そうか、みさきは」

そこまで言って、瑠璃子は慌てて口を押さえた。

「私がなあに？」

ねばりつくような視線を瑠璃子へ向けて、みさきが問う。取りなすように弓子がなにか言いかけ、そこへふすまが開いた。ほっとしながら瑠璃子は奥の間に目をやる。

「きれい……」

知らず言葉が出ていた。純白の、光り輝くような花嫁衣裳に身を包んだ彩が、ぴたりと正座していた。母の神月初江も横にすわっている。瑠璃子たちは一斉に腰をあげ、奥の間に行って彩を取り囲んだ。照れたように、彩は笑っている。

「本当、きれい」

感心したように弓子が言った。横で風音もうなずいている。確かに彩は、神々しいほどの美しさを得ていた。鳶色《とびいろ》の瞳に鼻翼の小さな高い鼻。少し大きな口元が、かえって華やかな印象を醸《かも》し、白無垢《しろむく》に映えている。女が人生で一番輝く時、それが結婚式なのかなと瑠璃子は思う。もう二年ほど、ある男性とつき合っているが、結婚の話が出たことはなく、瑠璃子も気ままな一人暮らしを捨てる気はない。けれど着飾った彩を見ていると、迷いが生じる。

「よく似合ってるね」

弓子が言う。こくりとうなずき、彩が口を開いた。

「でもこれね、案外きついんだ」

「彩みたいに痩せていても？」

瑠璃子は訊いた。

「うん、すごく締めつけられるの」

「それじゃ、せっかくのご馳走も食べられないね」

「どうせ明日は、一日断食だもん」

眉根を寄せて彩が言う。明日は水上駅近くの会場で結婚式と披露宴を行い、そのあと親類縁者が神月家に集う予定だ。宴は延々深夜まで続き、新郎新婦は中座を許されない。トイレにさえほとんど行けず、新婦は朝からなにも口にしないことが多い。まるで仕置きだが、神月家に代々続く風習なのだという。先ほど彩にそんな話を訊き、普通の家に生まれてよかったと、瑠璃子は胸をなでおろした。

「角隠し、少し大きくない？」

ふいにみさきが言った。思いつくままを口に出す癖《へき》が、みさきにはある。

「そうかなあ」

わずかに口を尖らせて、彩が首をひねってみせた。

「彩の顔が小さいから、そう見えるのよ。彩も瑠璃子もスタイルいいから、うらやましいよ。二人とも九頭身に近いもんね」

弓子が言う。瑠璃子は彩と身長がほとんど同じで、体重もそうは違わないはずだ。

「彩はなんでモデルにならなかったの？　その気になればすぐに雑誌の表紙ぐらい飾れたでしょう」

弓子が訊いた。

「東京でも毎日のようにスカウトされたんだけどね、一乃ばあちゃんが」

と、彩はかすかに肩をすぼめた。

「駄目だって？」

「うん、絶対許さないって。勘当するって」

「一乃おばあちゃんらしいね」

弓子の言葉にうなずいて、彩は小さくため息をついた。そして言う。

「瑠璃子も東京にいた時は、スカウトされたでしょ」

「私？　私は駄目よ、動きががさつだもん」

慌てて瑠璃子は応えたが、実際にはよく声をかけられた。ほとんどは胡散《うさん》臭げな男性だったが、中には芸能プロダクションの社員を名乗る人もいた。

「がさつじゃないよ。それに瑠璃子と彩、よく似てるし」

弓子が言う。確かに瑠璃子と彩は、姉妹に間違われることが多い。

首ノ原と呼ばれるこのあたりの里は、大正時代まで他郷との行き来がほとんどなかったという。村に一軒の商店が村人たちに注文を聞いてまわり、町に行って仕入れてくる。生活必需品はそれですっかり間に合ったから、首ノ原を一歩も出ずに死んでいった者も多い。当然村人の間で婚姻が繰り返され、大正末期、村民のほとんどが親戚関係にあった。

昭和に入ってよそからの入村者が増え、血はかなり薄まったが、瑠璃子の家も江戸の昔から首ノ原にあり、どこかで神月家と血が繋がっているのだろう。

「唯も入れて、神月三姉妹なんてよく言われたっけ」

懐かしそうに彩が言う。

「そういえば今日、唯ちゃんは？」

瑠璃子は問うた。

「どうしても仕事、休めないんだって……。明日朝一番でこっちにくるわ」

　彩が応えた。彩の妹の神月唯は、都内の大学を出たあと、東京の旅行会社で働いている。

「唯ちゃんと会うのも久しぶりだから、楽しみにしてたんだけどな……。そういえば弓子にも、似てる子がいたよね」

「あ、いたいた。えっと確か……、あゆみだっけ？」

「そうそう、あゆみ」

　と、瑠璃子は彩の言葉に相槌を打った。あゆみと弓子も、どこかで血が繋がっていたのかも知れない。

「ところで美雨はこないの？」

　みさきが風音に問う。美雨は風音の姉だ。姉といっても二人は一卵性の双生児だから、わずかに早く生まれ出たに過ぎない。

　小学生や中学生の頃は、風音より美雨のほうが瑠璃子たちと仲がよかった。彩を中心に瑠璃子、弓子、みさき、美雨の五人でグループを作り、少し距離を置いて風音がいる。そんな関係だった。知る限り風音に親友はなく、まわりからは六人のグループと思われていたようだが、それぞれの立ち位置は微妙に違う。たとえば瑠璃子は彩を親友と思っていたが、みさきのことは苦手だった。ずきりと傷つくことを、時に彼女は平気で口にする。

「あの子は東京にいる。二人で店を空けるわけにはいかなくて」

　風音が応えた。風音と美雨は、都内で輸入雑貨の店を営んでいる。

「本当はあなた美雨じゃない？」

みさきが問う。風音はすぐさま首を横に振った。

「そっくりだもんね。私なんか何度間違えたことか……」

弓子が言った。柔らかく笑っている。

「でもロングスカート穿いてるから、やっぱり風音ね」

みさきが言う。中学一年生の頃から急に、風音は長いスカートしか穿かなくなった。制服のスカートの丈も勝手に伸ばし、それは不良っぽい印象を与えたから、教師に何度も注意された。けれど風音は頑《がん》として聞かず、卒業まで長いスカートでとおした。

「どうして風音は長いスカートばかりなの？」

みさきが問い、途端に瑠璃子はうんざりした。これまで何度、みさきはこの質問をしたことか。風音が無言で首を横に振るのを、何回見れば気が済むのだろう。きっと彼女には、答えたくないなにかがあるのだ。そう思っているから誰も訊かない。なのにみさきは何度も訊ねる。

「それにしても彩、きれいね」

案の定、風音はみさきの問いを無視し、弓子がさらりと話題を転じた。瑠璃子たちは白無垢の彩を褒めそやす。

「さてさて」

嬉しそうに瑠璃子たちの話を聞いていた初江が、やがて口を開いた。

「みなさん、もういいかしら」

「ああ、はい」

瑠璃子は応えた。ほかの三人もうなずいている。

「それじゃ、お披露目《ひろめ》はおしまい。さあ彩、着替えましょう」

「う、うん」

歯切れ悪く、彩がうつむく。

「どうしたの？」

初江が訊いた。

「しばらく一人にしてくれないかな。花嫁衣裳を着た自分、ちょっとゆっくり見てみたいんだ」

明日の結婚式が済めば、彩は新しい生活に入る。彩の中で一つの時代が終わろうとしている。美し過ぎる白無垢は、その境界に線を引く役目があるのだろう。それを着て、一人なにかを思いたい。彩の気持ちが瑠璃子には解る気がした。同じ思いを得たのだろうか、初江は静かにうなずき、そっと腰をあげた。

2

奥の間で彩と別れてから、初江は新邸のリビングに行き、ずっと明日の段取りの確認をしていた。

テーブルの向かいでは、夫の英市が手酌で日本酒をちびちび舐めている。そんな夫にちらと視線を走らせ、初江は小さくため息をついて壁の時計を見あげた。九時十五分をさしている。彩を一人にしてから小一時間ほど経つ。明日、彩は早起きしなければならない。そして結婚式という戦いが、深夜まで続く。

そろそろ床に就かせたほうがよい。そう思い、初江は立ちあがった。英市が顔をあげ、酒に濁った目を向けてきた。その表情はどこかうつろで、寂しげに見える。初江たち女がてきぱき婚礼の準備を進める中、英市はほとんどなにもしていない。ただ呆然と飲んでいる。結婚や出産の時、いつも男はおろおろしている。

初江は英市に声をかけることなく、部屋を出た。廊下をまっすぐ進んで旧邸に入る。そして突き当たりの少し手前で足を止めた。左右にふすまがある。左側のふすまに手をかけ、初江は静かに滑らせていった。気配で察知してはいたが、座敷に人の姿はない。彩の友人たちは、就寝用に与えた部屋へ引っ込んだのだろう。人のいない八畳間は、やけにがらんとしてみえた。先にふすまがあり、ぴたりと閉まっている。初江は座敷を進み、ふすまの前で立ち止まった。

「彩、そろそろ着替えて寝なさい」

そう声をかけ、少し待つ。返事はない。

「開けるわよ」

ふすまのへりに手をかけて、初江は言った。奥の間からは物音一つ聞こえない。首をかしげ、初江はゆっくりふすまを開けていく。そうしたら、ひどく奇妙な物体が目に入った。白無垢を着た人がすわっている。こちらを向いて正座している。

――だが。

初江はすぐには理解できなかった。とても不思議な気がした。人だろうかとさえ訝《いぶか》しんだ。首がない。正座をして、きちんとこちらに体を向けているのに、首から上が消失している。

それは上体をほんの少しこちらに傾けていたから、首の切断面が見えた。ぬめぬめとした白い脂や、赤黒い筋肉、にゅるりと垂れた血管、そんなものが見えた。初江はようやく理解した。死体だ。首を切られた死体がある。目の前にある。あああという小さな声が、知らず口から漏れていた。気がつけばつるつると、尿が腿を伝っている。膝から震えが這いあがる。後ろ髪がざわと逆立つ。二の腕に鳥肌が走る。

少女がいやいやをするように、顔を歪めて初江はあとずさった。しかしすぐに転んでしまい、瞬間口から悲鳴がこぼれた。意志とは無関係に、かん高い叫びがあとからほとばしる。その悲鳴を耳にしたのか、ばたばたと廊下を走る音が聞こえてきた。

「どうしたんです！」

今井瑠璃子の声がした。目をやれば、開けたままの障子の向こうに立っている。初江は言葉をなくしていた。そんな初江を見、瑠璃子は視線を奥へ飛ばした。えっという表情になり、次いで瑠璃子はぽかんと口を開け、目を見開いて悲鳴をあげた。

「いやーーーーーーーーー」

「ちょっ、どうしたのよ」

瑠璃子を押しのけるようにして西条みさきが顔を出す。そして彼女も死体に気づいた。

「いやっ、いや、いや、いやっ」

言いながらみさきはあとずさり、廊下の端にすわりこんで頭を抱えた。横で朝河弓子が悲鳴をあげながら、がたがた震えている。一人だけパジャマ姿の山崎風音は半ば口を開け、凍りついたように立っている。へなへなと、瑠璃子がくずおれる。

「なにがあった」

しわがれて、けれど凛《りん》とした声が廊下に響いたのはその時だった。静かな足音が聞こえてくる。

「どうしたのだ、初江」

言いながら、神月一乃が顔を覗かせた。初江の実母で今年八十二歳。今尚健在で、事実上神月家を仕切っている。

奥の間に目をやり、一乃はぎゅっと眉根を寄せたが、取り乱すことはなかった。ついと顔を横に向け、廊下の隅で悲鳴をあげ続けるみさきに近づいていく。初江は声を失ったまま、一乃を目で追った。一乃はみさきの肩に、そっと手を置く。みさきがびくりと顔をあげた。見開いた両目から、みるみる涙があふれてくる。みさきは一乃の膝のあたりにむしゃぶりつき、声をあげて泣き始めた。

「ああ、よしよし」

幼い子供をあやすような口調でそう言い、みさきの肩を一乃はやさしく叩いていたが、表情はひどく険しく、眉間にしわが寄っている。

「ほい、ばあちゃんはすぐに戻るから、ちょっとの間、辛抱な」

一乃はそっとみさきから離れた。ぴんと背筋を伸ばし、いつもと変わらぬ歩度《ほど》で座敷へ入ってくる。

「初江」

奥の間の前に立ち、一乃が言う。

「駐在所に連絡だ」

一乃の声は落ち着いていた。初江はわれに返り、のろのろ立ちあがった。部屋を出、十字廊下の先の電話に取りつく。その時ようやく英市が、廊下の向こうに姿を見せた。

3

自転車のペダルを漕ぎながら、石田真吉巡査長はしきりに首をひねっていた。神月初江から電話があり、胴体だけの死体が出たという。このあたりでは十年以上、窃盗事件さえ起きていない。一昔前は玄関に鍵をかける習慣もなく、駐在の仕事といえば、雪に不慣れなスキー客が時折起こす、自動車事故の処理だけだった。それが突然首のない死体と言われ、石田はただ戸惑《とまど》った。首がないとはどういうことか。どんな状態で死体は発見されたのか。再び首をかしげた石田は、白い息を吐きながら自転車を漕いでいく。

石田は首ノ原で生まれた。農家の三男坊として貧しく育ち、家を継ぐのは長男だから、高校を出るとすぐ警察官になった。

石田は刑事に憧れていた。しかし彼らの仕事を知るにつけ、気が小さくてタフさと無縁の自分には、到底務まらないと悟った。そして空きが出たのを幸いに、首ノ原の駐在所勤務を希望した。以来三十年近く、首ノ原の駐在所にいる。以前は家族三人で暮らしていたが、今は一人だ。

首ノ原には中学校までしかない。十二年前、娘の孝子が首ノ原中学校を卒業すると、彼女を連れて、妻は出ていった。よそ者の妻にとって、首ノ原での生活はきつかったらしい。妻の実家は東京都内にあり、孝子と二人でそこへ入った。そして七年前、妻の運転していた車がダンプに追突された。妻と孝子は即死であり、石田が駆けつけた時にはもう冷たくなっていた。

頭を左右に振って妻と娘の残像を追い出し、石田は顔をあげた。神月家のなまこ塀が見えている。門の前に自転車を停めた石田は、念のため左右に目を配りながら、神月家に踏み込んだ。敷石を踏んで玄関まで行き、扉を叩く。ほどなく人影が立って戸が開いた。初江が顔を覗かせる。

「どうしたんです、死体などと。首ノ原ではもうずっと前から」

「あがってください」

石田の言葉をさえぎって、抑揚《よくよう》のない声で初江が言った。その顔は気味の悪いほど白く、頬のあたりがけいれんしている。石田は無言でうなずいて、靴を脱いだ。初江に先導されて廊下を行き、旧邸に入る。突き当たりに、女性が一人うずくまっていた。伏せているので顔は見えないが、異様に長い黒髪が、扇のようにふんわり廊下に広がっている。

「西条みさきさんですね」

石田は言った。あれほど長い髪を持つ女性は、首ノ原にはほかにいない。しかし初江は応えてくれなかった。無言で廊下を行く。石田も続いた。やはり女性はみさきで、肩を小さく震わせ泣いている。

前を行く初江が足を止めた。左の部屋を目で示している。ふすまが開いていたので中を覗くと、青い顔をした英市が座卓の横に呆然とすわっていた。今井瑠璃子と朝河弓子、山崎風音もいる。肩を寄せ合うようにして、三人ともすすり泣いている。そして部屋にはもう一人、神月一乃がいた。まるで番をするかのように、閉じられたふすまの前にぴたりと正座している。

「夜分にご苦労様」

一乃が言った。思わず石田は制帽を脱ぎ、頭をさげた。一乃にはそうさせる威厳がある。

「死体が見つかったと聞きましたが……」

帽子をかぶり直して石田は訊いた。死体という言葉に、瑠璃子たちが一瞬びくりと肩を震わせる。

「奥の間にいる」

と、一乃は体を横にずらした。石田は部屋に踏み込んで奥まで行き、一乃の隣に立ってふすまに手をかけ、そっと引いた。そして思わず息を呑んだ。白無垢の首なし死体が確かにあった。ごくりとつばを呑み込んで、一乃に視線を向ける。一乃は小さくうなずいた。

「あ、あれ、いや、あれは……」

「しっかりせんか」

一乃の言葉に石田はうなずいた。

「でもあれは……。あんなものを見たのは初めてで……」

「私の孫娘を、あんなものなどと言うな！」

一乃に一喝され、思わず石田は頭をさげた。

「済みません。ではあれは彩さん？」

「まずはな」

一乃が言い、瑠璃子たちの泣き声が大きくなった。

「どうすれば……、私はどうすれば……」

知らず石田は呟《つぶや》いていた。

「一人か？」

一乃に問われ、石田はうなずいた。

「応援はこんのか？」

「はい」

石田は応えた。所轄署にはまだ連絡を入れていない。

「一人ではどうにもならんだろう、すぐに呼ばんか」

「あ、は、はい。ちょっと電話、お借りします」

言い置いて廊下へ出、石田は神月家の電話を借りた。

「捜査員がすぐに向かうとのことです」

通話を終えて奥座敷に戻り、一乃に向かって石田は言った。そしてようやく、やるべきことに気がついた。

「庭に不審者がいないか見てきます。みなさんはこの部屋にいてください。なにかありましたら、すぐに声をかけてください」

誰にともなく石田が言うと、少しだけ感心したような表情を浮かべ、一乃が大きくうなずいた。

4

昭和五十九年十一月二日、午後九時半。群馬県警本部の刑事部捜査第一課二係に所属する浜中康平は、そっとため息をついた。部屋には浜中のほか、二人の刑事しか残っていない。今日は事件もなく、先輩たちは早々に部屋をあとにした。しかし浜中の机には書類が山積みで、一つ一つ、順々に片づけていかなければならない。

浜中は捜査一課で一番若く、色々と不慣れであり、先輩に用事を言いつけられることも多いから、気がつけばいつも書類が溜まっている。事件がなくても、浜中だけは早く帰れない。時に同期にグチをこぼすが、エリートがなにを言うかと彼らは笑う。

刑事を目ざして警察官になる者は多い。しかし誰もが刑事になれるわけではなく、競争率はかなり高い。所轄署の刑事課にもそう簡単には配属されない。地域課や交通課といった部署でこつこつ実績を積みあげ、刑事課の人たちに顔を覚えてもらい、彼らの推薦を受ける必要がある。

県警本部の刑事課は、そうした所轄署の刑事の中から選りすぐりを集めているから、花形の部署といってよい。二十六歳という若さで捜査一課に配属された浜中は、まわりからたいへんなエリートだと思われている。

だが浜中は遮二無二《しゃにむに》に刑事を目ざしたのではない。むしろ刑事にだけはなりたくなかった。駐在所勤務が浜中の夢で、それもなるべく僻地がよい。地域の人々とふれあいながら、田舎町でささやかに暮らす自分を、今でも脳裏に描いている。事件といえばせいぜい夫婦喧嘩か飼い犬の失踪で、近所の人は取れたての野菜や、産み立ての卵を持ってきてくれる。名前ではなく、誰からも駐在さんと呼ばれて親しまれ、うちの孫娘をどうかねと里の老人にやがて言われ、ひなには希《まれ》な美女と結婚し――。

はっと浜中はわれに返った。忙しくて疲れてくると、なぜか妄想が出る。浜中は頭を振ってボールペンを置き、湯飲みを手にした。それにしても、どうして刑事になってしまったのか。

警察学校を出て高崎署に配属された浜中は、市内の外れの派出所へ行くように命じられた。道を訊ねるお年寄りや、拾ったと言って百円玉を持ってくる子供たち。そんな来客が多く、元々が親切なたちの浜中は熱心に彼らと接した。夢の駐在所勤務に備えての勉強だとも思った。その半面、凶悪事件が起きて現場へ行く時は、所轄の刑事たちに顔を覚えられないよう、端のほうにいた。

ある日老婦人が道を訊いてきた。重い荷物を持っている。幸い引き継ぎの時間だったから、道案内がてら浜中は荷物を持ち、老婦人を伴って派出所を出た。結婚し、分譲マンションを購入した孫のところへきたのだという。

孫の自慢話を聞きながら歩いていくと、暴走族ふうの挙動不審な若い男がいた。勤務時間は終わっているからやり過ごそうかと一瞬考えたが、制服を着ている限り警察官だと思い直し、恐る恐る職務質問を始めたところ、やはりおかしい。呂律《ろれつ》が怪しく、瞳孔が散大している。

老婦人とここで別れ、男を連れて派出所へ戻ろう。そう決心した浜中が交番まで同行をと言いかけた時、男がさっと逃げ出した。しかしすぐに転倒した。老婦人が杖で転ばせたのだ。唖然《あぜん》とした浜中は老婦人に発破《はっぱ》をかけられ、慌てて男を捕縛した。

派出所で調べたところ、男は覚醒剤を所持していた。浜中は男を高崎署へ連行し、刑事課に引き渡した。刑事たちがその男を取り調べ、芋蔓式に覚醒剤の密売組織が摘発された。

事件が一段落すると、刑事課の課長が派出所へきて、浜中に礼を述べた。そして一升瓶を置いて帰った。

思えばそれが、不運の始まりだった。

地域を巡回していれば、侵入した家から出ようとする窃盗と出くわしてしまう。制服姿の浜中に驚いた窃盗犯は二階の窓から転落し、足を挫《くじ》いて動けなくなり、現行犯逮捕せざるを得なくなる。夜道で女性の悲鳴を聞いて駆けつければ、道の角を曲がった瞬間に男とぶつかり、相手が気を失って倒れてしまう。そこへ悲鳴をあげた女性がやってきて、この男にハンドバッグを引ったくられたという。そうなればもう、逮捕するより仕方がない。

なぜ自分にばかり、不運が降りかかるのだろう。そう嘆いていると、いつかの刑事課長が訪ねてきて、めざましい活躍をみせる浜中を、刑事課に呼びたいと言い出した。浜中はひどく気が弱く、きっぱり断ることができない。せめて煮え切らない態度でお茶を濁せばよかったが、相手は百戦錬磨で押しが強く、一方浜中は迎合する癖がある。気づけば愛想笑いを浮かべ、生まれた時から刑事に憧れていましたと言っていた。後悔し、自分の性格を呪いたくなった時にはすでに遅く、留置管理課への異動辞令が下りていた。刑事になるには、留置管理課での勤務経験が必要なのだという。愛しの派出所と泣く泣く別れた浜中は、高崎署の留置場で看守になった。

逮捕された被疑者は取り調べ期間中、留置場に収容される。それを監視するのが看守の仕事で、留置管理課の先輩たちは被疑者に対し、等しく威圧的だった。しかし浜中は人を怒鳴りつけることができず、逆にこまごまと世話を焼いた。そうしたら、頑《かたく》なに黙秘を続けていたある被疑者が、取調官ではない浜中に対し、すらすらと自白を始めた。浜中の親切への、せめてもの礼だという。自供をすれば、浜中の手柄になると思ったらしい。

浜中にすればすこぶる運の悪いことに、この被疑者の考えは当たった。例の刑事課長がすぐにやってきて、浜中を褒めそやした。北風と太陽の寓話《ぐうわ》を持ち出し、怒鳴るばかりが自白を取る道ではない、わずかな看守経験でそれを見抜いた浜中は、刑事としての素質があると言った。口を割らない被疑者に対し、あえて浜中が優しく接したのだと思い込んでしまったらしい。それは違うと浜中が否定をすれば、その謙遜もまた美徳だと言い出す始末で、刑事課にくる日を楽しみに待っていると言い残し、一升瓶を置いて帰った。

刑事になるには看守経験と同時に、刑事養成講習という名の試験を受けねばならない。この答案は上層部が目をとおす可能性があるから、いい加減な解答を書いたり白紙で出したりすれば、上司の責任問題になる。そこで浜中は一計を案じた。せいぜい勉強し、合格点ぎりぎりで落ちればよい。

実際答案はうまく書けた。あと一歩で、合格ラインに届かない点数が取れた。内心で快哉《かいさい》を叫びながら不合格通知を受け取った浜中が、これでいつの日か派出所に戻れるだろうと胸をなでおろしていると、例の刑事課長がきた。一升瓶を手にさげている。いやな予感を覚えて訊けば、試験に出題ミスがあってその問題は全員正解扱いになり、浜中は合格したという。

眩暈《めまい》がし、浜中は思わずよろけ、それを課長は刑事になれた喜びだと勘違いしたらしい。私も嬉しいと課長は言い、涙ぐんでさえみせて、一升瓶を置いて帰った。

こうして高崎署の刑事課へ異動になり、最初に与えられた仕事がお茶くみだった。先輩全員の湯飲みを覚え、たとえばある刑事は濃くて熱いのが好きだとか、誰それは猫舌だからぬるめに淹れるとか、好みに合わせて茶を出さなければならない。親切なたちの浜中は、これを苦もなく覚えてしまった。そして派出所に戻りたい一心で、手柄になりそうなことはすべて先輩に譲ったから、気がつけば大層可愛がられていた。

殺人や強盗など、高崎署の管内で凶悪事件が発生すると、捜査本部が置かれることが多い。そうなれば高崎署に、県警本部の刑事課の捜査員が出張ってくる。高崎署の刑事課の、時にあいあいとした雰囲気と違い、彼らはさながら獲物に餓えた狼の集団だった。浜中は県警本部の捜査員たちを畏怖し、なるべく関わり合いにならないよう努めた。ところが所轄の先輩たちが、高崎署の若きエースなどと浜中を売り込むものだから、県警本部の一部の刑事が浜中に対抗心を持ってしまった。

そんな折に高崎市内で殺人事件が起き、県警本部の刑事たちが乗り込んできた。先輩たちがむやみに売り込んだ結果、捜査本部での浜中への風当たりは強い。そうした窮状を救おうと思ったのだろう、高崎署は重大な情報を摑んでいたが、あえて県警本部の刑事に教えず、抜け駆けで犯人を逮捕した。そして手錠をかける役を、浜中に振ってきた。

この一件以降、県警本部の刑事たちが浜中を認めた格好になり、ぐんと風当たりは弱まった。捜査本部ができても居心地は悪くなく、浜中は所轄の先輩たちに感謝したが、やがて恨みに変わった。自分が県警本部に引っ張られるという噂が流れたためだ。あっという間に殺人犯を逮捕した浜中の腕を、県警本部刑事課の課長が大層買っているのだという。

県警本部の刑事課の仕事は、所轄と比べものにならないほどきつい。事件が起きれば県内のどこへでも行き、時に煙たがる所轄と喧嘩しながら事件に当たる。事件が他県とまたがれば、合同捜査本部という名のもと、ほかの県の刑事と競い合わなければならない。浜中にとって、これほど向かない職場はない。

言われるままに手錠をかけただけなのに、なぜこんな目に遭うのだろう。夢はなかなか叶わないというが、田舎の駐在所に勤務するのがそれほど難しいことなのか。そんなことを思い、非番の日に独身寮でふさぎ込んでいると、例の刑事課長がやってきた。高崎署としては手放したくないが、君の将来を思えばやむを得ない、県警本部一の刑事になることを祈っている。そして立派になった君が、真のエースとして高崎署の刑事課に戻る日を楽しみに待っている。そう言い残し、課長は一升瓶を置いて帰った。

自分ほど不運な男もいないのではないか――。

浜中は再びそっとため息をつき、そこへ電話が鳴った。電話を取るのも若手の仕事だ。条件反射のように浜中はさっと手を伸ばし、受話器を摑んだ。水上町で首なし死体が見つかったという。被害者の名は神月彩。浜中は思わず息を呑んだ。

「どうした？」

残っていた刑事の一人、森住継武が声をかけてきた。受話器を手に呆然とする浜中に、訝しげな視線を据えている。通話は終わっていたが、受話器を戻すのを忘れていた。

「死体が出ました」

ぽつりと浜中は応えた。

「死体だあ？　馬鹿野郎、なぜそれを早く言わねえ。ぼさっとすんな、行くぞ」

と、森住は席を立った。

「ですが係長、被害者がその……」

「なんだ、さっさと言え」

「親戚なんです、自分のはとこに当たります」

浜中は応えた。神月彩の祖母の一乃は、浜中の祖母の姉にあたる。

「親戚？　はとこといえば六親等か……。それだけ離れていれば、まあいいだろう。行くぞ」

浜中は腰をあげた。もう一人の刑事は宿直だから、彼を残して森住と二人で部屋をあとにする。県警本部を出て駐車場へ行き、レオーネの運転席に浜中はすわった。赤色灯を屋根につけて車を出す。県道に出てしばらく行くと、助手席の森住が呟いた。

「水上か……」

あの事件だなと浜中は思う。

十三年前。水上町に住む十二歳の少女が学校を出たあと行方不明になり、翌日近くの山中で死体となって発見された。首を強く締められたことによる窒息死で、暴行を受けていた。

四日後、水上町に隣接する沼田市で、同様の事件が起きた。被害者は十四歳の女子。やはり暴行後、絞め殺されていた。

連続殺人事件の可能性があった。群馬県警は最初の事件後、沼田署に捜査本部を設置していたが、規模を大きくした。係の別なく人員が集められ、大捜査態勢が敷かれた。世間の反響も大きく、この時期群馬県内のほとんどの小中学校では、保護者や教師が先導し、児童や生徒を一斉下校させた。だが、事件は起きた。

沼田市の西に月夜野という町がある。十三歳の少女の死体が、その山中で見つかった。暴行後にひも状のもので絞殺され、ぼろ切れのように捨てられていた。

被害者たちの体内に残されていた男性の体液を調べたところ、同じ血液型だと判明し、三つの現場で同色の乗用車が目撃されたこともあり、捜査本部は同一人物の犯行と断定した。しかしこうした事件は難航する。金銭トラブルや痴情のもつれと違い、動機から犯人を辿《たど》れない。自分好みの少女なら誰でもよいと犯人が考えているのであれば、神出鬼没になれる。警戒のしようがない。結局犯人は捕まらず、合同捜査本部は解散した。

捜査本部が解散して六日後に、前橋市で九歳の女子児童が行方不明になり、さらに五日後、同市西部で八歳の女児が、ソロバン塾の帰りに姿を消した。二人に共通項はない。ただ二人とも、同世代の女児たちに比べて背が小さく、痩せていた。

群馬県警は両事件に重大な関心を寄せ、捜査本部を設置したが、どちらの死体も出てこなかった。先の事件との関連性がはっきりしないまま、この捜査本部も犯人を検挙することなく解散した。二人の少女の行方は、今もって知れない。

「同一犯に決まってる。性的欲求を満たすためだけに、五人もの女の子を殺した奴がいる。恐らくは今もどこかで、そいつはのうのうと暮らしてやがる」

吐き捨てるように森住が言った。森住は上昇志向が強く、ほかの捜査員を出し抜いて手柄を挙げることばかり考えているような男だが、裏を返せばそれだけ犯罪者を憎んでいるのかも知れない。

浜中は小さくうなずき、アクセルを踏み込んだ。赤色灯の光が、夜の街を血の色に染める。

やがてレオーネは水上町に入った。水上町は群馬県の最北に位置している。谷川岳を始めとして、至仏山《しぶつさん》や武尊山《ほたかやま》など、二〇〇〇メートル級の山々に囲まれ、冬ともなれば深い雪に閉ざされる。

水上という名が示すとおり、ここは水の町だ。町を南北に利根川が流れ、沿うように県道が走り、集落はそんな道沿いにあったから、自然人々は川の近くに住んでいる。湖も多い。水上町には奥利根湖、洞元湖《どうげんこ》、藤原湖の三つがあり、北部に建設中の奈良俣ダムが竣工すれば、もう一つ湖が生まれるだろう。

この町を経済的に支えているのもやはり水で、水上には八つの温泉郷があり、どこも湯治客を集めていた。町の最南端にある水上温泉郷など、大小の宿がひしめくように軒を連ね、県内有数の温泉街を成している。そぞろ歩く宿泊客や射的に興じる酔客たちで、土日など、さほど広くない温泉どおりは一杯になる。カヌーや小型のゴムボートで川を下るラフティングといったウォータースポーツも盛んで、谷川岳の雪解け水が注ぐ利根川に涼を求めて、夏場は人であふれる。

そんな水上温泉郷から北東へ十キロほどのところに、古くから藤原と呼ばれる郷が広がり、その中に首ノ原という村がある。

藤原の地名の起こりは、かつて奥州平泉の藤原一族が隠れ住んだことに始まるという。奥州藤原家の滅亡にともない、このあたりまで藤原の民が流れてきたのだろう。

首ノ原という村の名も、そのあたりに由来している。藤原氏は源氏に滅ぼされたため、特に恨みを呑んだ人々が身を寄せ合うように小さな村を作り、源氏に復讐を誓った。彼らは自分たちの意志を示そうとしたが、当時源氏は絶頂期を迎えつつあり、大っぴらにはできない。そのため源からさんずいを取って原とし、いつか源氏の首をこの地に晒してやるという思いを込めて、自分たちの村を首ノ原と名づけた。そんな伝説を持ち、一種隠れ里のふうでもあり、群馬と新潟を結ぶ上越線が昭和六年に全通するまで、首ノ原の存在を知る者はあまりなかった。

「親戚だと言ったが、死体の出た神月ってのは、どんな家なんだ？」

森住が訊いてきた。

「古くからの名家でして」

浜中は応えた。神月家は江戸の昔から、首ノ原の名主を務めていたという。今でも里に広大な土地を有している。首ノ原に平地はごく少なく、米はほとんど取れないから、神月家も主に果樹園を営んでいる。

「そうか……。うん？」

と、森住が首をひねった。レオーネは水上温泉郷にさしかかっていた。ホテルや旅館の灯りに照らされ、路面が白く輝いている。

「雪でしょうか？」

「十一月になったばかりだ。みぞれだろう」

森住が応えた。浜中は少しスピードを緩める。温泉街を抜けてささやかな商店街を越えると、闇がレオーネを呑み込んだ。道の左に山肌が迫り、右手の落ち込んだ林の先には利根川が流れている。ここからはずっと山道が続く。連続するカーブを一つずつ、浜中は慎重にクリアしていく。はるか尾瀬へと続くこの道の彼方に、首ノ原はある。

やがて左手にちらちらと、湖面が見え隠れした。昭和三十二年、藤原にダムが造られ、それに伴ってできた藤原湖だ。降り注ぐ月光を吸い込むかのように、湖面は静かに澄んでいる。うねりもない。

そんな景色に目をやりながらさらに行くと、右手に白いなまこ塀が見えてきた。神月家だ。刑事として神月家にくるとは思わなかった。何年か前に会った彩の笑顔を思い出し、浜中はやりきれない思いに包まれた。

5

所轄である沼田署の捜査員たちがすでに到着しているらしく、道の脇にはパトカーが数台停まっていた。うしろにレオーネをつけて、浜中は道へと降り立つ。県警本部のある前橋市よりかなり気温が低く、吐く息は白かった。

森住とともに、浜中は神月家の門をくぐった。広い敷地の中に捜査員の姿がちらほら見える。彼らに会釈をしながら敷石を踏み、四十メートルほども歩いてようやく玄関へ着くと、コートを着た痩身の男がいた。

「ああ、ご無沙汰しています」

立ち止まって森住が言う。人を見下したような態度ばかりの森住が、珍しくかしこまっている。

「よう、久しぶり。県警本部の刑事さんが、そろそろお見えになる頃だと思ってな。出迎えさ」

「そんな……」

森住は顔の前で手を振った。男は浜中に目を向ける。森住がそれぞれを紹介した。男は沼田署刑事課の警部補で、有浦良治といった。浜中も名前だけは知っている。かつて県警本部の捜査一課で名を馳《は》せた刑事だ。

「噂には聞いている。刑事が天職のような男だってな」

と、頬だけで笑って有浦が右手をさし出してくる。刑事同士の握手など珍しいが、有浦の動作はごく自然にみえた。恐縮しながら浜中も右手を伸ばす。

「現場はまだそのままにしてある」

握手を終えると有浦は、口調を改めてそう言った。森住がうなずいて、浜中たちは玄関に入る。三間ほどの三和土《たたき》があり、廊下が奥へと流れている。廊下の右に応接室や英市夫妻の寝室があり、左手はリビングと納戸の先に、唯と彩の部屋が続いている。奥は台所で、ここまでは全て洋式の造りになっている。十六年前に建て増しされたものだ。

有浦を先頭に、浜中たちは無言で歩いていく。こうして神月家の廊下を踏んでも、彩が殺されたという実感がまるで湧かない。県警本部に連絡がきて、神月家がこれほどの騒ぎになっている以上、彼女が死んだのは事実だろう。頭ではそれが解っている。しかし気持ちが追いついていない。

廊下を奥まで行き、浜中たちは左に折れた。突き当たりに勝手口がある。新邸はここで終わり、勝手口の手前で右を向けば、そこから旧の神月家が始まる。明るい茶色のフローリングは、つやつやと黒光りする廊下に変わり、部屋はすべて和室になる。匂いも新邸とはどこか違う。代々ここに住んでいた人々の暮らしの匂いが壁や天井やふすまに染み込み、そっと漂ってくるかのようだ。

旧邸に入ってすぐ左が広間で、壁を挟んで二つの八畳間がある。建て増し以前、この八畳間は彩と唯が使っていた。廊下の右手は一乃の部屋になっている。一乃だけが今でも一人、旧邸に起居《ききよ》しているはずだ。相変わらずふすまが少し開き、人の気配が中にある。

浜中は目一杯顔を左に向けて、恐る恐る部屋の前をとおった。なんとか気づかれずに済んだ、そう思って胸をなで下ろした瞬間、うしろから声をかけられた。

「康平かや！」

がたりとふすまが開き、一乃が顔を覗かせた。

「うちにきたのに、なぜばあちゃんに挨拶せん！」

と、一乃は廊下に出、腰に両手を当てて仁王立ちになった。相変わらず背筋がぴんと伸び、かくしゃくとしてみえる。彩が死んだはずなのに、打ちひしがれた様子はない。

浜中の両親はとうに離婚し、以来父とは音信が途絶えている。母は数年前に死んだ。その母は伯母の一乃と、すこぶる仲がよかった。浜中も大伯母の一乃には大層可愛がられ、小さい頃は夏休みともなれば、母と二人で神月家に長期滞在した。体の弱い母にとって、町よりずっと涼しい首ノ原は過ごしやすかったはずだし、その頃から浜中の両親は、うまくいっていなかったのだろう。母にしてみれば、ちょっとした家出のつもりではなかったか。

浜中の夏の記憶は、一乃の背とともに始まっている。寝たり起きたりの母に代わり、一乃はよくおぶってくれた。ゆっくり優しく背を揺らし、少しだけ顔をこちらに向けて、童謡を唄ってくれた。今でもなにかの拍子に赤とんぼの唄を耳にすれば、決まって一乃の顔が浮かぶ。

浜中が一人で歩けるようになると、一乃に連れられて彩や唯とともに、よく川へ降りた。水遊びに飽きれば森で虫を捕った。浜中の夏は、一乃たちとの思い出にあふれている。親戚の中で一番気安くできるのが一乃であり、しかし頭があがらない。なぜだか解らないが、一乃には逆らえない。

「あ、いや、一乃ばあ。今日はほら、その……、仕事だから」

有浦たちを目で示しながら、浜中は応えた。

「仕事だろうがなんだろうが、きたらまずばあちゃんのところへ顔を出す！」

「あ、はい」

「解ればよい。元気そうでなにより。さて、そちらは有浦さんと……」

「県警本部の森住です」

と、森住がかすかに頭をさげた。

「森住さんか。康平は私の妹の孫にあたります。優柔不断であまりしゃきっとせんが、どうかお二方とも、よろしく面倒を見てやってください」

「解りました」

有浦が応えると、丁寧に頭をさげて、一乃は部屋に引っ込んだ。

「済みません」

思わず浜中は言った。

「謝ることはない。しっかりした大伯母さんじゃないか」

片頬で笑いながら、有浦が言う。浜中たちは歩き出した。

一乃の部屋の隣は台所で、廊下はそこで十字になっている。十字廊下の先の右手に客間が、左手に奥座敷がある。有浦は十字廊下の先で足を止めた。奥座敷を目で示す。浜中が遊びにきていた時分は英市夫妻が寝室にしていた。入った記憶はほとんどない。ふすまを開けて､有浦が部屋に踏み込んだ。浜中たちも続く。奥の間との境のふすまは閉まっている。浜中たちは部屋を突っ切り、ふすまの前に立った。

「惨《むご》い有り様でな」

暗い声で言い、森住と浜中を順々に見て、有浦はふすまに手をかけた。ゆっくり開けていく。首のない死体と聞いてはいたが、それでも浜中は息を呑んだ。八畳間のほぼ中央に死体がある。花嫁衣裳を着、きちんと正座している。しかし首がない。なぜだか悲しみは湧かなかった。胴体だけを見ているせいか。目の前の物体が彩だとは、どうしても思えない。

「死後の切断でしょうか」

平素と変わらない口調で森住が言った。白無垢の首のあたりがわずかに赤く染まっているだけで、血はほとんど流れていない。森住の言うように、死後首を切断したのだろう。

深呼吸を一つして、浜中は部屋を見まわした。着物用の細い紐が、死体の脇に落ちている。部屋の隅には角隠しと包丁がある。包丁の脇には裁ちばさみと、なぜか大量の髪の毛が散乱している。荒らされた形跡はない。障子はすべて閉まっている。

有浦と森住が死体に近づいていく。目でうながされて浜中も奥の間に踏み込んだ。近くで見ると、死者の体を締めつけるかのように、きつく花嫁衣裳が着せられていた。死体が倒れずにすわっているのは、白無垢に支えられた格好になっているためだろう。

見たくなかったが、そうもいっていられない。恐る恐る浜中は、首の切断面に目をやった。頸部《けいぶ》がほぼ水平に切断されている。のこぎりで挽ききったような、むごたらしい傷ではない。鋭利な刃物を使っている。部屋の隅に落ちている包丁で切ったものか。包丁の刀身には、少量の血と白い脂が付着している。

「被害者のものでしょうかね？」

床に落ちている髪の毛を目で示し、森住が言った。裁ちばさみで乱雑に切ったように見える。

「まだなにも解らないさ」

有浦が応えた。

「首はどこに……」

「少なくともこの部屋にはない。これから本腰を入れて探すがな」

と、有浦は歩き出した。部屋の北と東に障子がある。有浦は東の障子に手をかけて、言った。

「ちょっときてくれ」

うなずいて、浜中たちは有浦のところへ行った。有浦が障子を開ける。旧邸の北と東には半間幅の縁側が張り出し、ガラスの引き戸がついていた。雨戸は閉まっていない。月明かりに照らされて、外の様子が窺えた。東の縁側のすぐ先から果樹園が始まり、それこそ手の届くところにリンゴの木が植わっている。以前はもう少し離れていたが、いつの間にかリンゴの木が、家の近くにも生えるようになったと、一乃が言っていた。リンゴ園の先には梨と栗の木が、三反に渡って植えられている。無論そこまでは見えない。

「ガラス戸はすべて閉まっているが、一切施錠はされていない。さて、現場はこれぐらいにして、聞き取りでも始めるか」

有浦が言った。

6

一乃の配慮で玄関を入ってすぐ右の応接室が、有浦たちに貸し与えられた。部屋の中央には、上品な色合いの本革ソファが置かれている。ドアを向く格好で有浦と森住が並んですわり、浜中は横の一人用に浅くかけた。壁沿いの飾り棚には、古伊万里や景徳鎮が並んでいる。趣味で初江が集めたものだ。小さい頃、絶対に手を触れるなと浜中は釘を刺された。

ノックの音がした。一拍おいてドアが開き、年かさの捜査員が顔を覗かせる。有浦が軽く右手を挙げた。捜査員は頭をさげて部屋に入り、死体が神月彩に断定されたと告げた。一乃と初江が体を丹念に確認し、彩であると断言したそうだ。死体を調べる前、彼女たちには彩の身体的特徴をいくつか挙げてもらった。それも死体と完全に一致したという。

それだけを報告すると捜査員は忙しげに出て行き、入れ替わりのように初江が入ってきた。応接室に入る前、英市夫妻に挨拶しておいたので、浜中の姿を見ても驚いた様子はない。軽く頭をさげて浜中たちの前に湯飲みと茶菓子を置いた初江は、有浦たちの向かいのソファに腰をおろした。

「この度はご愁傷様です。お気落としとは思いますが、いくつかお訊きしたいことがあります。よろしいですか？」

初江がうなずく。泣いてはいないが、ひどくうつろな表情をしている。胴体が彩の特徴と一致したとはいえ、首はまだ出ていない。浜中と同じで、彩の死を実感できていないのだろうか。

「ええとまずは……」

有浦が質問を始めた。手帳を取り出し、浜中は鉛筆を握る。

「彩さんは明日結婚する予定だった。そうですね？」

「はい」

初江が応えた。

「お相手は？」

「青沼誠一さんという方です」

「どちらにお住まいです？」

「伊勢崎市です。市内で青沼製作所という自動車部品の工場を、お父様とともに経営なさっています」

初江が言った。富士重工の大きな工場が群馬県の太田市にあるので、県内には自動車部品を製造する会社が多い。

「彩さんも結婚後は伊勢崎市に？」

「はい。でも神月の血を途絶えさせるわけにはまいりませんので、いずれはこちらに戻り、私たちのあとを継ぐことになっていました。工場のほうはお父様と弟さんにお任せして……」

「あとを継ぐ……。ではあなたとご亭主の間に、お子さんは彩さん一人きり？」

「唯という娘もおります。都内で働いていまして、明日の朝こちらへ戻る予定です」

「そうですか。彩さんはずっとこちらに？」

「いえ、都内の上場企業に勤めていましたが、十日ほど前に辞めて、首ノ原に帰ってきました」

「お子さんは彩さんと唯さんの二人だけ？」

「そうです」

「奥座敷に何人か、若い女性がいましたね。彩さんのご友人だとか」

有浦が話題を変えた。

「小中学校時代の彩の同級生です。式の手伝いをお願いしましたところ、快く引き受けてくださって……。打ち合わせも兼ねて、泊まりがけで遊びにきてもらいました」

「泊まりですか？」

「こちらへ戻ってからずっと、彩は奥の間に起居していたのですが、結婚式の前日は友人たちと旧邸で一晩過ごしたいと言い出しまして……。それでみなさんをお誘いしたのです。ゆっくり昔話でもしたかったのでしょう。先ほどまで、それは賑やかで」

初江の声が湿り気を帯びた。悲しみをそこで堪えるかのように、小さく肩が震えている。静寂がそっと降りてきた。有浦は少しの間無言でいたが、ややあってから、泊まりにきていた友人たちの部屋割りを訊ねた。

旧邸に入るとすぐ左に広間があり、二つの八畳間が隣接している。北の縁側に面した八畳間に今井瑠璃子と西条みさきが、南の八畳間には朝河弓子と山崎風音が泊まる予定でいたという。

「彩さんは花嫁衣裳を身につけていましたが、あれは？」

有浦が問う。

「今日の夕方、彩は美容院で髪を結ったんですわ。それで気分が出てきたのか、白無垢を着たいと突然申しまして……。お友達にも自慢したかったのでしょう。一度言い出すと、聞かない娘でしたから」

初江が応えた。

「花嫁衣裳を着たのは何時頃です？」

「午後七時前に着付けを始め、すっかりできたのが八時過ぎだったと思います」

「そのあとは？」

「お友達に花嫁姿を披露したあと、一人になりたいと彩が申しまして、私たちは奥の間を出ました」

「何時頃です？」

「八時半頃だったでしょうか……」

死体発見の電話が駐在所に入ったのは、九時十六分だ。それまで初江は英市とともに、新邸のリビングにいたという。

「さて」

居住まいを正して有浦が言う。

「彩さんがなぜあのような目に遭われたのか、お心当たりはありませんか？」

「さあ……、わがままな娘でしたが、しっかりしつけたつもりですし」

「他人に恨みを買うようなことはなかった？」

「はい」

「彩さん、過去に恋人は？」

「いません」

初江は断言した。

「しかし彼女、都内で働いていたのですよね。仲のよい男性の一人や二人」

「あの娘の結婚相手は、神月家の十八代目にふさわしい人物でなければなりません。むやみに男性を近づけないよう、そうした教育はきちんとしてきました」

「そうですか……。うん、解りました。お疲れのところ、ご協力ありがとうございます。お気を悪くされる質問もあったと思いますが、ご容赦ください」

有浦が言い、初江は腰をあげた。一礼して部屋を出ていく。続いて有浦は英市を呼んだ。応接室に入ってきた英市は、力なくソファにすわってただうつむいている。

女系家族の神月家にあって、入り婿の英市は昔から影が薄かった。黙って酒を飲んでいる姿ばかりを浜中は覚えている。今日もかなり飲んでいるらしく、熟柿《じゅくし》のような酒の匂いが漂ってくる。有浦が質問しても呂律さえ怪しく、とても満足に応えられない。

有浦は英市への聞き取りをすぐに打ち切り、一乃に声をかけた。部屋に現れた一乃は、相変わらず毅然としていた。しっかり働けと言わんばかりの、射るような視線を浜中に向けてから、挙措端正《きよそたんせい》にソファへすわる。

「彩さんが亡くなられた時の状況を、少しお訊きしたいのですが……」

有浦が言った。

「なんなりと」

「彩さんがお一人になり、あのような状態で見つかるまで……、具体的には八時半から九時十五分の間ですが、刀自《とじ》はなにをしておられました？」

「ずっと部屋におりました」

「お一人で？」

「九時頃にみさきちゃんが部屋にきたが、それまでは一人でした」

「部屋を空けたことは？」

「ない」

「なにか変わったことはありませんでしたか？」

「特には……。廊下をとおった者も、風音ちゃん以外おらんかったし」

「廊下を？　なぜ解るんです。足音ですか」

「部屋を閉め切るのが嫌いでな。私はいつも廊下側のふすまを少し開けておく」

「なるほど……。誰かがそっと廊下をとおり、それを見逃すことはありませんか？」

「ずっとこたつにいて、廊下を向いてすわっていた。誰かがとおれば必ず見える。目もまだ悪くはない」

「旧邸の取っつきに広間があります。あそこのふすまを開けて、すぐ新邸に入ってしまえばどうです？」

「目と鼻の先だ。気づかないわけがない」

「では彩さんが殺害されたと思われる時間帯、すなわち八時半から九時十五分の間、風音という娘さん以外、廊下をとおった人はいないと？」

「おらんかった」

一乃は断言した。

「そうですか……。うん、解りました。またなにかあればお訊きしますが、よろしいですか？」

「なんなりと。このあとはしばらく、初江たちとこっちのリビングにおる」

言って一乃は立ちあがり、部屋をあとにした。ふうと息をつき、内ポケットから有浦が煙草を出す。

そこへノックの音が聞こえた。先ほどの捜査員が入ってくる。

「首が見つかったのか？」

有浦が訊いた。

「いや、まだです」

そう言いながら、男はこちらへきた。そして口を開く。

「どうやらこれ、外部の者の犯行ではありませんな」

「なぜ解る?」

有浦が問う。

「ないんですよ、足跡が」

「ない?」

「家の周囲をひととおり調べたんですがね、見つかった足跡は一つだけなんです。二十五センチのサンダルの跡で、台所の北の勝手口から外の風呂場までを往復しています。勝手口のところにあった木製サンダルと、跡が完全に一致しました。家人に確認したところ、サンダルは常時そこに置いてあるとのことです。玄関先や庭にも足跡はありましたが、それらはすべて警察関係者のものでした」

男が言った。神月家の旧邸内にトイレと風呂はなく、庭の北にそれぞれ別棟として造られている。農作業の途中でも家にあがることなく用が足せたし、風呂は檜造りのなかなか立派なものだから、新邸にトイレと風呂ができた今でも、これらは使われている。

「短い時間でよくそこまで調べられたな」

「降りやんだみぞれが、地面を白く覆っていましたからね。もう溶け始めていますが、人がとおれば必ず足跡が残ります。まあもう少し、詳しくやってみますが」

「頼むよ……。ああそうだ、ちょっと調べてもらいたいことがあるんだが」

「みぞれの降っていた時刻なら、確認してありますよ」

にやりと笑って男が言った。

「相変わらず早手まわしだな」

「どういたしまして。今夜のみぞれは、水上町から新潟県の境にかけて降ったそうです。場所によって時間にばらつきはありますが、このあたりでは午後の六時半頃に降り始め、八時前にはすっかりやんだとのことです」

「それじゃ午後の八時前から今まで、この家から出た者は一人しかいないと」

「出たといっても、庭の風呂場へ行っただけですがね」

「そうか……」

「まあいずれにしろ、ガイシャの首は家の中か風呂場あたりにあるはずですから、引き続き探してみます」

「彩の友人たちの荷物もよく調べてくれ。泊まる予定だったらしいから、それなりのものを持ってきているだろう」

「了解」

言って男は応接室を出ていった。

7

続いて有浦は今井瑠璃子を呼んだ。小さい頃に神月家で、瑠璃子に会った記憶が浜中にはある。彼女も覚えていたらしい。応接室に入ってきた瑠璃子は誰にともなく頭をさげたあと、浜中に気づいてかすかに会釈してきた。

有浦にうながされ、瑠璃子はソファにすわる。白いハイネックのセーターとジーンズを無造作に着こなし、そんな格好が短い髪によく似合っていた。中性的な魅力を備え、活発そうな印象だが、今は悄然《しょうぜん》と肩を落としている。

「彩さんとは同級生だったとか?」

有浦が訊いた。

「首ノ原には小学校も中学校も一つきりなので、みんなそこへかよいます。彩とは小学生の時から、仲よくしていました。高校は別になってしまいましたけど……」

彩は都内の全寮制の女子高へ進み、瑠璃子は山崎風音や朝河弓子、そして西条みさきとともに、沼田市内の高校へかよった。しかし高校は中学よりも生徒の数がはるかに多く、瑠璃子たちはやがてそれぞれに別の友人を得た。そしていつしか廊下で会えば、会釈するぐらいの仲になっていたという。

狭い里でずっと暮らし、交友関係は限られていた。ところが高校へ行くと、様々な考えや魅力を持つ同級生が大勢いた。解き放たれたようにして、瑠璃子たちは新しい友を持ったのだろう。

「高校を出たあとは?」

有浦が訊く。

「都内の短大へ進み、今は太田市で保母をしています」

「太田市。ではあちらにアパートでも？」

太田市は群馬県の南部にあり、水上からはとてもかよいきれない。

「はい。職場近くのアパートに一人で暮らしています」

「こちらに戻ってきたのはいつです？」

「今朝です」

「ご実家はこの近く？」

瑠璃子はうなずく。今井家はこのあたりで林業を手広く営み、首ノ原では神月家に次ぐ家格のはずだ。

「神月家にきたのは、何時頃です？」

「午前十一時です。彩と約束していましたので」

「二人でどこかへ？」

「はい。彩と一緒に水上へ出て、美容院に行きました」

店の名を訊き、有浦は先を促す。

「夕方の五時過ぎに私と彩がここへ戻ると、みんな集まっていました」

「みんなとは？」

「弓子と風音、それにみさきの三人です。五時に神月家へ集合ということになっていましたので

「……」

「そのあとは？」

「奥座敷で早めの夕食を取りながら、明日の打ち合わせをしました」

魂の抜けたような表情で、瑠璃子は淡々と応えていく。悲しみよりも驚きに支配されている。そんなふうだ。

「打ち合わせが終わったのは？」

「六時半頃です。そのあと彩が花嫁衣裳を着たいと言い出し、初江さんと奥の間に入りました」

「あなたたちは？」

「彩が着替えるのを待ちました」

「着替えの間、奥座敷を出た人は？」

「みな一度ぐらいは席を立ったと思いますが、長い間部屋を空けた人はいません」

「花嫁衣裳のお披露目が始まったのは、何時頃です？」

「八時過ぎだと思います」

「うん、それで？」

「二、三十分ほど彩を囲んで話をし、奥座敷を出ました」

「彩さん一人を残して？」

「はい」

「全員一緒に部屋を出ましたか？」

「はい」

「奥の間を出て、それから？」

「私とみさきは、以前に彩が使っていた部屋に泊まる予定でしたので、そこへ行きました」

「縁側に面した八畳間ですね」

「はい」

「それで？」

「ずっと私は部屋にいました。初江さんの悲鳴が聞こえるまで……」

瑠璃子の声が落ちた。

「済みません、あともう少しだけ」

ややあってから、有浦が言った。瑠璃子は小さくうなずく。

「彩さんと別れて初江さんの悲鳴が聞こえるまで、みさきさんも部屋にいましたか？」

「はい……。ああいえ、そういえばみさきは途中で一乃さんのところへ行くと、部屋を出ました」

「何時頃です？」

「正確な時間は解りませんが、悲鳴が聞こえる十分か十五分ぐらい前だったと思います」

「みさきさんが出ていき、そのあとあなたは部屋に一人でいたのですね？」

「はい」

「解りました。どうもありがとう。部屋に戻って結構ですよ」

瑠璃子は立ちあがり、頭をさげてドアに向かう。

「ああ、そうだ。このまま泊まるというわけにもいかんでしょうから、のちほど車でご自宅へお送りします。それと西条みさきさんに、こちらへきて頂くようお伝え願えませんか？」

有浦の言葉にうなずいて、瑠璃子は応接室を出ていった。ほどなくみさきが入ってくる。

「あれ？　えっと……」

浜中を見てみさきが言った。みさきの実家は首ノ原で雑貨店を営んでいる。そこへは時折買い物に行ったから、浜中はみさきと面識があった。浜中が軽く頭をさげると、思い出したというふうに、みさきは大きくうなずいた。

有浦にうながされてソファにすわったみさきは、ひどく落ち着きがなかった。視線が定まらず、きょろきょろあたりを見まわしている。男好きのする顔立ちで、まっすぐ伸びた黒髪は腰まである。みさきはその毛先を右手で弄んでは、枝毛を探すような仕草を繰り返した。

ややあってから、有浦が質問を始めた。瑠璃子の時もそうだったが、まずは彩との関係や、高校での話を訊く。雑談で相手の気持ちをほぐしつつ、人となりをざっと把握して、徐々に本題へと切り込んでいくやり方だ。

「高校を出たあとは？」

有浦が訊く。

「都内の花屋に勤めました。でも朝が早いんです、お花屋さん。それに水仕事が多くて手も荒れるから、一年で辞めちゃいましたよ」

「うん、それで？」

「池袋のレコード店でバイトしました。ここは長く続きました。社員にもなれて、職場結婚もしたし。式は都内で挙げたから、首ノ原の人は呼ばなかったけど……」

「ほう、ご結婚を。お子さんは？」

「いやだ、いませんよ。すぐ離婚しちゃったもん」

あっけらかんとみさきが言う。

「だって結婚したら、彼、つき合ってる時とすっかり変わってしまったんです。以前みたいに私のことをきれいって褒めてくれないし、一緒に出かけようともしないし……。なんかもう、ただご飯を作っていればいいって感じ。男の人ってみなそうなのかな」

有浦が苦笑を浮かべ、みさきもにこっと笑ってみせた。そして言う。

「離婚したあと、レコード店は辞めました。それでこっちへ戻り、実家の雑貨屋を手伝っています。もう二年になるかな。

うちの近くには朝河の家があるから、弓子とは結構よく話します。中学時代の友情の、復活ってほどじゃないですけど」

「そうですか。今日は神月家へ何時頃きました？」

「五時少し前かな。風音や弓子と同じバスで……」

「それまでは？」

「ずっと店にいました」

みさきが応えた。続いて有浦は神月家でのことを訊いていく。彩が奥の間で一人になる午後八時半までについては、瑠璃子の答えと同じだった。

「奥の間を出て瑠璃子さんと部屋に入り、そのあとは？」

「一乃ばあちゃんの部屋へ遊びに行きました。仲いいんです、私とばあちゃん」

「一乃さんの部屋へ行ったのは何時頃です？」

「そんなあ、いちいち時計見ていませんよ」

「大体で結構ですがね」

「えっと、九時頃だと思います」

みさきは応えた。一乃の証言とほぼ一致する。

「一乃さんの部屋以外に、どこかへ行きましたか？」

「いいえ」

「そうですか。うん、もう結構ですよ」

有浦が言った。

8

みさきが部屋を出、有浦が煙草を一本灰にしたところで、邸内にいた警察官の全員が、応接室に集まってきた。旧邸内のどこにも首がないという。

「友人たちの荷物の中は？」

誰にともなく有浦が訊いた。

「四人とも、ボストンバッグやデイパックを持っていました。了解を得た上で中身を徹底的に調べましたが、首はおろか、不審なものは一切見つかっていません」

捜査員の一人が応える。

「縁の下はどうだった？」

「探しましたが、首はありませんでした。隠したような形跡もなしです」

「外の風呂場とトイレは？」

みなが首を横に振る。

「どこにもなしか……」

と、有浦は少しの間考え込んでみせ、ほどなく顔をあげた。

「今度は新邸内を探してくれ。首は必ずどこかにあるはずだ。疲れているとは思うが、頼むよ」

捜査員たちはてんでにうなずく。そのまま十分ほど打ち合わせをし、彼らが応接室を出ようとしたところへ、廊下からにぎやかな曲が聞こえてきた。浜中たちは思わず顔を見合わせる。捜査員の一人がドアを開けると、初江が廊下にいた。彼女も不審げな表情を浮かべている。

浜中たちはドアのところへ行った。音は新邸の、彩の部屋から漏れている。トルコ行進曲だ。首をかしげた初江は会釈を残して歩き出した。彩の部屋へ入る。すぐに大きな悲鳴が聞こえてきた。

有浦がさっと部屋を出た。浜中たちも続く。有浦を先頭に捜査員たちが彩の部屋に入り、浜中はドアから中を覗き込んだ。初江がいる。こちらに背を向け、ぺたんと腰をおろしている。正面の壁には大きな時計が飾られ、どうやらそれを見あげている。浜中も時計に目をやり、思わず息を呑んだ。

時計はかなり大きく、いかにも凝った造りをしていた。トルコのトプカプ宮殿のミニチュアになっており、アーチ型の正門のところに文字盤が填まっている。門の左右には円柱の塔が立ち、先へ行くほど尖っている。からくり時計だ。浜中も以前に見せてもらったことがある。アラームをセットしておけば、正門の上、城壁のところにトレイがせりあがり、何体もの小さな兵隊がくるくるまわる。

しかし目の前のからくり時計に兵隊はいない。代わりに首がまわっている。ところどころが赤く染まり、毛糸の帽子を目深にかぶった首が、楽しげな曲に合わせてまわっている。あまりに異様な光景に、浜中は二の句が継げずにいた。

「あ、彩……、彩……」

かすれた声で初江が言う。有浦は身じろぎもせず、時計に顔を向けている。浜中の背後からかん高い悲鳴が聞こえた。びくりと震えて振り返れば、いつの間にか彩の友人たちが集まっていた。一乃もいる。悲鳴をあげたのはみさきらしく、くずおれようとする彼女の肩を抱くようにして、一乃が腰を折ろうとしていた。

「ちょっとみなさん落ち着いて」

時計の前に立ち、こちらを向いて有浦が言う。

「これ、人の首ではありません」

「首ではない?」

一乃が問う。

「人形です。よくできてはいるが……」

ため息とともに有浦が応えた。トルコ行進曲が終わる。するするとトレイがさがり、宮殿の中に首が収まっていく。浜中たちは無言でそれを見ていたが、首がすっかり隠れると、部屋の空気がざわついた。捜査員につき添われて一乃や瑠璃子たちが去り、初江だけが彩の部屋に残った。彩の首ではないと知って少し落ち着いたようで、話を訊きたいという有浦に、初江はしっかりうなずいている。

壁の時計は建て増しの時の頂き物で、当時小学生の彩が大層気に入り、この部屋に据えた。それからしばらく、毎日のように彩の部屋からトルコ行進曲が聞こえていたが、飽きてしまったのか中学生になる頃には、あまり時計は鳴らなくなった。彩が都内の高校へ進むとこの部屋は空き、時計に興味を示す者もなく、最後に初江がトルコ行進曲を聞いたのは、十年以上前だという。

初江に話を聞き終えると、有浦は白い手袋を填めて時計を壁から外した。浜中も横に立って観察する。宮殿の右の塔の裏側にスイッチがあり、オンにしておけば針を合わせた時刻に音楽が鳴って、城の上にトレイが出てくる仕組みだ。アラームの針を動かすボタンも横についている。

城の上部には円形の蓋があり、真ん中で二つに分かれていた。有浦が合わせ目に指をこじ入れ、蓋を左右に広げていく。ほどなく蓋はすっかり開いた。覗き込むと、先ほどの首が時計の中に収まっている。慎重な手つきで有浦が首を取り出し、時計の脇に置いた。蝋で作られた首で、かなり精巧にできている。彩そっくりだ。

「この首に心当たりは？」

有浦が初江に訊いた。

「五年ほど前でしょうか……、高名な人形師の先生と知り合う機会があり、拙宅へお招きしました。ちょうどお正月で彩と唯が帰省していたのですが、その先生、娘たちのことをえらく気に入ってくださいまして、人形を作らせてほしいと言い出したのです」

「人形をですか」

「はい。二人の美しさをずっと留めておきたいと仰いまして……。彩はともかく、唯はあまり乗り気ではなかったようですが、こんな機会は滅多にないと思い、結局お願いしました」

「うん、それで？」

「先生の指示で、後日二人を都内のスタジオへやりました。丸一日かけて、何百枚も写真を撮ったそうです。それから半年ほど経ち、二人の人形が届きました。原寸大の蝋人形です。さすがは高名な先生ですわ、今にも動き出しそうなぐらい精巧にできていて……」

「なるほど。人形はどうされました？」

「はあ……、あまりに似すぎていたのでしょう。彩も唯も一目見るなり、たいそう気味悪がりましてね。捨ててほしいなどと。もちろんそんなことはできませんので、専用の木箱を作り、庭の蔵に仕舞いました」

初江が応えた。神月家の母屋の南には、大正末期に建てられたという蔵がある。

「そうですか。ところでこの帽子、元から人形にかぶせられていたのですか？」

人形の頭部は、毛糸の帽子ですっぽり覆われていた。茶色の毛糸で編まれた、ごくありふれたものにみえる。

「いいえ」

と、初江は首を横に振った。

「彩さんか唯さんの帽子ですか？」

「二人とも帽子をかぶる習慣はほとんどありませんので、多分違うと思います」

「見覚えは？」

「ありません」

「うん、そうですか。今から蔵にご案内願えますか？」

初江がうなずき、浜中は有浦や森住とともに外へ出た。初江を先頭に懐中電灯でぬかるみを避けながら、南の蔵へ向かう。浜中は蔵に入った記憶はない。閉じ込められた自分を想像するだけで怖く、小さい頃は近づけなかった。

ほどなく四人で蔵の前に立ち、有浦が懐中電灯の光を扉に向けた。鍵の類は見当たらない。

「貴重なものは入っていませんので、鍵はかけておりません」

初江が言った。うなずいて、有浦が観音開きの扉に手をかけて開けた。カビとかすかな埃の匂いが漂ってくる。有浦が光を下に向けた。見る限り床に足跡はない。初江に訊くと、二週間前に床を掃いたという。

有浦を先頭に、浜中たちは蔵に入った。森住が壁のスイッチを押す。裸電球がぼうっと灯り、薄いオレンジ色の陰気な光が降ってきた。懐中電灯を消し、浜中はあたりを見まわす。

蔵は二十坪ほどの広さで、四方を漆喰の壁に覆われていた。茶箱や段ボール箱が、整然と並んでいる。荒らされた跡はない。部屋の左隅にかなり大きな木箱があり、それを初江が指さした。浜中たちは木箱に向かう。蔵の扉を目一杯開ければ、ぎりぎりとおるほどの大きさで、正面に扉が設《しつら》えてあり、観音に開くようになっている。鍵はかかっていない。

「最後にこの箱を開けたのはいつです？」

木箱の前で足を止め、有浦が初江に訊いた。

「三年ほど前でしょうか」

「その時なにか変わったことは？」

「特には……」

首をかしげながら初江が応えた。有浦が木箱の扉に手をかけ、ゆっくり開ける。浜中は目を見開いた。とても無惨な光景が広がっていた。

バラバラに切断された蝋人形が、箱の隅にまとめられている。切断する際邪魔だったのか、着せてあったらしき白いドレスも丸めて置かれている。二体の蝋人形は全裸で、とてもよくできており、さながら唯と彩のバラバラ死体がそこにあるかのようだ。耐えきれず、浜中は目を伏せた。あっけに取られたように、初江もぽかんと口を開けている。有浦と森住はなにも言わず、じっと人形に視線を置いている。

箱の中には人形だけではなく、二人がけの籐椅子も置かれていた。つやつやとした真紅のビロードが、腰かけ部分に張られている。

「家に戻られますか」

ややあってから、有浦が初江に声をかけた。初江は首を横に振る。

「そうですか。ちょっと調べさせてもらいますよ」

初江がうなずき、二、三歩うしろにさがった。

「ずいぶん足らないな」

有浦が言う。浜中も気づいていた。切断された蝋人形は、彩の部屋で見つかった頭部以外にも、欠落している部位がある。浜中たちは初江に断り、人形を床に並べていく。二体の人形は、頭部、腕部、胸腹部、腰部、大腿部、そして膝下部に分かれていた。

「この人形、どういう格好をしていたんです？」

有浦が初江に問う。バラバラすぎて、元の形が浮かばない。

「並んでその籐椅子に腰かけていました」

「もう少し詳しくお願いできますか？」

「はい。ええと……、向かって左が彩の人形で、右に唯の人形です。膝を少し斜めに、こう寄せ合うようにしてすわり、彩が左手を唯の右膝に、唯は右手を彩の左膝に置くようにしていました」

浜中たちはその格好に並べ直した。そうしてみると、彩の人形は頭部、胸腹部、左腕、右大腿部、左膝下部が、唯のほうは、頭部、腰部、右腕、左大腿部、右膝下部が見当たらない。人形の図と欠落部位を、浜中は手帳へ記した。

9

邸内に戻ると有浦が、掛け時計が鳴った時間の前後、どこでなにをしていたかについて各人に訊いた。

一乃と初江、それに英市の三人は新邸のリビングにいて、誰も部屋を出ていないという。泊まる予定の八畳間にいた瑠璃子とみさきは、初江の悲鳴を聞きつけて新邸へ駆けつけた。弓子は北の縁側に出ていたが、やはり悲鳴を耳にして新邸へ行った。ところが彩の部屋の前まで行くと、風音の姿がない。心配になった弓子が旧邸に戻ると、ちょうど部屋から風音が出てきた。そして二人で新邸へ行った――。

瑠璃子たちはそう証言した。四人別々に話を訊いたが、彼女たちの話に齟齬《そご》はなかった。

話を聞き終えた有浦は、事情聴取を再開した。朝河弓子を応接室に呼ぶ。浜中には弓子と話をした記憶がない。神月の家か首ノ原のどこかで、何度か顔を合わせた程度なのだろう。

みさきと違い、弓子は口数の多いほうではなかったが、有浦の質問にはしっかり応えた。

「高校を出たあとはどうされました?」

有浦が訊く。

「担任の先生の勧めもあって、生地や布地を扱う会社に就職しました」

「県内の?」

「いえ、会社は埼玉県の加須市にあります」

「近くにアパートでも借りているのですか？」

「はい。月曜から金曜までは向こうにいて、週末は車で首ノ原へ帰ってきます」

遠慮がちに有浦を見て、弓子が応えた。切れ長の瞳に、長いまつげがよく似合っている。

続いて有浦は、彩が奥の間で一人になるまでを訊いた。瑠璃子や風音と同じ答えが返ってくる。

「彩さんと別れたあとは？」

「風音と一緒に八畳間に入りました」

「それで？」

「ずっと部屋にいました」

「風音さんとお二人で？」

「彼女は途中でお風呂に行きましたので、その間は一人です」

風音が風呂に行っていた時間を有浦が問う。八時四十分頃に部屋を出て、九時過ぎに戻ってきたという。有浦の質問はそこで終わり、弓子は応接室を去った。ほどなく山崎風音が姿を見せる。長いスカートの裾を気にしながら、風音はソファに浅くすわった。

美雨と風音は珍しい双子姉妹として、首ノ原ではよく知られていた。浜中は風音や美雨と話したことはないが、小さい頃、そっくりな二人を奇妙な思いで眺めていた覚えがある。浜中の視線の先に美雨か風音がいるのを知ると、決まって彩に頭を叩かれた。

「高校を出たあとはどうされました？」

有浦が訊く。

「都内で働きました」

黒い水晶のような瞳を伏せて、風音が応えた。

「どのような関係のお仕事を？　さしつかえなければですが」

「デパートです」

有浦が店の名前を問い、新宿駅東口の百貨店の名を風音は挙げた。浜中は内心で首をひねる。風音は内向的にみえ、どこか翳《かげ》もあり、デパートという華やかな職場にそぐわない気がした。

「今もその職場に？」

「辞めました、四年前に」

「なぜです？」

「一緒に店をやらないかと、双子の姉が言い出しまして」

「双子のお姉さん……。お姉さんのお名前は？」

「美雨です」

「どんな字を？」

「美しい雨と書きます」

「美しい雨に風の音ですか。いい名前だ。で、美雨さんはどのような店をやろうと？」

美雨が風音に提案したのは、輸入雑貨店だという。

風音と別の高校へ進んだ美雨は、早くから将来の夢を描いていたようで、英語力を身につけるため、高校在学中に一年間ほど、アメリカのシアトルへ留学している。そして高校を卒業した美雨は、都内の輸入雑貨店に勤めて仕入れや経営を学んだ。美雨が培ったノウハウと、デパート仕込みの風音の接客で、彼女たちの店はなかなか繁盛しているらしい。少しでも話題になればと、美雨と風音はまったく同じ髪型にしているという。見分けのつかない双子の美人姉妹を目当ての客も多いのだろう。

「美雨さんは帰省されないのですか？」

有浦が問う。

「二人で店を空けるわけにはいきませんので」

「店の場所は？」

東京の有楽町の番地を風音は応えた。

「すごいですな、都心の一等地だ」

「小さな店ですから……」

「それであなたは、いつ首ノ原に戻られたのです？」

「今日のお昼過ぎです」

「ご実家はこの近く？」

「少し北にあります」

「神月家へは何時頃きました？」

「五時少し前です」

「なるほど。それまでは？」

「境内の掃除をしていました」

「境内？」

首をかしげて有浦が訊いた。

「実家、寺ですので」

「寺……。そうでしたか。寺の名は？」

「馬首寺です」

風音が応えた。

「馬首寺……」

そう呟いて、有浦は神月家でのことを訊いていく。ほかの女性たちと同じ答が返ってきた。

「彩さんを残して奥の間を出て、そのあとは？」

「弓子と一緒に、部屋へ戻りました」

「それで？」

「少しして、外のお風呂へ行きました」

「弓子さんと一緒に？」

「いいえ、一人で」

「何時頃です？」

「八時四十分ぐらいです」

「外へはどこから出ました？」

「勝手口です」

「行ったのは風呂場だけ？」

「はい」

「履物は？」

「え？」

風音はわずかに顔をあげた。

「風呂場に行った時、なにを履いて出たのです？」

「勝手口に置いてあったサンダルです。使って構わないと言われていたので……。それがなにか？」

「ああいえ。風呂から戻ってきたのは何時頃です？」

「九時過ぎです」

「その時部屋に弓子さんはいましたか？」

「はい」

「そうですか……。うん、こんなところかな」

有浦は言った。

10

「とりあえず彼女たちを、家まで送るか。詳しいんだろう、このあたり」

有浦に言われ、浜中はうなずいた。

「運転を頼むよ」

「解りました」

「よし、それじゃおれと浜中で送ってくるから、お前さんは首探しを指揮してくれ」

森住に向かって有浦が言った。応接室の前で有浦や森住と別れ、浜中は一人で外へ出る。いよいよ気温がさがり、吐く息がはっきり見えた。みぞれを降らせた雲は去り、山間の小さな空には無数の星が瞬いている。下弦の月が冴えていた。

浜中がレオーネを神月家の門前につけると、玄関から有浦が出てきた。瑠璃子と弓子を伴っている。二人を後部座席にすわらせて、有浦は助手席に乗った。浜中はレオーネを発進させる。

今井家は神月家の二百メートルほど北にあり、瞬く間に着いた。なかなか立派な邸宅で、林業を営んでいるだけあって、高価そうな材木がふんだんに使われている。戸締まりを厳重にと、玄関先まで出てきた両親に有浦が言い、浜中たちは瑠璃子と別れた。弓子に家の場所を訊き、浜中はレオーネを出す。

県道を北へ行くとやがてY字路があり、それを左へ折れた先に朝河家はあった。弓子の両親は水上町の同じホテルで働いており、二人揃っての泊まり勤務も多いという。しかし今日は母親が在宅していた。母親に弓子を託し、浜中たちは朝河家を出る。見れば門前には日章旗を立てるための、旗棒が立てかけてあった。そういえば明日は文化の日だ。清々しい秋の祝日に、彩の結婚式は予定されていた。

彩の顔が浮かび、浜中はそっとため息をついた。首を左右に振って車に乗り込む。神月家に戻り、みさきと風音を車に乗せる。

西条雑貨店は朝河家の少し先に位置していた。あたりには郵便局や信用金庫が並び、首ノ原の、ごくささやかな中心地といった感がある。駐在所の隣が西条雑貨店で、間口二間の小さな店だ。ヴィニールのひさしがすっかり色あせている。

店内には明かりが灯り、五十代とおぼしき男女がレジのうしろにすわっていた。浜中の車に気づき、揃って腰をあげる。浜中が車を停めるとみさきがすぐにドアを開け、店に走った。店からも女性が出、みさきを受け止めて抱きしめる。声をあげ、突然みさきが泣き出した。彼女なりに平静を保っていたのだろう。両親に会い、家に着いた安堵も手伝い、緊張が解けて一気に感情が押し寄せた。浜中にはそうみえた。

Y字路を左折して、浜中たちはここへきた。このまましばらく直進すれば右へ折れる道があり、それを行くとY字路のもう一方にぶつかる。そこで右折して少し行けば、風音の実家の馬首寺がある。しかしその道は狭かったはずだ。車がとおれるかどうかも定かではない。

浜中は西条雑貨店の先でレオーネをUターンさせ、きた道を戻った。先ほどのY字路を、鋭角に左へ曲がる。ここからは町道で、舗装があまりよくない。見る限り民家はない。ほどなく前方にのぼりが見えた。二十本ほど掲げられている。馬首寺だ。

道の左手に墓地があり、石段を挟んだ先が駐車場になっている。浜中はレオーネを乗り入れて停めた。エンジンを切って外へ出る。月がやけに明るく見えた。それほどこのあたりは暗い。月が隠れれば、漆黒の闇に呑み込まれるだろう。

エンジンの冷えるカンカンという音を聞きながら、浜中はのぼりを仰ぎ見た。白地に赤く、馬頭観世音菩薩と記されている。

石段を上りきった先に庫裏《くり》があるから、もう平気だと風音は言ったが、念のためそこまで送ることにした。やや急な石段を、三人で上っていく。三十段ほどで、山腹を切り取ったような境内に出た。左手に旧の墓地と旧の本堂、その奥に鐘撞堂、右手に庫裏と本堂がある。

浜中はそっとつばを呑み込んだ。大人になってきてみても、やはり馬首寺は怖い。ここにはなにかが出ると、小さい頃はほんとうに思っていた。その恐怖がじわじわと蘇ってくる、闇をまとってそちこちに、何者かが潜んでいる。息を殺してじっと浜中たちの様子を窺っている。とてもよくないなにかの気配が漂っている。そんな気がして浜中は、ぶるりと背中を震わせた。

「失礼します」

と、浜中たちに頭をさげ、庫裏へと風音が歩き出す。彼女が玄関へ入るのを見届けて、浜中たちは石段を下りた。

11

有浦とともに神月家へ戻った浜中は、ほかの捜査員たちとともに首を探した。しかし出てこない。新邸はおろか蔵にもない。旧邸内もさんざん探し、見落としはないはずだ。瑠璃子たちの荷物はすべて調べたし、足跡がないから首を外へ持ち出すことはできない。だが見つからない。

捜査員たちを疲れと焦燥感が包み始め、気がつくとみな無言で作業をしていた。そこへ捜査員の一人が駆け込んできた。新邸の納戸を調べていた浜中は、思わず廊下に顔を出す。

「首が見つかったそうです」

応接室から出てきた森住に向かって、捜査員が言った。どよめきが邸内に走る。

「どこにあった？」

森住が訊いた。

「寺です」

「なに？」

「寺で生首が見つかったという無線が入りました」

「馬首寺か？」

「いえ、龍跪院《りゅうきいん》という寺だそうです」

「龍跪院？　知ってるか？」

「はい。五、六百メートル北にあるはずです」

森住に問われ、浜中はそう応えた。

人員の半分を神月家へ残し、二台の車に分乗して龍跪院へ行くことになった。有浦と森住を乗せ、浜中はレオーネを発進させる。エンジンが温まらないうち、右手に龍跪院が見えてきた。駐車場の端に僧が一人立っている。住職の坪内清範だ。浜中は清範の近くにレオーネを停めた。

「ご苦労様です」

車を降りた浜中たちを順々に見て、誰にともなく清範が言った。胸の前で両手を合わせ、深々と頭をさげてくる。相変わらず落ち着いていた。浜中は清範の取り乱したところを見た覚えがない。彼の大声を聞いた記憶もない。四十代後半のはずだが、見事に剃りあげられた頭が、かえって若々しくみえる。

「首はどこに？」

苛々《いらいら》とした様子を隠そうともせず、森住が訊いた。

「拙僧は坪内清範と申し、本山の住職を勤めさせて頂いております」

「名乗りなどあとにしろ。首はどこだ」

噛みつくように森住が言う。うつむいて、小さくため息をつき、清範が口を開いた。

「では、ご案内致しましょう」

穏やか過ぎる口調に、浜中は強烈な違和感を覚えていた。清範がどれほど修行を積んだか知らないが、生首を見つけてこれほど平静でいられるものだろうか。見れば有浦もかすかに首をひねっている。

捜査員の一人が懐中電灯を持ってきて、森住と有浦に渡した。清範にもさし出す。このあたりに街灯はなく、月光だけがあたりを蒼く照らしている。

「必要ございません。拙僧はいささか夜目が利きますので」

と、懐中電灯を断り、清範は歩き出した。猫族のように足音をほとんど立てない。有浦を先頭に、浜中たち捜査員もあとに続いた。

馬首寺と同じで、龍跪院も山裾にある。駐車場を出て少し奥へ歩くと、石段が見えてきた。青い龍が、懐中電灯の光に浮かびあがる。捜査員たちの間にざわめきが走った。その名のとおり龍跪院の境内には、いたるところに龍がいる。

ほどなく浜中たちは石段の前に着いた。左右の手すりに巨大な龍が載っている。しかし今は悠長に観察している場合ではない。清範の背を見ながら、浜中たちは石段をあがっていった。みなの吐く息が白い。

三十段ほどで石段は終わった。山腹がぐいとえぐられ、ちょっとした平地を成している。

「首はあそこに」

ぴたりと足を止め、抑揚のない声で清範は言った。左を指さす。小さな堂があり、手前に賽銭箱が置かれている。有浦と森住が懐中電灯の光を向けた。賽銭箱の上になにかが載っている。

有浦を先頭にゆっくり近づいていき、ほどなく浜中たちは賽銭箱の前に立った。誰もなにも言わない。冷たい風が吹き抜けて、木々の梢がざわと揺れる。頭髪を短く乱雑に刈られていたが、賽銭箱の上に置かれた生首が、女性ものだとすぐに解った。死ぬ時よほど苦しんだのか、歯を食いしばり、両目を大きく開けている。鳶色の瞳に白濁は見られない。つまり死後、それほど経っていない。首のつけ根には、青黒い紐の跡が無惨に残っている。

神月彩だ。

腰から下がじわりとだるくなり、わずかな嘔吐感を浜中は覚えた。今までは彩の死を実感していなかった。胴体を見て、家人や友人に聞き取りをし、首を探した。しかしその間、彩とは別の殺人事件に携わっている気がどこかでしていた。

だが彼女は死んだ。首を目の前にして、ようやくはっきりそれが解った。涙が出た。気が強くて男勝りで、小さい頃、浜中は彩によく泣かされた。その彩が死んだ。もう二度と、彼女と話すことはない。

「よく見てみな」

ややあってから、誰にともなく有浦が言った。

「この首、凍ってるぜ」

「え?!」

浜中は思わず声をあげた。感傷を振り切って、首に顔を近づけていく。有浦の言うとおりだ。肌や唇が異様なほど白く、眉に霜のような結晶が付着している。

「なぜ凍ってるんです?」

森住が問うた。

「解らんさ。それにしても、髪を切られて凍った女の生首とは……」

呟くように有浦が言う。そこへ清範の声が聞こえてきた。

「観自在菩薩行深般若波羅蜜多時照見五蘊皆空度一切苦厄」

般若心経だ。清範の寂びた声が波紋のように、深夜の境内に広がっていく。浜中はそっと両手を合わせ、彩の冥福を心から祈った。

「お訊きしたいことがあるのですが、よろしいですか？」

読経が終わり、有浦が口を開いた。清範は無言でうなずく。

「どうして生首を見つけられたのです？」

「鐘が鳴ったのです」

「鐘？　下にあった鐘撞堂の？」

「いえ。この上にも鐘撞堂があります」

「その鐘が鳴ったと？」

「はい」

「何時頃です」

「二十分ほど前でしょうか」

ちょうどその頃浜中も、神月家で鐘の音を聞いた覚えがある。

「それで？」

「本山では一般の方の、石段より先への立ち入りはご遠慮頂いておりますので、おかしいと思い、ここまであがってきました」

「立ち入り禁止……。まあいい、そして首を見つけたと？」

「はい」

「鐘撞堂へは行きましたか？」
「いえ、首を見つけて庫裏に戻り、警察へ通報しました」
「不審な人物など、ご覧になりましたか？」
有浦が問う。清範は首を横に振った。

12

翌日、浜中はレオーネのハンドルを握っていた。後部座席には沼田署の有浦と、県警本部の森住が乗っている。

昨夜のうちに捜査本部が沼田署に設置されることが決まり、浜中と森住はそのまま署の道場に泊まり込んだ。今朝になって県警本部からの応援が到着している。

捜査本部が設置された場合、所轄署の刑事と県警本部の刑事が二人一組になって行動することが多い。駆け出しの浜中は、先輩刑事について勉強するという格好で、有浦と森住の組に預けられた。浜中は首ノ原の地理に多少詳しく、道案内兼運転手というところだ。

この配置に浜中は満足していた。森住は抜け駆けしてでも手柄を挙げようとする男で、つまり彼と組んでいる限り、浜中が犯人に手錠をかける羽目にはならない。駐在所勤務の夢を捨てないためにも、手柄を立てるのだけは、なんとしても避けたかった。それに有浦は頼もしく、気むずかしい様子もなく、一緒にいても気疲れしない。

彩の胴体と首は昨夜のうちに、前橋市内の大学の医学部付属病院へ搬送された。今朝一番で解剖が済んでいる。死因は首を絞められたことによる窒息で、死亡推定時刻は昨夜の午後八時から九時。首の切断は死後だということも判明した。

上越線の湯檜曽《ゆびそ》駅が見えてきた。浜中はハンドルを右に切る。家は減り、カーブが増えた。やがてきついヘアピンがあり、それを抜けるとさっと視界が広がった。左手は水を湛えた藤原湖で、それを見おろす格好になる。藤原ダムだ。ダムの上に造られた橋へとさしかかる。うねるようにせり出す山肌を、鏡さながらに藤原湖が映している。橋の上の歩道には一人の男性がいて、イーゼルに向かって絵筆を走らせていた。

ダムを越えてしばらく行くと、レオーネは首ノ原に入った。道の右手にミズキの木が目立つ。ミズキはたくさんの水を吸うから、水害防止のため、江戸の中期に神月家が植えたという。エンジンの音に驚いたのか、黒っぽい翼に白い縞模様の小さな鳥が、さっとミズキを離れた。コゲラだ。キツツキの一種のコゲラはミズキの木の実が大好きで、夏から秋にかけて、首ノ原によく飛来してくる。

神月家を越え、龍跪院の駐車場に浜中はレオーネを停めた。住職の坪内清範がいて、箒《ほうき》であたりを掃いている。

「昨日はどうも」

車を降り、頭をさげて有浦が言う。清範は無言でうなずき、箒を脇に立てかけた。相変わらず落ち着いている。浜中は清範と話したことはない。清範も浜中を覚えていないのだろう。特別な視線は投げてこなかった。

「さて、あなたは昨日、石段より先は立ち入り禁止になっていると言った。そのあたりを、ちょっと詳しくお訊きしたいのですがね」

そう言って、有浦は境内に目をやった。龍跪院は山の斜面にあり、境内は段々畑のように、いくつかの層に分かれている。昨日の夜中に鳴ったという鐘撞堂は一番上にあり、木々の間にちらちらと見え隠れしていた。

「石段より上には、寺院にふさわしくない造作物がありますので」

と、清範は手すりの上の龍に険しい視線を投げかけて、説明を始めた。

元々龍跪院は、ここより三キロ西にあった。しかし第二次大戦後、利根川の上流部に藤原ダムの建設が決まり、移転を余儀なくされた。代々の檀家の墓を転墓させるのは忍びない。そう言って、当時龍跪院の住職を務めていた清範の父は、移転に反対し続けた。収用をちらつかされてやがて折れたが、反対するうち補償金の額があがり、結果として龍跪院には県や国から多額の金銭が支払われた。

こうしたいきさつを経て、龍跪院はこの場所へ移った。それまでの龍跪院にも龍はあったが、二体だけだった。昭和初期、四晩続けて暴れる龍の夢を見たと言い、清範の父が木製の手すりの上に、七、八メートルほどの陶製の龍を二体載せたのだ。もっと龍を置きたかったらしいが、昭和大恐慌のさなかであり、寒村の寺に金などはなく、二体の龍がせいぜいだった。その反動が出たのだろう。移転後、清範の父は補償金を使い切るような勢いで境内に建造物を建て、憑《つ》かれたようにあちこちへ龍を配していった。

「お釈迦様がお生まれになられた時、龍が香水をかけて清めた。あるいは瞑想中のお釈迦様を龍が守った。そのような言い伝えがありますので、龍と仏教の繋がりは深い。そして本山の本尊は龍上観音。しかし龍の造り物など寺には不要です」

抑揚のない声で清範が言う。

「十七年前、急逝した父に代わって拙僧があとを継ぎ、五年後に石段の先を立ち入り禁止にしました」

「でも柵などはありませんね」

有浦が問う。

「境内の二箇所に立ち入り禁止の旨を掲示しただけです」

「ではその気になれば誰でも入れると」

「拙僧が見つければ誰何《すいか》します」

「そうですか……。今日は立ち入り禁止の先に、入っても構いませんか？」

「ご随意に。案内までは致しかねますが」

と、頭をさげて、清範は箒に手を伸ばした。会釈を返して有浦があたりを見渡す。浜中もそれにならった。

道沿いに駐車場があり、石段を挟んで本堂と庫裏、そして鐘撞堂が建っている。庫裏以外は、清範の代に新しく建てられたものだ。一乃によれば清範はずっと独身で、今も一人でこの庫裏に住んでいるという。清範が子供をあやし、妻と語らう場面など想像できない。独身であるほうがむしろしっくりくると、浜中は思っていた。

浜中と森住に目配せをして、有浦が歩き出した。石段のところへ行く。清範の言うとおり、この先への立ち入りを禁じる立て札があった。

「それにしても、立派というかなんというか」

呟くように有浦が言う。

石段の幅は一間半で、両脇と中央に手すりがある。真ん中の手すりは鉄製で細いが、両脇はコンクリート造で、かなりの幅を持っている。その手すりの上に、二匹の龍が載っていた。どちらも陶製で背を青く塗られ、腹は白い。手すりを伝って這い下りてくるような格好をしている。

右の手すりの龍は、石段の始まりで一メートル近くも鎌首をもたげていた。顔をこちらに向け、憤怒の形相で口を大きく開けている。一方左の龍は口を閉じ、犬が伏せをするように、あごを石段につけている。目も伏せており、恭順といった表情だ。移転前の龍跪院にあった二体の龍も、同じ格好だったという。なにかの言い伝えでも表しているのだろうか。

有浦を先頭に、浜中たちは石段を上り始めた。なかなか急で上の境内は見えず、薄い雲の走る秋空ばかりが望めた。左右に目をやれば、いやでも龍が目に入る。二体の龍は全身を、びっしりうろこに覆われていた。一抱えほどの胴体は、何度か上下にうねっている。三本指の尖った足が所々にあり、手すりを挟むように爪を立てている。

手すりの終わりには、龍の尾が載っていた。龍の長さは八メートルほどか。うねっているからもう少し長いかも知れない。

石段を上りきり、浜中たちは足を止めた。斜面がL字にえぐられて、このあたりだけ平地になっている。龍跪院の境内の二層目だ。浜中は左に目をやる。堂があり、賽銭箱が置かれている。浜中は小さくため息をついた。昨夜ここに彩の首が置かれていた。なぜか凍っていた。解剖を担当した法医学者によれば、自然に凍ったのではなく、一、二時間ほど冷凍庫に入れられていたのではないかという。

神月家には旧邸と新邸に台所があり、それぞれに冷蔵庫が置かれている。昨夜首を探す時、捜査員が庫内を改めたが、無論首など入っていなかった。龍跪院にも一層目の庫裏に、冷蔵庫があるという。見せてはもらえなかったが、台所のある勝手口と玄関には鍵をかけていたから、誰も入ってこられないはずだと清範は言っている。今のところ、犯人が首を凍らせた理由はまったく解っていない。

少し佇《たたず》んだあとで、浜中たちは左の堂へ向かった。立ち入り禁止だけあって、足元は雑草が伸び放題になっている。

堂は五坪ほどで、八角形をしていた。全体に汚れ、白い壁はくすんでいる。コンクリートの塀に囲まれて、一箇所だけ入り口があり、脇に筒型の浄財入れが立っている。この塀の上にも小さな龍が載っていた。石段の手すりと同じ色の龍が、塀の上を一周している。

入り口に立つと、恵果堂《けいかどう》という看板が見えた。中を覗けば中央に、座姿の僧の人形が置かれている。真言宗の開祖として名高い空海は、唐に渡ったおり、長安に恵果和尚を訪ねて師事したという。堂内の、八角形の壁の内側には八枚の絵がかけられ、空海が唐に渡って恵果和尚に出会うまでが、順を追って描かれていた。

恵果堂の先、二層目のもっとも左は、墓地になっている。清範は旧の境内を立ち入り禁止にしたが、墓地への出入りを禁じるわけにはいかない。そこで墓地のまわりを柵で囲み、一層目の駐車場の北端に石段を設え、旧の境内をとおらなくても、駐車場から直接墓地へ行けるようにした。

堂の先で向きを変え、浜中たちはきた道を戻った。二層目の右側には、どっしりとした入り母屋屋根の旧本堂がある。ちょっとした高床式で、七段ほどの階段を上った先が入り口になっている。入り口手前には賽銭箱が置かれていたが、誰かに荒らされたものか、横倒しになっていた。

階段を上った浜中は、入り口の格子越しに、堂内を眺めた。柱は雨に黒く汚れ、床に枯れ葉が吹き溜まっている。床板は何箇所かで割れ、雑草が顔を覗かせていた。すっかり干からびた、狸らしき死骸さえある。浜中が子供の頃、お盆などには割と賑わったが、その面影は消えていた。

浜中たちの立っている場所は回廊にもなっていて、そのまま堂のぐるりを一周できる。回廊の外側には手すりがあり、ここにも龍が載っていた。手すりとともに堂を一周している。龍跪院の境内の中では、最大の長さだろう。

旧本堂を出た浜中たちは、奥の石段を上って三層目に出た。二層目よりはやや狭いが、それでも山肌がかなりえぐられている。右手には六地蔵尊が置かれたあずまやと、曼陀羅《まんだら》の飾られた堂が建っていた。あずまやの屋根と曼陀羅堂の塀に、それぞれ龍が載っている。

二つの建物のうしろには、大きな鳥小屋があった。ここではかつて、孔雀を何羽か飼っていた。初めて目の前で羽を広げられ、当時三つの浜中は驚きのあまり泣き出してしまい、一乃にあやされたという。浜中の覚えていない過去を、一乃はよく語る。そして決まって、あの頃のお前は可愛かったと言う。その孔雀も今はいない。

三層目の左手に建物はなく、大きな池だけがあった。山腹から湧き出た沢が境内の端を流れているから、その水を引きこんでいるはずだ。池は南北に細長く、藤原湖の形を模している。

「ずっと以前に神戸へ行ってな。南京町で同じようなものを見た覚えがある」

有浦が言った。池の水面からは何本かの棒状の柱が突き出、その上に三メートルほどの龍が載っていた。大きな龍が、藤原湖の上に飛来したかのようだ。有浦の言うとおり、神戸の春節祭でもこうした龍が登場する。着飾った人たちが棒を持って、龍をうねらせながら練り歩く。

ひとしきり池を眺めたあとで、浜中たちは敷石を踏んで奥へ行った。石段を使って四層目へあがる。これで龍跪院の境内を上りきったことになる。

四層目はそれまでと比べてずいぶん狭く、鐘撞堂だけが建っていた。方形造りの瓦屋根の真下に鐘が垂れ、三方をうす茶色の塀で囲まれている。山側の一辺にだけ塀はなく、そこから入って床にあがり、鐘を鳴らすようになっている。打木からは二本の綱がさがり、下部に団子状の結び目があるから、そのあたりを摑んで鐘を撞く。

鐘撞堂の塀の上にも龍が載っていた。入り口右手に、口を開けて牙をむいた龍の顔があり、そのまま胴体が塀の上を一周し、入り口の左に尾が載っている。これまで同様背は青く、腹は白く塗られていた。

「昨夜鐘を鳴らしたのが犯人だとして、なぜそんなことをしたんですかね？」

上目遣いに有浦を見て、森住が訊く。

「早く首を見つけてもらいたかったのか、あるいは誰かへの合図か……」

「合図ですか……。確かにその線、ありそうですね」

「ああ。だがまだなにも解らないさ」

言って有浦は、西に目をやった。浜中もそちらに視線を向ける。彼方に藤原湖が見渡せた。

13

その夜浜中はバスに乗り、一人で首ノ原へ向かっていた。解剖を終えた彩の遺体が戻り、神月家では通夜が営まれている。沼田署での夕方の会議のあと、線香でもあげてこいと有浦が言ってくれた。捜査本部の一員の浜中が、弔問客として明日の告別式に出席するのはまず無理だ。線香をあげるのであれば今夜しかない。有浦の配慮に感謝して、浜中はそっと沼田署を出た。

白いなまこ塀が見えてきた。道の左右に車が停まっている。降車ボタンを押し、浜中はバスを降りた。やはり首ノ原は寒い。

敷石を踏んで玄関扉を開けると、若い女性が出迎えてくれた。彩の妹の神月唯だ。鳶色がかった瞳によくとおった鼻筋を持ち、肩までのまっすぐな黒髪が清楚を感じさせる。

「康ちゃん、久しぶりね」

唯が言う。しかし声には張りがなく、まぶたも痛々しく腫れていた。瞳は濡れて、今にも涙が落ちそうだ。唯の悲しみが伝わって、浜中も涙が出そうになった。肩が凝ったというふうに首をまわして涙を追いやり、浜中は廊下にあがった。唯がさっと膝をつき、右手でスリッパを揃えてくれる。黒い髪がさわと揺れた。四年前、それまでのショートカットをやめて、唯は髪を伸ばし始めた。浜中が理由を訊いても、笑うばかりで応えてくれなかった。

　彩の遺体は旧邸の八畳間に安置されているという。浜中は廊下を歩いて旧邸へ行った。広間には弔問客の姿がある。

　八畳間に入ると、今井瑠璃子がいた。少し前にきたらしく、火をつけたばかりの線香を右手に持ち、枕元の香炉にあげようとしていた。浜中に頭をさげ、死者に祈りを捧げ、瑠璃子は静かに部屋を出ていく。彼女の目も腫れていた。ずっと泣いていたのだろう。

　部屋にはもう一人、彩の父親の英市がいた。魂の抜けたような表情で、隅にぺたりとすわっている。酒に濁った目で浜中を見あげたが、英市はなにも言わなかった。瑠璃子と入れ替わるようにして、浜中は彩の枕元にすわる。遺体の顔には白い布がかぶせられている。縫いあとと絞められた傷が首に残っているはずだ。無惨なそれらを見たくなく、しかしここで対面しておかなければ後悔する思いがあり、躊躇《ちゅうちょ》したあとで浜中は白い布を目のところまでめくり、両手を合わせた。

　むせ返るような夏草の匂いとひぐらしの声。きらきらと陽光をはね返す利根川。小さい頃の夏の思い出があふれるように蘇り、活発な彩にはよく泣かされたと思った瞬間涙が落ちた。浜中は慌ててハンカチを取り出し、そこへ障子が開いて唯が入ってきた。振り返った浜中が泣いていることを知ったのだろう。唯の両目にも、見る間に涙が湧いた。浜中の横にすわり、両手で顔を覆い、かぼそく肩を震わせて唯が泣く。

　かける言葉が見つからず、浜中がただすわっていると、やがて唯は泣きやんで顔をあげた。照れたように、小さく笑みを開く。ほっとして、浜中も少しだけ笑った。ぽつりぽつりと昔話が始まる。そのまま三十分ほど唯と話をし、浜中は腰をあげた。そろそろ署に戻らなければならない。

外まで見送るという唯とともに部屋を出、十字廊下を右に折れて新邸に向かおうとしたところで、背後から声をかけられた。一乃だった。

「康平！　またばあちゃんの部屋の前を素どおりする気か」

「あ、一乃ばあ、いたんだ。弔問のお客さんの相手をしているのかなと思って……」

「言い訳するなや！　康平はばあちゃんを避けているのか？」

「え？　いや、そんなことないよ。でもほら、仕事を抜け出してきたから署に戻らないとね」

「いいからこい、話がある」

「え？」

「ばあちゃんの部屋にこい」

「一乃ばあ、僕の話聞いてないでしょ。だから署へね」

「入ってこい！」

「はい」

思わず浜中はうなずいてしまった。やはり一乃には逆らえない。

「よし。唯、お前はどうする？」

「お客さんに料理をお出ししないと……」

唯が言った。

「そうか……。近所の連中も手伝いにきてくれている。あまり無理はせんようにな。疲れたら、いつでもばあちゃんの部屋にこい」

ありがとうと言い、沁みるような笑みを残して、唯は新邸に去っていった。

「さっさとこんか、康平」

襟首を摑まれるように言われ、浜中は慌てて一乃の部屋に入った。中央にこたつが置かれ、男性がすわっている。一乃だけだと思っていたから浜中は少し戸惑い、目をしばたたかせた。

「紹介しよう、海老原浩一さんだ」

一乃が言い、男性がこちらに顔を向けた。海老原ですと言ってにっこり笑う。通夜に不似合いなほどの無邪気な笑みで、子供のような人懐っこさがある。浜中も名乗り、一乃に勧められるまま、海老原の向かいにすわった。一乃は浜中の右手に腰をおろす。

「一乃ばあ、話ってなに？」

「お茶でも飲め」

一乃は茶を淹れ、浜中の前に湯飲みを置いた。

「ああ、ありがとう。それで話ってなに？」

「リンゴでも食え」

「え？」

「今むいてやる」

「いや、だから署にね」

しかし一乃は聞く耳を持たず、水屋を開けてリンゴを取り出した。赤く熟れた大きなリンゴで、皮の表面に寿という字が黄色く浮かびあがっている。冬の早いこのあたりでは、すでにリンゴの収穫期を迎えつつある。

「これは……」

と、海老原が首をかしげた。

「通夜の晩にはふさわしくないがな。私が丹精込めて育てたリンゴだよ」

ある程度実ったリンゴの表面に、文字をかたどった黒いシールを貼っておく。それを収穫してシールを剥がせば、文字が黄色く浮かび出る。一乃はこれが得意で、よく作っては配っていた。

「彩の結婚式の引き出物にと、大きな実を選んでシールを貼り、鳥よけに白い布をかぶせて大切に育ててきたが、不要になってしもうた。庭に下りていくつかもいできたから、まあお食べ」

浜中は黙ってうなずいた。シャッシャッと皮をむく音ばかりがし、ほどなく皿に一杯のリンゴが置かれる。浜中はリンゴに手を伸ばす。白い果実を噛みしめると、甘酸っぱい汁が口中に広がった。彩の顔が浮かぶ。彼女はもう、一乃のむいたリンゴを食べることはできない。浜中は無言でリンゴをいくつか食べた。海老原も黙っている。

「やっぱり一乃ばあのリンゴはうまいね」

食べ終えて、茶を啜ってから浜中は言った。

「当たり前だ」

「さて、僕はそろそろ……」

「話があると言っておろうが」

立ちあがろうとする浜中を、一乃がぴしゃりと制した。

「いや、だから署にね」

「いいからお聞き。海老原さんは唯の大学の先輩でな。学生時代に何度か唯が連れてきたことがある」

「この家に？」

「そうだ」

「唯ちゃんと二人で？」

浜中が身を乗り出すと、海老原は顔の前で手をひらと振った。そして言う。

「二人じゃないです。山をやってる友人がいましてね。そいつと一緒に何人かで泊めてもらったんですよ。ここ、尾瀬の玄関口でしょう」

と、海老原は笑みを浮かべた。

「はあ。その山好きの海老原さんがなにか……」

「昨年の長瀞での事件、知っておるか？」

話が飛んだ。浜中は思わず一乃に目を向ける。

「埼玉県の秩父地方で、殺人事件が起きただろうが」

一乃が言う。

「ああ、あれ。年配の方が何人も殺害されたんだよね」

「うむ。あの事件の解決に一役買った」

「えっ、一乃ばあが？」

「馬鹿だなお前は。ばあちゃんではなく海老原さんがだ」

馬鹿はひどいなあと小さく呟き、浜中はそろりと海老原に視線を移した。海老原はにこにこと呑気そうに笑っている。

「では海老原さんは、埼玉県警の方？」

「探偵さんだ。看板は掲げていないが」

「探偵なの？」

「こうみえて、割と名探偵なんです」

しれっとした顔で海老原が言う。

「はあ、名探偵さん……。ええと、それが僕となにか関係でも」

浜中は訊いた。

「彩とも面識があったから、海老原さんはわざわざ弔問にきてくださってな」

「はあ、その山好きで弔問好きの海老原さんがなにか……」

「ばあちゃんが彩のことを話したら、興味を持たれてな。調べてくれるそうだ」

「この事件を？」

「そう。そこでしばらく滞在してもらうことにした」

「え？」

浜中は目を丸くした。

「滞在ってここに？」

「そう」

「泊まるの？」

「泊まることを滞在という。向かいの客間が空いておるだろう」

「いや、でも……。いや、それはどうかなあ。唯ちゃんも帰郷しているしね。若い男女が一つ屋根の下っていうのは」

「こんな時になにを考えているんだ、お前は！」

　一喝され、ぐうと浜中は黙った。

「夜ばいの風習など、とうになくなっているわ」

「夜ばい⁈」

　思わず浜中は声をあげた。

「声がでかい！　冗談に決まっておろう」

　巾着のように口をすぼめ、ほほほと一乃が笑う。浜中は、少し腹が立ってきた。

「まったく……。まあでも探偵さんが調査するのはいいけど、僕らは犯罪捜査のプロだよ。出る幕ないと思うけどなあ。警察手帳がなければ、関係者から話を聞き出すのも大変だし」

「だから話せ」

　ぐいと身を乗り出して一乃が言った。

「えっ？」

「話せ」

「なにを？」

「事件のことをだ。ばあちゃんが見たことは全部話したが、ほかにもお前は色々知っておろうが」

「いや、あの……、あのね一乃ばあ。僕ら警察官には守秘義務っていうのがあってね。捜査上知り得た情報を喋《しゃべ》っちゃいけないんだよ」

「康平は、ばあちゃんに隠し事するのか？」

「そうじゃないよ。そうじゃないけど」

「なら話せ」

と、一乃が鬼のように睨みつけてきた。

痩せた土地の多い首ノ原では、不作が続くと借金を抱えて身動きの取れない土地持ちがたまに出る。一乃はそうした土地を買いあげ、元の地主を小作人として雇う。そして給与を支払い、生活を切りつめさせ、少しずつ借金を返させていく。

土地を手放せば固定資産税はかからないし、たとえ不作でも給与は神月家が保証する。つまり一種の人助けで、一乃のお陰で首を吊らなくて済んだと感謝する里人もいるのだが、他人の目から見れば、神月家が土地を取りあげたように映る。それに一乃は人前で泣いたことがないという。浜中も一乃の涙は見たことがない。そんな一乃を一部の村人たちは、陰で鬼と呼んでいた。

「いや、だから守秘義務がね」

「話すまではここから出さんぞ」

背筋をぴんと伸ばし、一乃は言った。仕方なく、他言無用だと念押しし、これまでのことを浜中は話した。

「新邸にいた人たちが外へ出ることなく奥の間へ行く場合、この部屋の前をとおらなければならない。でも廊下をとおったのは、外の風呂を使った山崎風音さんしかいない」

浜中が話し終えると、海老原が口を開いた。

「勝手口から外の風呂へ行くには、ここをとおらなければならんのでな」

一乃が応える。うなずいて、海老原が言った。

「一方縁側のガラス戸は施錠されてなく、外からであれば簡単に奥の間へ侵入できた。しかし足跡はない」

「はい。勝手口と風呂場をまっすぐ行き来した一つしか、足跡は見つかっていません」

浜中は応えた。勝手口を出て、途中で足を止めて旧邸の縁側へ飛び移れば、足跡をつけずに奥の間へ行ける。しかし一番近い足跡でも、縁側と十メートル近く離れている。とても飛び移れる距離ではないし、なにかの細工を施したあともなかった。

「外に足跡はなく、新邸から旧邸へきた人はいない……」

と、海老原は腕を組んでうつむいた。そのままぷつりと黙り込む。少しじれったくなり、浜中は口を開いた。このことは夕方の会議でも、話題になったばかりだ。

「つまり彩ちゃんを殺害できたのは、あの時旧邸にいた人ということになります。具体的に名を挙げてしまえば、今井瑠璃子さん、西条みさきさん、朝河弓子さん、そして山崎風音さんの四人です。ただしこれはあくまでも、一乃ばあが嘘をついていないという前提であり、彼女が虚偽の証言をしていた場合……。はっ！」

思わず浜中は口に手を当てた。夕方の会議における捜査員たちの見解を、つい口にしてしまった。

「今、なんと言った。康平」

ぶきみなほどに静かな声で一乃が言う。恐る恐る、浜中は一乃に視線を向けた。二本の角が生えているように見え、慌てて目をしばたたかせる。

「私が嘘をついているとかなんとか、そう言ったのかえ」

ぐいと一乃が顔を近づけてきた。

「あ、いやそれはね、違うんだよ、一乃ばあ。僕はもちろん信じていますよ。一乃ばあが嘘をつくはずないもん。でもほら、捜査っていうのは色々な可能性を考えないとね」

「私を疑うとは情けない」

と、一乃はまぶたに手を当てた。

「え？　泣いちゃったの、一乃ばあ？」

「嘘泣きだ、馬鹿！」

さっと顔をあげ、にやりと笑って一乃が言う。

「ひどいなあ……」

「私を疑うほうがひどい。さて話を戻すが、とにかくあの時廊下をとおったのは、風音ちゃんだけだ」

口調を改めて一乃が言った。浜中は大きくうなずく。浜中はもちろん一乃を疑っていない。それに一乃はかくしゃくとしているから、廊下を行く誰かを見逃すはずはない。

「やっぱり首が問題ですよねえ」

海老原が言う。浜中は点頭した。外と新邸から入ってこられない以上、彩を殺害したのは旧邸にいた四人の誰かになる。しかし彼女たちに彩の首を持ち出すことはできない。四人の荷物は徹底的に調べられたし、龍跪院で首が見つかるまでの間、神月家は警察の監視下に置かれていた。自宅へ送られたあと密かに神月家へ舞い戻り、屋敷内のどこかに隠しておいた首を回収することは不可能だ。自宅へ送った時、彼女たちの衣類に不自然な膨らみはなく、スカートの中にも隠してはいない。

「旧邸内で県道に一番近いのは、縁側の西端ですよね」

海老原が言う。

「はい。しかしそれでも県道までは、八十メートル近く離れています。外の風呂場と県道も、六十メートル以上ありますね」

浜中は応えた。犯人が切断した彩の首を県道へ向かって投げる。県道には共犯者がいて、首を受け取り龍跪院に置く。こうすれば足跡を残さずに首を持ち出せる。しかし距離がありすぎて、女性の力では県道まで首を投げることはまずできないし、そうしたことができる装置も見つかっていない。

「解らないことだらけだなあ」

と、海老原はため息をついた。

頼りになりそうもない——。

自分のことは棚にあげ、浜中はそんなことを思った。

幕間

竹箒を使い、清範は一人で境内を掃いていた。駐車場から石段のあたりにかけてはコンクリートが打ってある。箒がコンクリートに擦れる音は、なぜか無心を誘う。意識せずとも手が動き、勝手に箒を操っている。

父は龍跪院に小僧を置いたことがなく、小さい頃から掃除は清範の仕事だった。板の間の雑巾掛けに始まり、広大な境内をたった一人で掃いてまわる。なかなか終わらず、寒い日などは泣きそうなほどつらい。夏になれば草むしりが仕事に加わり、冬を迎えればいくら掃いても枯れ葉が落ちる。

小さい頃の清範は、広い境内と、掃除を命じた父を憎んだ。けれどいつしかそれが変わった。青年期を過ぎたあたりだろうか。床を拭いている時、箒を使っている時、気がつくと無心になっている。あらゆる感情の静まりを覚えた。

掃除も修行のうちだったのか。そう思い、清範は少しだけ父を見直した。その父も、すでに鬼籍に入る。

箒の手を止め、清範は顔をあげた。少し先に石段があり、左右の手すりに龍が載っている。父の遺物だ。

右の龍にじっと目を注ぎ、清範はゆるく首を横に振った。

潮時か。

箒を手すりに立てかけて、二段ほど石段を上り、清範は足を止めた。龍が鎌首を持ちあげている。

父がこれを造った時は、なぜこのような物をと首をひねった。しかし今はありがたい。父の顔を脳裏に描き、清範は龍の腹に手を当てた。

ドクン。

ドクン。

びくりとして、思わず清範は手を引っ込めた。造り物の龍が鼓動している。

生きているのか。

いや違う。そんなことはありえない。

「ぐうううっ」

ふいに龍の口からうめき声が聞こえた。

「ぐうううううっ」

次の瞬間、龍は小さな血の粒をいくつも吐き出した。

呆然と龍を見つめ、清範はその場に立ち尽くしていた。

【第二章】晒し首、ふたつ

1

浜中康平は水上駅へ向かっていた。レオーネのハンドルを浜中が握り、後部座席に有浦良治と森住継武が乗っている。今日の午後、水上町の斎場で神月彩の告別式が行われる。首ノ原の住人も多く集まるから、不審な人物はいないかどうか、弔問客を観察する予定でいた。

それにしても昨日は酷《ひど》い目にあった。運転しながら浜中はそっとため息をつく。結局一乃に言われるまま、洗いざらい海老原に話してしまった。海老原はどこかへらへらしているが、口の軽いタイプには見えない。しかし上に知られたら、たいへんなことになるのではないか。

罰として僻地の駐在所勤務を命じる。

そんな処分が下りたらいい。傷心のまま浜中は駐在所へ行き、近くにはサナトリウムがあるから入院している薄倖の美少女と知り合い、いつしか二人は恋に落ちる。しかし彼女には、親の決めた婚約者がいた。許されざる恋。手に手を取って逃げようか。それともいっそ利根川に身を投げて——。

いかん、いかん。浜中は首を横に振った。また妄想が出た。この癖を直さなければ、いつか大失敗をやらかす気がする。そう思い、気分転換に窓を開けようとしたところへ無線が鳴った。

「至急至急。沼田署通信指令室から各移動へ、沼田署通信指令室から各移動へ」

車内の空気が一変した。有浦と森住が身を乗り出してくる。

「首ノ原より一一〇番通報あり。藤原湖畔で死体が見つかった模様」

割れてくぐもった声で無線が言う。そして詳しい場所を告げた。森住が磁石式の回転灯を、レオーネの屋根につける。浜中はすぐ先でレオーネをUターンさせ、ぐいとアクセルを踏み込んだ。

神月家の先、今井瑠璃子の家から少し北にボート乗り場がある。死体はそこで見つかったという。カーブの続く道を浜中は懸命に飛ばし、ほどなく現場に到着した。ほかの車両はまだきていない。県道の左手は林になっていたが、ぽつんとそこだけ木が途切れ、ボート乗り場への入り口がある。浜中は手前にレオーネをつけた。警察官用の自転車が一台停まっている。

浜中たちは車を降りた。林の切れ目に石の階段があり、まっすぐ下へ向かっている。藤原湖は県道のかなり下に位置しているから、これを何段も行かなければならない。このあたりに詳しい浜中が自然先頭になり、階段に入っていった。

二十メートルほどで階段は一旦終わり、ちょっとした平地に出た。そのあたりで、ようやく湖面が木々の間から望める。平地の先にはさらに階段があり、下に制服姿の警察官がいた。首ノ原の駐在の石田巡査長だ。浜中たちを認め、安堵の表情を浮かべている。少し離れたところには三人の女性がいて、一人がうずくまっていた。先に冬期立ち入り禁止と書かれた柵が据えられていたが、腰までの高さしかなく、浜中たちは苦もなく乗り越えて階段を下りていく。

「死体が見つかったとか」

階段を下りきって石田の前に立ち、有浦が問う。

「はい。この先です」

そう応える石田の唇は、かすかに震えていた。目にも怯えがあるようにみえる。いやな予感を覚えつつ、浜中は三人の女性に顔を向けた。山崎風音と朝河弓子が呆然と立ち、西条みさきはうずくまっている。彼女がしゃくりあげるたび、腰までの黒髪が揺れた。

「案内してください」

有浦の言葉に石田がうなずく。あたりにはムクや桜が植えられて、樹影《じゅえい》はそれほど濃くはない。そんな明るい林の中を、西に向かって自然の通路が開けている。風音と弓子に励まされてみさきが立ちあがるのを待ち、浜中たちは石田を先頭にして、そちらへ歩き始めた。

「被害者のものとみられる衣類が、途中にあります」

うしろを行く浜中たちを振り返りながら、石田が言う。

「衣類？」

有浦が訊いた。

「はい。ああ、そこの木のところです」

石田は先を指さしている。桜の木に、白い服がぶらさがっていた。浜中たちは足を速め、木の前まで行って立ち止まった。白い厚手のセーターが、木に留められている。地上から一メートルほどの高さだろうか。セーターは長袖のハイネックで、一本の五寸釘が首の部分を貫き、そのまま木の幹に深く刺さっていた。見る限り血は付着していない。

少しの間セーターを眺めてから、浜中たちは歩き出した。三十メートルほどで湖岸に出る。桜とムクはもうなく、湖に沿ってナナカマドが植えられている。今にも落ちそうな赤い実が、岸辺の景色に色を添えていた。時折の強い東風に、梢がざわと揺れる。

元々ボート乗り場は七百メートルほど北にあったが、五年前に水難事故が起きて閉鎖され、新たにここへ造られた。しかし十一月から三月までは閉鎖されているから、人の姿はない。浜中はボート乗り場の先に広がる湖に目をやった。

藤原湖の南にはダムがあり、ボートで遊ぶ者がそこまで流されてはたいへんなことになる。それを防ぐため、ボート乗り場から湖の対岸に向けて、かなり先まで二メートル間隔に柱が立っていた。この柱を繋いでネットが張られ、柵を成している。

この時期の藤原湖は水位が低く、ネットと湖面の間に五十センチほどの隙間ができていた。四月になってボート乗り場の営業が始まれば、谷川岳の雪解け水も入ってくるから水位があがり、この隙間はなくなる。

「誰のいたずらだ？」

湖岸から桟橋が一本突き出している。その手前で足を止め、森住が呟いた。どうしたわけか無人のボートが、湖上のあちこちに漂っている。二十艘ほどもあるだろうか。桟橋にもやわれていたボートを、誰かが解き放ったらしい。

「死体はそこにあります」

と、石田が一艘だけ桟橋に残っていたボートを指さす。うなずいて、有浦が桟橋に踏み込んだ。浜中と森住はその背を追ったが、風音たちは足を止めた。彼女たちを置き去りに、浜中たちは桟橋を行く。ボートは突端にもやわれていた。

桟橋の端で立ち止まり、木製のボートを覗き込んで、浜中は思わず息を呑んだ。若い女性だ。舟底に横たわるようにして死んでいる。頭部はない。首の部分で切断されている。赤黒い肉とゼラチン状の脂肪が、切断面から覗いている。

浜中はそっとハンカチを取り出し、口に当てた。こみあげてくる胃液を呑み込みながら、それでも懸命に観察していく。

鋭利な刃物で切断したとみえ、傷口は比較的きれいだ。血もさほど出ていない。別の場所で首を切ったか、死後切断したのだろう。心臓が停止してから切れば、血はあまり出ない。

死体の脇には出刃包丁と、麻の紐が落ちていた。包丁には、血より脂が多く付着している。そして死体は、黒いブラジャーとショーツだけを身につけていた。浜中は小さく首をひねる。桜の木に留められていたセーターが被害者のものだとして、あれはタートルネックだから、首を切断するのに邪魔だったのだろう。だから脱がした。それは解る。しかしなぜスカートか、あるいはパンツまで脱がしたのだろう。乱暴目的か。しかしそうした痕跡は、見る限りない。さらに一つ疑問がある。黒い下着の上に、白いセーターを着るものだろうか。いくら厚手とはいえ、透ける心配がないか。あるいは中にシャツを着ていたか。

頭にいくつもの疑問符を描きながら、浜中は死体の足元に視線を移した。つま先の横に、白いスニーカーが置かれている。スカートであれば靴を取らなくても脱がせることができる。被害者はパンツを穿いていた可能性が高い。

ボートは左右にオールのついた二人乗りで、包丁と紐、そしてスニーカー以外なにも落ちていなかった。そこまでを見て取り、浜中は顔をあげる。足音が聞こえた。海老原浩一が、こちらへ走ってくる。

「なんだ、お前は？」

立ちふさがるようにして森住が言う。

「サイレンが聞こえたので、きたんです」

そう応える海老原の息はあがっていた。

「見かけない顔だな。名前は？」

森住が訊く。

「海老原です、海老原浩一」

「海老原……？　所属と階級は？」

「へ？　所属ですか。どうなんだろう……。階級的にはまあ、名探偵でしょうけど」

「あ？」

と、森住が眉間にしわを寄せた。そして問う。

「ようするにお前、警察官じゃねえんだな？」

「はあ……。とおりすがりの気のいい青年といいますか……」

「消えろ」

「へ？」

「公務執行妨害でしょっ引かれたくなかったら、すぐに立ち去れと言ってるんだ」

どこか爬虫類《はちゆうるい》を思わせる目を細め、森住が言った。

「でも……」

と、海老原は捨てられる寸前の子犬のような瞳を、浜中に向けてきた。浜中は必死で無視する。

「何度も言わせるな。とっとと消えろ」

たっぷりと威圧を含んだ声で森住が言い、横で有浦がわずかに肩をすくめた。

2

「死体を発見した時の状況を、聞かせてもらえますか？」

石田に向かって有浦が訊く。海老原が去り、入れ替わるようにほかの刑事がきたので、ひとまず桟橋は彼らに譲り、浜中たちは湖岸に立っていた。

「実は昨日、今井瑠璃子さんから電話がありまして」

石田が応えた。

「昨日？　何時頃です」

「夜の八時過ぎです。駐在所の電話にかかってきましたので、正確な時間は服務日誌に書いてあります」

「彼女は電話でなんと言っていました？」

「話があるので、明日午後一時に、龍跪院南の停留所まできてほしいと……」

ボート乗り場の四百メートルほど北に、そのバス停はある。

「うん、ほかには？」

「それだけです」

「それだけ？」

「はい。私もどんな用件なのか、問い質してみたのですが、明日会って話すの一点張りで……」

「電話の瑠璃子さん、どんな感じでした？」

「と言われましても……」

「いつもと変わらなかった？」

「はい……。ああ、そういえば家族に内緒で電話しているらしく、声が少しくぐもっていました。手でこう、口元をふさいで喋っているような」

「そうですか。それで今日の午後一時に、バスの停留所へきたと」

「はい。ついでに巡回をと思って駐在所を早く出ましたので、十二時半頃には停留所に着きました。ところが待っていますと、瑠璃子さんではなく山崎風音さんがきたのです。神月彩さんの告別式へ行くため、西条みさきさん、朝河弓子さん、今井瑠璃子さんの三人と、あの停留所で待ち合わせをしていたそうで……」

　石田の横に佇む女性たちは、みな黒い洋服に身を包んでいた。浜中はそっとうなずく。瑠璃子もいずれ喪服を着るつもりでいたが、まずは普段着を身につけた。しかし喪服に着替える時に、下着までつけ直すのは面倒だから、喪服に合う色のブラジャーやショーツをしていた。そう考えれば、先ほどの疑問が一つ消える。

「停留所まで、ちょっと行ってみようか。そこで話を訊いたほうが解りいいだろう」

有浦の言葉に森住がうなずいたので、近くにいた刑事に断って、浜中たちはボート乗り場を出た。

「ここで待ち合わせをしていたのですね」

県道を北へ行き、龍跪院南の停留所で足を止めて、誰にともなく有浦が言った。女性たちはてんでにうなずく。

「なぜこの場所で?」

彼女たちを順々に見ながら有浦が問う。

「みんなで話しているうちに、なんとなく告別式へ行く前に龍跪院へ寄ろうということになって……」

みさきが応えた。

「なぜです?」

「お線香をあげるためです」

みさきが言う。彩の首が晒された場所にお参りするつもりだったらしい。

「待ち合わせの時間は?」

「一時です」

「石田さんの次にここへきたのが、風音さんですね。何時頃です?」

「一時ちょうどぐらいです」

小さな、しかしはっきりとした声で風音が応えた。

「バスで？」

「車です」

「うん、車はどこに？」

道端に停まっている車は見当たらない。

「龍蹄院の駐車場です。宗派が同じで昔から行き来があり、車や自転車は特に断らなくても、停めていいことになっていますので」

「なるほど。ところで石田さん、風音さんがここにくるまで三十分ほどあったわけですが、その間特に変わったことは？」

「といいますと……」

「何かを見た、あるいは物音を聞いたとか」

「さて……」

と、石田は首をひねった。

「なにもなかった？」

有浦が訊く。

「はい。誰もとおりませんで、静かなものでした。コゲラの餌取りの音が、時折湖のほうから聞こえるぐらいで……」

「そうですか。風音さんの次にここへきたのは？」

「私です」

弓子が言った。

「車ですか、それともバスで？」

「家から歩いてきました。一時五分過ぎには着いたと思います」

「なるほど。で、最後がみさきさん」

「バスの本数が少ないんだもん。遅れたのは私のせいじゃないわ」

腰までの黒髪を両手で弄びながら、舌足らずな声でみさきが言う。

「ここへ着いたのは何時頃です？」

「一時十五分頃かな」

「そうですか。で、そのあとは？」

有浦は石田に視線を向けた。

「瑠璃子さんを待ったのですが、彼女がなかなかこないので、今井家へ向かいました」

「全員で？」

「はい」

「ではそのとおりに、ちょっと歩いてみてください」

有浦が言い、石田は少しぎこちない動作で、県道を南へ歩き始めた。三人の女性も続く。道はこのあたりで大きくカーブしているから、見とおしはよくない。左手に民家はなく、龍跪院から今井家にかけて、ずっと果樹園が続いている。

ほどなく浜中たちはカーブを越え、公園にさしかかった。首ノ原公園といい、浜中が子供の頃に造られた。

「ここで私が見つけたんです」

足を止め、ふいにみさきが言った。

「なにをです？」

有浦が問う。

「ボートです。湖に浮かんでいたんです」

「ボートが？」

「はい。この時期ボート乗りは禁止ですから、おかしいなと思って公園に入りました」

そう言い置いて、みさきは一人で公園に入っていった。肩をすくめて有浦が続く。浜中たちも公園に踏み込んだ。中央に少女の彫像が建ち、その先に湖面を向いて、ベンチがいくつか置かれている。左には遊歩道があり、木々が濃く植わっていた。みさきはまっすぐ行き、柵の手前で足を止めた。浜中たちも横に立つ。

藤原湖は外周を杉に、湖畔をムクや桜に囲まれ、水際にナナカマドが植わっている。公園に面したこのあたりだけは杉の木がなく、藤原湖が一望できた。五十メートルほど斜面をくださった先から、湖が始まっている。ダムによる人工湖だが、あたりの風景によく調和し、ひっそり静かに息づいている。先ほどまでいたボート乗り場はちょっと引っ込んだところにあり、ここからは見えない。

「今井家に行く途中であなたがボートを見つけ、不審に思ってみなでここへきた。そうですね？」

有浦が訊いた。

「はい。あのへんにボートが浮かんでいたんです。瑠璃子が乗っていました」

かなり先の湖面を指さして、みさきが言う。

「瑠璃子さんが？」

「はい」

「ボートまでは距離がある。よく瑠璃子さんだと解りましたね」

「白いセーターを着ていたし、髪も短かったし、ねっ」

と、みさきは同意を求めるように、弓子と風音を順に見た。二人がうなずく。

「瑠璃子さんは白いセーターをよく着ていた？」

「秋から春にかけて、昔から白いセーターばっかりです。だからあれ、瑠璃子です。間違いないわ。でもね刑事さん」

みさきが言う。

「ここから呼んだのに、瑠璃子ったら無視なんです」

「無視……。距離があって聞こえなかったのでは？」

「大きな声で呼びましたよ、私。なのに瑠璃子はこっちを見もしないんです。もう死んでいたのかもね、瑠璃子」

平然とした面持ちで、ずきりとみさきが言ってのけた。諌《いさ》める者や、相槌を打つ者はいない。落ち着かない沈黙が、浜中たちを包んでいく。

「瑠璃子さん、一人でした？」

少し間をおき、有浦が石田に訊いた。

「はい」

「どんな様子でした？」

「普通にボートにすわり、腕をオールの上に置いていました。こう、両手の先をへりの外側に少し出すようにして」

と、石田はヤジロベーのような格好をしてみせた。

「漕いではいなかった？」

「はい」

「それで？」

「やがてボートは南へ流れ、せり出した山肌に隠れて見えなくなりました。さてどうしようということになり、まずは今井家へ行きました。ご両親がいれば話を訊こうと思いまして。けれどお留守だったのです。そこで私ら、瑠璃子さんが船着き場でボートを下りたのかも知れないと話し合い、ボート乗り場へ行きました。そして死体を……」

瑠璃子の無惨な姿を思い出したのか、顔を歪めて石田はうつむいた。

「船着き場のボートのもやい、解かれていましたか？」

「ああ、はい。行ってみたらボートがあちこち漂っているので、あれっと思いました」

そこへ足音が聞こえ、海老原が公園に飛び込んできた。

「またお前か！　ちょろちょろするなと言っただろうが」

目をむいて怒鳴る森住を無視し、海老原は有浦の前で足を止めた。

「首、見つけましたよ」

「首を？」

有浦が訊く。

「はい、龍跪院にありました。六地蔵尊のところに」

途端にみさきが悲鳴をあげた。

3

森住は難色を示したが、第一発見者ということで、海老原を伴って浜中たちは龍跪院へ向かった。みさきたち三人は石田に託して公園で別れた。別れ際に有浦が確認したところ、栈橋で瑠璃子の死体を見つける少し前、龍跪院で鐘が鳴ったと四人は言った。鐘は彩の時にも鳴っている。

龍跪院に人の姿はなかった。住職の坪内清範は彩の告別式の導師として、斎場に行っている。浜中たちは庫裏へ寄らず、石段に直行した。三層目まで一気に駆けあがり、右手の六地蔵尊へ行く。そして浜中は息を呑んだ。

コの字型のあずまやの中に、薄汚れた小さな地蔵が等間隔で六体並んでいる。生首は同じような間隔を空け、右端の地蔵の横に置かれていた。さながら七番目の地蔵だ。大きな瞳はかっと見開かれ、口を半ば開いている。きれいな並びの白い歯が、唇の間から覗いていた。今井瑠璃子だ。彩に続いて瑠璃子の首が晒された。

「今度の首、髪を切られていませんね」

　森住が言う。

「ああ」

「凍ってもいません」

「ああ」

　険しい表情で首に視線を据えたまま、有浦が応えた。森住が口を閉じ、そっと静寂が降りてくる。ごうと風が吹き抜けて、怯えたように木々が揺れる。浜中たちは少しの間、晒し首を前に無言で立っていた。

「さて、君は誰だ？　確か海老原と言ったが……」

　と、有浦が海老原に視線を向けた。

「はい。彩さんと面識がありまして、弔問にきたんです」

「あの家の知り合いか。で、その君がどうして首を？」

　有浦が問う。

「彩さんの首もここにあったというので、気になってきてみたんです。性格のひどく悪そうな、そこの刑事さんにボート乗り場を追い出されたあとで」

「なんだと、こら」

森住がぐいと身を乗り出した。

「つーん」

と、海老原が顔をそむける。そんな二人に有浦が割って入った。

「落ち着きな、森住。お前さんもそう挑発するな」

森住が舌打ちをして、海老原が頭をかいた。

「首か境内のどこかに触ったかい？」

有浦が訊く。海老原は首を横に振った。

「そうか。ボート乗り場へくる前はどこにいたんだ？」

「神月家で、一乃さんと話をしていました」

「そうか……。よし、もういいぜ」

「帰すんですか、浦さん」

不服げに森住が言う。

「首を見つけて知らせてくれた協力者だ。問題なかろう」

「まあ浦さんがそう言うんでしたら……。よしお前、もう行っていいぞ」

右手で追い払うようにして、森住が言った。

「なんです、人を犬か猫みたいに」

口を尖らせて海老原が言う。

「うるさい！　おれが怒鳴る前にさっさと消えろ」

「もう怒鳴ってるじゃないですか。血圧、あがりますよ」

「なんだろ、こら」

「ほらほら、降圧剤でも飲んで」

「お前いい加減に」

「解りましたよ、いなくなりますよ」

と、海老原は石段を下り始めた。石段は急だから、その姿が一旦消える。ほどなく海老原は下の層に現れた。こちらを振り返り、森住に思いっきり舌を突き出し、身を翻して逃げていく。

「ここまできたんだ。鐘撞堂にも行ってみようや」

肩をすくめて有浦が言う。森住は歯ぎしりをして海老原を睨みつけていたが、ややあってからうなずいた。有浦を先頭に、浜中たちは歩き出す。奥の石段を上って四層目に出、浜中たちは足を止めた。

「誰のいたずらだ」

森住が言う。鐘撞堂はまわりをミズキの木に囲まれている。そのうちの一本、堂の四メートルほど東に立つミズキの幹に、衣類が吊りさげられていた。浜中たちは木に近づいていく。デニム地のジーンズで、右足の先端部分が一メートルほどの高さのところに、五寸釘で留められていた。ジーンズを貫通した釘は、深く幹に食い込んでいる。ジーンズの腰の部分は地上すれすれのところにあり、左足は地についていた。血痕の付着はない。

「今井瑠璃子の衣類ですかね」

森住が訊いた。

「多分な」

「首を地蔵尊に置き、ジーンズを木に打ち込み、鐘を鳴らした。順番はともかくそうした。なぜでしょう？」

言って森住は、窺うような視線を有浦に向けた。

「解らんよ」

ため息まじりに有浦が応えた。

4

浜中はバスで神月家へ向かっていた。夜の八時を過ぎている。あのあと桟橋に戻って現場検証をしているうち、彩の告別式を終えて一乃が帰ってきた。用があるから夜にでも、神月家へ顔を出すようにという。渋々うなずいて、会議が終わったあとで有浦に断り、浜中は沼田署を抜け出した。

バスを降りて神月家の門をくぐり、浜中は一乃の部屋に直行した。部屋に入ると昨夜同様海老原がいた。こたつに入り、暖かそうに背を丸めている。

「一乃ばあ。用ってもしかして……」

「遅かったな、まあすわれ。リンゴむいてやろうか」

にたりと笑って一乃が言う。腰をおろし、浜中は曖昧にうなずいた。

「よし、待ってな」

と、一乃はリンゴをむき、皿に盛ってこたつに載せた。嬉しそうに海老原が手を出す。浜中もつまんだ。

「さて康平。解っておるな」

浜中がリンゴを食べ終わるのを待って、一乃が言った。やっぱりそうだ。

「昨日も言ったでしょ、一乃ばあ。守秘義務っていうのがあってね、地方公務員法の第三十四条に」

「話せ」

浜中の言葉をさえぎって一乃が言う。

「いや、だから法律でね」

「法律とばあちゃん、どっちを取る」

「取るとか取らないとか、そういうことじゃなくてさあ……。守らなくちゃいけないんじゃないかな、法律は」

「でも昨夜は色々教えてくれましたよね」

にっこり笑って海老原が言う。

「昨日のことは忘れてください」

「そうですか……」

と、海老原は腰をあげて口を開いた。

「一乃さん、ちょっと電話をお借りしたいのですが」

「ああ、構わんぞい」

「どこへ電話するんです？」

いやな予感を覚えて浜中が訊くと、海老原は顔中に邪悪な笑みを浮かべた。そして言う。

「沼田署へ電話して、あの怒鳴ってばかりの刑事さんでも呼び出してもらおうかと思いましてね」

「なんで？　どうして森住係長を呼び出すんです？」

浜中は思わず腰を浮かせた。

「昨夜浜中さん、事件について色々話してくれましたよね。それを森住さんにお伝えしようと思いまして」

「思いましてじゃないでしょ、思いましてじゃ。海老原さん、あなた結構性格悪いですね」

「よく言われます」

「解りましたよ、話せばいいんでしょ、話せば」

「最初から話すつもりだった癖に。まあそうやって、ごねてみせるのも可愛いんだが」

一乃が言う。

「ええ、可愛いですね」

海老原も言う。

「やめてください、二人して」

浜中は応えた。目を細めて一乃が笑う。すわり直し、浜中はため息をついた。

「それで、なにが訊きたいんです？」

「今井瑠璃子さんの死亡推定時刻は出ましたか」

海老原が言う。頬のあたりが硬く締まり、へらへらとした様子はすでにない。

「今日の正午から午後二時の間だそうです」

「死因は？」

「ひも状のもので首を絞められたことによる窒息死です」

「首は死後の切断ですか？」

「はい。傷口には生活反応は見られませんでした」

浜中は応えた。ケガをすると、傷口が腫れたり膿んだりする。これらはすべて傷を治すための体の働きであり、生活反応と呼ばれる。死体を傷つけても、この現象は起きない。

「彩さんの時とほとんど同じですね。ところでボート乗り場の近くに、セーターがありましたよね。あれはやはり瑠璃子さんのですか？」

「両親に見てもらいましたけど、瑠璃子さんが今日着ていたものに間違いないとのことです。活発そうに見えましたけど、瑠璃子さんはのどが弱くて、秋から春にかけてはハイネックやタートルネックのセーターばかり着ていたそうです。色はほとんどが白で、これは瑠璃子さんの好みでしょう。ああ、洋服といえばジーンズがね、鐘撞堂の近くの木に、五寸釘で留められていました」

「ジーンズが?!」

と、海老原が身を乗り出した。

「ちょっと詳しく聞かせてください」

浜中が詳細を話すと、聞き終えた海老原は目をつぶり、右のこぶしで額をコツコツ叩き始めた。昨夜も何度かそうしている。考え込んだ時の癖らしい。

「そのジーンズも瑠璃子さんのですか？」

やがて顔をあげ、海老原が言った。

「ええ。両親や友人に確認したところ、瑠璃子さんはあるメーカーのジーンズをとても気に入っており、ここ十年ほどはそこで作られた特定のブランドしか、穿かなかったそうです」

「そうですか……。首を切断するのに使った刃物は？」

「瑠璃子さんの遺体が置かれていたボートの底にありました。ありふれた量産品の出刃包丁です。ここから犯人を辿るのはまず無理でしょう。絞殺する際に使用した麻紐も見つかりましたが、こちらも日本中のホームセンターで売っているような品らしいです」

「指紋は？」

「出ていません」

「量産品で指紋がない。でもですよ」

と、海老原は首をひねった。

「でも？」

浜中は訊いた。

「どうして包丁と紐を、湖に捨てなかったのでしょう？」

「え？　ああ、言われてみれば……」

二つの遺留品から足がつく可能性が低いとしても、確かに湖へ投げ捨てたほうがよい。麻紐を包丁に結びつければ一緒に沈む。そのわずかな手間を、犯人はなぜ惜しんだのか。

「少しだけ解ってきました」

そう言って海老原は目を閉じ、再び額をコツコツやり始めた。

5

翌日。沼田署を出て首ノ原へ入った浜中たちは、関係者の家をひととおりまわることにして、まずは龍跪院へ行った。清範に話を訊く。昨日は午前中に龍跪院を出、水上町にある同じ宗派の寺に寄ったあと、彩の告別式が営まれる予定の斎場に入った。出かける前、龍跪院の境内に人影はなく、特に異常も感じなかったという。

清範と別れ、県道へレオーネを出した浜中は、車首を北へ向けた。やがてY字路にさしかかり、左へハンドルを切る。すぐに朝河家が見えてきた。

両親は仕事に出ていたが、弓子は在宅していた。喪に服しているのか黒いワンピースを着、まぶたのあたりが少し腫れている。あまり眠れなかったものとみえ、目の下に薄い隈もできていた。

「昨日は午後一時過ぎに、待ち合わせのバス停へ行きましたよね」

応接間にとおされて、茶を振る舞われたあとで有浦が訊く。

「はい」

切れ長の目を伏せがちに、弓子が応える。

「それまではなにをしていました？」

「家にいました」

「ご家族の方と一緒に？」

「いえ……。母は告別式の手伝いで斎場に行っていましたし、父は仕事に出ていました」

「ではお一人で家にいたと」

「はい」

続いて有浦は、小中学校時代の友人について訊いた。朝河弓子、今井瑠璃子、西条みさき、山崎風音。彩が殺害された夜、神月家には四人の女性が泊まりにきていた。風音には双子の姉の美雨がいる。彼女はきていなかったが、小さい頃は風音よりも美雨のほうが、彩たちと仲がよかったという。

彼女たちは小さい頃から閉鎖的なこの里で、長い時間をともに過ごした。たとえ仲のよいグループであったとしても、時に仲違いや諍《いさか》いはあっただろう。どこかでそれが、殺意へ育った可能性もある。

三人の刑事を前に緊張しているのか、あるいはそうした性格なのか、弓子の口数は少なかった。友人たちへの好悪は口にせず、みなそれぞれに仲よくしていたとだけ応える。得るものは特になかった。

朝河家を辞し、浜中たちは西条雑貨店へ行った。路肩にレオーネを停め、カタカタと鳴る引き戸を開けて店へ入ると、客らしき老婦人が一人だけいた。みさきはレジスターの脇に立っている。会釈をし、レジを挟んでみさきの前に立ち、有浦がなにか言いかけたところで老婦人に声をかけられた。

「刑事さんかね？」

有浦が黙ってうなずくと、老婦人は無遠慮な視線で浜中たちを眺めまわした。珍しいのだろう。テレビドラマではお馴染みの刑事も、実際に会う機会はあまりない。

「今井んとこの娘が死んだな」

痩せて小さな老婦人は、そう言って下唇を尖らせた。有浦は黙ってうなずいている。

「湖で死んだのじゃろう。やっぱり祟ったか」

「祟り？」

眉根を寄せて有浦が訊く。

「国や県が勝手にダムを造りおって。お陰でわしの家は湖の底じゃよ」

昭和三十二年に藤原ダムが造られ、それに伴って藤原湖ができ、元々その地にあった集落はすべて水没した。藤原湖底には、百五十九戸の家がそのまま沈んでいる。

「国が代わりの家を建ててくれたが、つまらん洋風の住宅でな。未だに自分の家という感じがせん。わしの爺さんは七年前に死んだが、昔の家で死にたかったと言っておった」

もごもごと口を動かし、浜中たちに当たり散らすように老婦人は言う。

「沈んだ家とそこに住んでおった人々の恨みが、藤原湖には満ちている。だから今井の娘は祟られたんじゃよ。あの家は沈むのを免れたからな。ふん、自分の家が沈まないと解った途端、ダム建設に賛成しおって。因果応報、因果応報……」

と、老婦人は買い物かごをレジ台に置いた。みさきがレジを打っていく。会計を終え、なにも言わずに老婦人は店を出ていった。

「いつもああなんです」

みさきが言う。

「昔は腕のいい助産婦さんだったらしいけど、今となっては愚痴ばかり……。ところで今日はどんなご用？」

「昨日待ち合わせのバス停へ行くまで、なにをしていたのかと思いましてね」

有浦が口を開いた。

「それってあれですか、アリバイ調べ？」

好奇の色を瞳に浮かべてみさきが問う。頬だけで笑って有浦は応えなかった。

「昨日はお店を閉めたんです」

みさきが言う。

「彩の告別式が水上であるから、どうせ村の人はそっちへ行っちゃうし……。お父さんとお母さんは午前中に家を出て、斎場へ向かいました。私は離れでテレビを観ていて」

「離れ？」

「干渉されるのがいやなので、私は離れに独りで住んでいるんです」

みさきが応えた。店の裏に離れがあり、十年以上前からみさきはそこを自室にしているという。

「元はお婆ちゃんの部屋だったの。でもずっと前に空いちゃったから」

と、みさきはうつむいた。みさきは一乃によく甘える。早くに亡くした祖母の面影を、一乃に映しているのだろうか。

「そうですか……。テレビは一人で観ていたのですね」

「はい。だからアリバイ、ありません」

そう言って、みさきは悪戯っぽく笑う。

「そのあとは？」

「約束の時間になったので、バスに乗って待ち合わせのバス停へ行きました」

解りましたと応え、友人たちについて有浦は訊ねた。

「私はね。瑠璃子のことが一番好きだったな」

弓子と違い、みさきは話に乗ってきた。右手で髪の毛を弄びながら言う。

「瑠璃子は男の子みたいにさっぱりしてたから。たまに傷つくことも言われたけど、こっちが怒ればすぐに謝ってくれたし……。でも多分、瑠璃子は私のことを嫌っていたと思う」

「なぜ解るんです？」

有浦が訊く。

「なんとなくそう感じていたの。理由なんかないわ。弓子とは家も近いし今はよく話すけど、中学の頃はあんまり……。美雨とも気が合わなかったな。あの子、なに考えているのか解らないんだもん。風音とは小さい頃よくお喋りしていたけど、中学に入って彼女、急に無口になっちゃって……」

「いつ頃のことです？」

「なにが？」

甘えたようにみさきが訊き返す。

「山崎風音さんが変わってしまった時期ですよ」

「中学一年の時かな。そういえばその頃から風音、長いスカートしか穿かなくなったっけ」

「なるほど。彩さんはどんな感じの人でした？」

「うん……」

と、みさきは言い淀んだ。

「ここでお訊きしたこと、口外しませんよ」

有浦が言った。わずかに躊躇をみせてから、みさきは口を開く。

「死んだ人の悪口は言いたくないけど、彩はとにかく自分が中心にいないと気が済まないの。ちょっと逆らえば、すぐみんなにいってシカトさせるし」

「シカト？」

「無視です、無視。誰もその子と喋らないんです。うっかり口を利くと今度はこっちがシカトされるから、みんな彩の言いつけどおり、一言も喋りません。やがてその子が謝ると、ようやく彩は許すんです。私はうまくやっていたけれど、美雨は何度もシカトされたわ」

「シカトねえ」

「はい。それでしばらくすると、そろそろ美雨へのシカトをやめようと、弓子がさりげなく言い出すんです。弓子と美雨は、家を行き来するほど仲がよかったから。でもそれがかえって彩の気に障るらしく、なかなかやめないんです。だから一度始まると、美雨へのシカトは長かったな。まあその間こっちは安泰ですけどね」

そう言ってみさきは笑った。

「安泰？」

「彩、同時に二人は絶対シカトしないんです」

「なぜです？」

「シカトされた者同士が仲よくしちゃうと、懲らしめの意味がないからだって」

浜中は内心でため息をついていた。確かに彩は気が強い。しかし陰湿ないじめをするタイプだとは思っていなかった。

「彩さん自身、無視の対象になったことは？」

有浦が訊いた。

「あるわけないでしょ。彩以外そんなことを言い出す子はいなかったし、神月家の娘をいじめたら、あとが怖いわ」

なるほどと応えて有浦が肩をすくめ、そこへ客が入ってきた。浜中たちは礼を述べて店を出た。

6

馬首寺へはすぐに着いた。駐車場の端に車を停めた浜中たちは、石段を上っていく。ほどなく境内に出た。龍跪院よりよほど狭く、掃除も行き届いている。木漏れ日がさし、秋の風も心地よい。しかし浜中は恐怖を覚えていた。無数の虫がざわざわと、背中を這い始めたかのようだ。

かつてここには馬首寺と別の寺があり、しかし村人が住職を追い出してしまったという。理由は解らない。知っている村人もいるようだが、触れてはいけない話題といった感があり、浜中は耳にしたことがない。

いずれにしても住職が首ノ原を追われ、寺の主がいなくなった。そして村人は山崎界雲という流浪の僧を迎え入れた。この界雲が風音や美雨の祖先と言われている。

界雲は墓地を道沿いに、本堂を境内の右手に新しく造ったが、旧の墓地と本堂は今も馬首寺に残されている。境内の左手にある。旧の本堂はそれほどでもないが、古い墓地には禍々しいなにかがある。ここへくるたび、浜中はそれをはっきり感じる。墓地の上空に邪悪な渦のようなものがあり、近づくとからめとられる気がする。

小さい頃に浜中は、彩に連れられて旧の墓地に入ったことがある。風雨に汚れ、苔むして角が取れ、彫られた文字さえ読めない墓石が並び、怖々それらを見ていると、うしろにいた彩が、わっと脅かしてきた。文字どおり飛びあがり、浜中は一目散に境内を駆けおりた。以来旧の墓地には足を踏み入れていない。

洞窟や森の小径《こみち》の小さな祠《ほこら》など、首ノ原にはほかにもちょっと怖い場所がある。けれど馬首寺の旧墓地は、それらと明らかに空気が違う。異様で近寄りがたいなにかを孕んでいる。実際に出るという噂もあり、この寺の娘である美雨や風音さえ怖がって、滅多に旧の墓場には入らないと彩が言っていた。

「あれが敬雲さんか」

有浦が言った。庫裏の垣根越しに山崎敬雲の姿がある。彩が殺害された翌日、浜中たちはここを訪ねたが、敬雲は不在だった。

浜中がうなずくと、有浦は歩き出した。鈍色の法衣に身を包んだ敬雲も庫裏を出てくる。本堂の手前で敬雲と向かい合い、有浦と森住が手帳を見せて名乗った。敬雲は無言で頭をさげる。うしろに立つ浜中を認め、わずかに表情を和らげたように見えた。

「ちょっとお訊きしたいことがありましてね」

有浦の言葉に敬雲は、やはり無言でうなずいた。敬雲が笑った顔を、浜中は見た記憶がない。いつも口を閉じ、難しい顔をしている。しかし怖いと思ったことは、不思議と一度もない。

「風音さんとは何度かお会いしました。いいお嬢さんですな。姉の美雨さんは、今どちらに？」

有浦が訊いた。

「東京の店だろう」

「双子だと聞きました。よく似ているんでしょうな」

「瓜二つだ。二人が揃うとどちらが風音で美雨なのか、わしにも解らん」

有浦がわずかに首をひねった。実の親が娘の区別もつかないのかと思ったらしい。しかし浜中は知っている。風音と美雨は一卵性で、とてもよく似た顔立ちをしていた。店が話題になればと、髪型やメイクまでわざと同じにしているというから、もしも美雨が長いスカートを穿けば、二人を区別できる者はいないだろう。

「見れば解る」

敬雲が言った。

「一度お二人と、同時にお会いしたいものですな。ところで風音さん、中学生の時から長いスカートばかりを穿いていると聞きました。なにか理由でも？」

「知らん」

にべもない。

「住職はこちらに一人で住まわれているとか。なにかとご不便でしょう」

と、有浦は話題を変えた。

「わしは炊事や洗濯をまったくできんが、あり難いことに檀家の方々がやってくださるのでな。まず不自由はない」

敬雲は風音と美雨が五歳の時に、妻を亡くしている。そのあと男手一つで双子の姉妹を育てたが、そこには檀家の協力があったという。檀家の主婦たちが交代で訪《おとず》れては、料理を作り、洗濯をし、時に風音たちの勉強を見てくれた。

高校を卒業すると風音と美雨は東京へ出ていき、敬雲は一人になった。しかし檀家の主婦たちが順番にきて、炊事洗濯をしてくれるので、今でも困っていないようだ。

世話になっている檀家を有浦が問い、敬雲は何軒かの名を挙げた。朝河家と今井家も入っていた。西条家は龍跪院の檀家で、つき合いはまったくないらしい。神月家は自らの敷地内に墓所を持っている。だから神月家の人々がここへくることはあまりないが、折に触れて金銭的な援助をしてくれるという。

　そんな話を訊き、風音は出かけているようなので、浜中たちは馬首寺を辞した。昨日瑠璃子の死体が見つかったボート乗り場へ行く。県道脇にレオーネを停め、石段を下りて湖岸へ出ると、鑑識班の姿がちらほら見えた。みな、揃いの作業服を着ている。

　その中に一人だけ、異彩を放つ人物がいた。くるぶしまでの黒いスカートをぞろりと穿き、厚手の小さな黒いジャケットを着ている。眉の上で切り揃えられた髪も黒く、手に持っている小さな巾着も黒い。黒ずくめの中、静脈が透けて見えるほどの白い肌が際だっていた。山崎風音だ。桟橋のあたりは立ち入り禁止になっているから、ずっと離れた湖畔の隅に彼女はぽつりと立っている。

　浜中たちは風音のところへ行った。風音は無言で頭をさげる。彼女の足元には花束があり、短くなった線香から、小さな煙が立ち昇っていた。

「瑠璃子さんに花を手向けにきたのですか？」

　有浦が訊いた。風音は小さくうなずく。瞳がかすかに濡れていた。

「そうですか……」

　と、有浦は湖面に目をやり、しばらく無言でいたが、やがて風音に昨日のことを訊いた。

「父は午前九時頃に家を出て、水上町の斎場へ向かいました。そのあと午後一時にみさきたちとバス
　停で会うまで、私は庫裏にいました」

「檀家さんの誰かと一緒でしたか？」

「いえ。檀家の方はみな、彩の告別式に行きましたので」

「ではあなた一人だった？」

「はい」

風音が応え、そこへがさりと音がした。森住がさっと身構え、薙《な》ぐようにしてあたりを見まわす。

林の中に人影がさした。

「またお前か！」

森住が言う。林の中にいたのは海老原だった。穏やかな表情を浮かべてこちらへくる。

「ああ浜中さん、いつもお世話になってます」

そう言って、海老原はへらっと笑った。

「せ、世話なんかしてないじゃないですか。まったくいやだなあ、海老原さんは……。ところでなにしてるんです、こんなところで？」

訝しげな森住の視線を感じ、慌てて浜中は訊いた。

「これですよ」

と、海老原は胸を反らせた。黒いライカの双眼鏡をさげている。

「双眼鏡がなにか？」

浜中は問うた。

「これで鳥を見ていました」

「はあ？」

「ですから鳥を観察していたのです。この近くでカラスの巣を、いくつか発見しましたよ！　夏場はボート乗り場に観光客がきますからね。そうした人たちの出すゴミを目当てに集まって、いつしか巣を作ったのでしょう」

「そ、そうですか。いいですねえ、のんびりとバードウォッチングなどして……」

呆れながら、浜中は言った。浜中などは署の道場に泊まり続けだ。

「案外これも、名探偵の仕事なんですけどねえ」

「鳥の観察がですか？」

「ええ」

「どうしてです？」

「今は内緒です」

と、海老原はにやにや笑う。

「おい浜中、そんな馬鹿は放っておけ」

海老原を睨みつけて、森住が言った。

「馬鹿に馬鹿って言われたくないなあ」

「なんだと、こら？」

「ああいや、独り言です、独り言。では」

そう言って恭しく頭をさげ、海老原は林の中へと消えた。

幕間

散歩をしていた峰山ふくは、疲れを覚えて足を止めた。眼前に藤原湖が広がっている。谷川岳から雪解け水が入ってきたらしく、水位の上がった湖面は冷たく澄んでいる。

ふうと大きくため息をつき、ふくはしゃがみ込んだ。以前のふくの家は、藤原湖底に沈んでいる。家族との思い出にあふれた家だ。天井の節穴や柱の傷まで覚えている。

代わりに広い家を国は建ててくれたが、今もって愛着を持つことはできない。食事をして寝るためだけの道具のような、そんな気がする。だが息子夫婦は気に入っている。新しいほうがいいという。

ふくは再びため息を漏らした。自分もきっと古いのだろうと、そんなことを思う。首ノ原の赤子といえば、昔は助産婦のふくが取りあげた。しかし今は誰も頼みにこない。みな水上の産婦人科へ行く。

さわと風が吹き抜けて、ふくは顔をあげた。まだ三月だというのにずいぶん暖かい。今年は春が早いのかも知れない。

あと何度、木の芽時を迎えられるだろう。

ぼんやりと、ふくは視線を遠くへ放った。湖の向こうに山があり、貼りつくように境内が建っている。龍跪院だ。てっぺんの鐘撞堂に造られた龍が、ちらちらと見え隠れしている。今は亡き先代の住職とは、よく話をした。坊主のくせに酒好きで、酔うと剃った頭がタコのように真っ赤になった。

口をすぼめて小さく笑い、ふくは再び龍跪院に目を向ける。そして思わず首をひねった。鐘撞堂の塀にのたくる龍が、少しだけ浮いた気がした。腰をあげ、ふくは目を凝らす。次の瞬間龍が動いた。

鐘撞堂の塀から飛びあがり、くるりと向きを変え、白い腹を空へと向ける。そして龍は、鐘撞堂の屋根の上にふわりと浮いた。

なにが起きたか解らずに、ふくはぽかんと口を開けた。眩暈を覚えた。足元が揺れている。

あの龍は陶製で、鐘撞堂の塀の上にしっかり設えられている。先代が金に飽かせて造ったもので、何百キロか一トンか、恐らくはそんな重さがある。簡単に浮くような代物ではない。ふくは目をしばたたかせた。雲やなにかを見間違えているわけではない。間違いなく、龍が空に浮いている。

ごぼり、ごぼり。

唖然としていたふくは、音に気づいてそちらへ目を向けた。

ごぼり、ごぼり。ごぼっ、ごぼっ、ごぼっ。

藤原湖の彼方で水面が泡立っていく。身じろぎもせず、ふくは水面を見つめ続ける。

ごぼっ、ごぼっ、ごぼっ。

泡立ちが大きくなる。波紋がいくつも広がっていく。そしてふくは目を見開いた。

ざばりと音を立て、湖の中から巨大な龍が姿を見せた。二本の角を振り立てて、水面から大きく飛び立つ。次いで龍はぐっと身を沈め、水面の上をのたくり始めた。ばしゃばしゃと音が立ち、巨大な波紋が湖に走る。

ふくは表情をなくし、怒り狂って暴れる龍をただ見ていた。

ごぼっ、ごぼっ、ごぼっ。

龍が静かに沈んでいく。

ごぼっ、ごぼっ、ごぼっ。

最後に龍の角が消え、湖面は再び澄み切った。

ぼんやりとふくは顔をあげる。龍跪院の鐘撞堂から舞いあがった龍は、いつの間にか消えていた。

あの龍が空へ舞いあがり、どこからか湖底へ潜り、湖面から飛び立った。

そうとしか思えない。

ふくはぶるりと背を震わせた。畏敬の念が胸に満ち、ひざから恐怖が這いあがってくる。

ずいぶんと長い間、ふくはその場を動けずにいた。

【第三章】さまよう晒し首

1

峠道は狭く、カーブが連続していた。浜中康平は逸《はや》る気持ちを抑えて、慎重にレオーネのハンドルを切っていく。対向車はほとんどなく、サイレンは鳴らさずに回転灯だけをつけている。道の左右に迫る木々が、朱色に染まっていた。

「珍しい名前ですね」

うしろの座席で森住継武が言う。

「滝の裏側に入れるのさ」

有浦良治が横で応えた。

「それで裏見の滝ですか……」

森住が呟く。浜中たちはそこへ向かっていた。

首ノ原の遙か東には、標高二〇〇〇メートルを超える武尊山が屹立している。その頂近くに端を発し、藤原湖へと注ぐ武尊川の途中に裏見の滝はある。藤原湖から、数キロ東に位置していた。

昨日事件の関係者をひととおり訪ねたので、浜中たちは今日、首ノ原で一軒一軒聞き込みにまわる予定でいた。朝の八時過ぎに沼田署を出、首ノ原へ入ったところで無線が鳴った。一一〇番通報があり、裏見の滝で首が出たという。

峠道をしばらく行くと、ふいに視界が開けた。ロッジや民宿が何軒か並んでいる。それを過ぎ、いくつかのカーブを越えていくうち、耳の奥が痛くなってきた。ずっと登りで、すでにかなりの高みへきている。つばを飲み込んで痛みを和らげながら、浜中はレオーネを走らせていく。

きついカーブを過ぎて峠を越えると、見とおしがぐんとよくなった。先の左手にちょっとした空き地があり、白い軽自動車が停まっている。脇に中年女性が二人立っていた。通報者だろう。ようやく裏見の滝についた。浜中は軽自動車の隣にレオーネを停める。

「通報されたのはあなた方ですね」

車を降りて有浦が問う。女性たちはうなずいた。二人の顔色は青ざめている。

「私、沼田署の有浦と言います」

と、有浦は警察手帳を出して広げた。女性たちも名乗る。左の老眼鏡をかけた女性が木村で、もう一人は遠山といった。

「どこで首を見たのです？」

「はい、あの、滝の中で……」

遠山が言った。恐怖かあるいは緊張か、声がかすかに震えている。

「滝の中？　まあとにかくちょっと、案内してください」

有浦の言葉にうなずいて、二人の女性は歩き出した。浜中たちも続く。

駐車場を出て十メートルも行くと、右手のガードレールが少し途切れ、下へ向かって石段が延びていた。「裏見の滝へ」と記された木の案内板が、掲げられている。有浦を先頭に、浜中たちは狭い石段を一列で下りていく。せせらぎは聞こえるが、左右に茂る木々に阻まれて、川や滝は見えない。しかし空気はきりりと冷え、滝の近くに独特の爽やかな湿り気がある。

ほどなく遊歩道に出た。遊歩道に入って石段を少し下り、沢に架けられた小さな橋を渡ったところで、さっと視界が開ける。左手は一面が崖で、裏見の滝は数十メートル先にあった。滝に性別があるとすれば、裏見の滝は女性だろう。かぼそく、けれどしなやかに、透きとおった水が崖を伝って落ちていた。秋の木漏れ日を受け、水が白く輝いている。

地面は濡れて苔むしていた。足元に視線を置き、浜中たちは慎重に石段を下りていく。やがて石段が終わり、崖をえぐるようにして造られた小道に出た。道幅は一メートルほどで、右手に柵が設けられている。左は崖だ。少し先に滝があり、その裏側がぐいと大きく窪んでいる。

桟道を行くような思いで進み、浜中たちは滝の真裏の窪みに入った。一坪ほどの広さしかなかったが、なんとか全員収まることができた。窪みの高さは一メートル半ぐらいで、男たちは一様に腰をかがめている。そんな体勢で前方に目をやれば、鼻先に滝が流れていた。天からの柔らかなシャワーのように、優しげに水が落ちていく。その向こうに渓谷の緑が見え隠れしている。滝というフィルターをとおして望む風景は、桃源郷のような趣があった。

「さて、お話を」

少し大きな声で有浦が言った。そうしないと、声が滝に消されてしまう。

「ああ、はい。木村さんと二人でここに立ち、滝を眺めていたのです。そうしたら……」

遠山はためらいがちにうつむいた。

「そうしたら？」

有浦が問う。

「はい。ほんの一瞬でしたが、人の首が見えたのです」

「首が？」

「はい。滝と一緒に落ちるような感じで……」

「あなたは？」

と、有浦は木村に顔を向けた。

「滝の向こうに、突然首が浮かびあがったように見えました」

「浮かびあがった……」

「はい。私にはそう見えました」

「うん……」

と、有浦は左手であごを撫で、少しの間考え込んでみせたが、やがて質問を再開した。

「その首は男性、それとも女性？」

「ちらっと見ただけですけど、女性だと思います」

木村が応え、横で遠山もうなずいた。

「若い女性？」

「さあ、そこまでは……」

「髪は？　長かったですか？」

「短かったと思います」

木村が言った。事件に関係している女性たちを、浜中は頭の中に思い描く。ショートカットの女性はいない。

「ほかになにかご覧になりました？」

有浦が訊く。女性たちは首を横に振った。

「見たのは首だけ？」

「はい」

木村が応えた。

「ちょっと写真、見て頂けますか？」

と、有浦が目配せしてきたので、浜中は胸ポケットから小さな封筒を取り出した。関係者の顔写真が入っている。神月彩と今井瑠璃子の写真を除き、残りを浜中は一枚ずつ二人に見せていく。しかし反応はない。首ノ原の事件とは、関係ないのだろうか。だがこの狭い里で、まったく別の首切り事件が同時に起きるなど、まずあり得ない。

風がきて、封筒に戻そうとしていた写真を浜中は取り落とした。数枚の写真がひらと散る。水を吸っては写真が役に立たなくなる。そう思い、浜中は慌てて拾った。二人の女性も手伝ってくれる。幸い滝の向こうへ落ちた写真はない。

「あら」

二枚目の写真を拾った木村が、ぴたりと手を止めた。写真を凝視している。

「ねえ、遠山さん。これ……」

遠山も、木村の写真を覗き込んだ。二人はしばらく写真を眺め、うなずき合って顔をあげた。

「断言できませんけれど、私たちが目撃したのは、この人のような気がします」

木村が言った。

「え？　でも今見て頂いた時には……」

浜中は言った。

「いいえ、これを見るのは初めてです」

木村は写真を掲げた。華やかな服に身を包んだ若い女性と、日傘を手にした中年女性が並んでいる。今井瑠璃子と母親だ。だが母親の髪の毛は肩まである。

「しかしあなた方が見た首は、髪の毛が短かったのですよね」

「ええ、ですからこちらのお嬢さんのほうです」

と、木村は写真の瑠璃子を指さした。

「何だって⁈　しかしこっちはあんた、一昨日死体で」

森住が言い、すぐ有浦に制せられた。

「首はこの、若い女性に見えたと」

右に立つ瑠璃子を指で示しながら、落ち着いた声で有浦が問う。二人は揃ってうなずいた。瑠璃子の遺体は解剖のため、首とともに沼田市内の病院へ運ばれている。沼田署の警察官が、つきっきりで死体を見張っているはずだ。万が一瑠璃子の首が盗まれたとなれば、当然無線に連絡がある。だがそうした報告は入っていない。

写真を仕舞い、滝を出て遊歩道で待っていると、ほかの捜査員たちがきた。彼らとともに、浜中たちは裏見の滝付近を調べていく。しかし首は見つからない。念のために沼田市内の病院へ連絡を取ったが、瑠璃子の胴体と首は間違いなく今もあり、ずっと監視下に置かれていたから、ほかの死体と入れ替えることも不可能だという。今井家に問い合わせをし、瑠璃子に似た親戚がいないことも確認できた。

浜中が見る限り、木村と遠山に嘘をついている様子はない。一一〇番通報を受けてすぐに駆けつけ、その場で写真を見せたのだから、記憶の風化も起きていない。つまり彼女たちは瑠璃子の生首を裏見の滝で見ている。しかしその時瑠璃子の首は、直線距離にして二十キロ以上離れた沼田市内の病院にあった。そういうことになる。わけが解らなくなり、浜中は半ば呆然と首をひねった。

2

浜中たちは首ノ原で聞き込みをしていた。午後二時をまわっている。情報は得られていない。ほかの捜査員たちが昼過ぎまで浦見の滝の近くを調べたが、首は結局出なかった。得体の知れないなにかが起きつつある気がして、どうにも浜中は落ち着かない。

彩たちのかよっていた首ノ原小中学校での聞き込みを終え、レオーネに乗り込んだ浜中たちが県道へ出たところで、前から軽トラックが走ってきた。どうしたわけか急停車し、転がるように男性が出てくる。浜中はレオーネを道の脇に停めた。

「どうしたんだ？」

窓から顔を出して森住が問う。軽トラックに乗っていた男性は五十がらみで、顔色がひどく悪い。見てすぐに解るほど、両手の先が震えている。

「ああ、済みません。刑事さんたちですよね。ちょうどよかった、駐在所へ行くところだったんです」

「なにかあったのですか？」

有浦が訊いた。尋常ではない男性の様子に目を細めている。

「今そこで、首を見まして」

「首？　どこでです」

すっと有浦が目を細めた。

「湖です。ボート乗り場の近くです」

「解りました、行きましょう。車の運転、できますか？」

有浦が言い、がくがくと男性はうなずいた。男性が軽トラックに乗り込むのを待って、浜中はレオーネを発進させた。ボート乗り場へ向かう。すぐに着き、路肩に車を停めて浜中たちは石段を下っていった。現場検証はすっかり終わり、人の姿はない。

石段を下りきると、男性が桟橋の少し右手を指さした。浜中たちは林を走り抜け、ナナカマドの茂る湖岸に出た。鼻先に湖があり、湖水が寄せては返している。

「ここに首が」

と、男性はすぐ先の湖面を指さした。しかし首らしきものは浮かんでいない。

「流されたのかな……」

そう言って男性はへたり込んだ。ぜいぜいと肩を揺らしている。見れば湖岸に、花束が置いてあった。横で線香の煙が、風にたなびいている。

「これはあなたが？」

有浦が問う。うなずいて、息を整えてから男性が口を開く。

「一昨日死んだ今井瑠璃子は、私の姪なんです。小さい頃に何度か、瑠璃子をこのあたりで遊ばせたことがありましてね。それを思い出し、花を手向けようと……」

「そうでしたか」

「はい。それで私はここにすわり、ぼんやり湖面を眺めていたんです。そうしたら水の中になにかが見えて、徐々に浮かびあがってきて……。最初、魚の死骸かなと思ったんです。でもよく見たら生首で」

男性はぶるりと全身を震わせ、信じられないものを見たというように、顔を左右に振った。

「男性、女性？」

有浦が訊く。

「女性です。血だらけでしたが、一瞬はっきりと目が合いましたので」

「血がついていたのですね」

「はい。顔中が血で真っ赤でした」

「髪型とか、顔の特徴は覚えていますか？」

「はい……、それがあの……」

なぜか男性の口が重くなった。浜中たちは無言で次の言葉を待つ。やがて男性は口を開いた。

「死んだ瑠璃子にそっくりだったのです」

「瑠璃子さんに？　しかし彼女は」

「一昨日亡くなっています。だから見間違いだと思うのですが……」

男性が言った。有浦は左手であごを撫で、しばらく考え込んでみせてから、浜中に目を向けた。

「とにかく無線で連絡だ。頼むよ」

浜中は駆け出した。車に戻って県警本部に無線を入れ、湖岸へ戻る。そのあと浜中たちは近くを見てまわったが、不審な点は特にない。

やがて捜査員が到着し、有浦が事情を説明すると、このあたりの湖面をさらってみるという。一時間ほど作業に立ち合ったが、首は出ない。そこへ制服を着た警察官が、駆けつけてきた。

「有浦係長！」

「うん、どうした？」

「首を見たという通報が、たった今入ったそうです」

「また首か？　まったく、なにがどうしちまったんだ。で、場所は？」

「ここから二キロ南にキャンプ場があり、その公衆電話から連絡が入りました」

「解った、すぐ行く」

有浦が言い、浜中たちは湖岸をあとにした。石段を上っていく。

首だけになった瑠璃子の亡霊が、首ノ原をさまよっているのではないか。そう思ったら、二日前に龍跪院で晒されていた瑠璃子の生首が、浜中の脳裏に蘇った。その瑠璃子の首が、どんどん膨れあがっていく。途方もなく大きくなっていく。夏の積乱雲さながらに、首ノ原の上空一杯に広がっていく。見あげれば、空に巨大な瑠璃子の生首があるような気がして、浜中は思わず身を震わせた。

強く頭を振って幻想を追い出し、浜中はレオーネに乗り込んだ。キャンプ場へはすぐに着いた。藤原湖から流れ出た沢に沿って、橋のたもとに空き地が広がっている。

売店は閉まっていたが、横に公衆電話があった。キャンプ場の突き当たりに、一台のピックアップトラックが停まっている。脇に若い男女が立ち、こちらに視線を向けていた。ほかに人の姿はない。彼らが通報者だろう。浜中はキャンプ場を突っ切って、男女の脇にレオーネを停めた。すぐ目の前に沢が流れている。

「通報されたのはあなた方ですか?」

車を降りて、有浦が訊いた。

「はい。それにしても早いですね。驚きました」

男性が応えた。二十代後半で、まずは整った顔立ちをしている。痩せた顔に、短く刈り込まれた髪がよく似合っていた。

「たまたま近くにいましてね。首をご覧になったとか?」

有浦が訊く。

「はい。見たのは僕じゃなくて彼女なんですが」

と、男性は横に立つ女性に目を向けた。そして言う。

「首なんてまさかと思ったのですが、念のため連絡したんです」

「私、本当に見たんです。よっちゃんは全然信じてくれないけど……」

女性が口を開いた。目鼻立ちのはっきりした美人だが、あごのラインに気の強さを感じさせる。

「当たり前だろ。いくらなんでも沢に女の首なんて」

「でも本当に見たのよ」

「僕が駆けつけた時は、なにもなかったじゃないか」

「でも……」

「まあまあ」

手で制しながら、有浦が二人の間に割って入った。

「首をご覧になった時の状況を、詳しく訊かせてください」

男女は揃ってうなずいた。埼玉県に住む二人は今日、群馬県最北の奥利根湖までドライブを楽しんだ。その帰りにここをとおり、休息も兼ねて立ち寄ったという。

「私はここで、少しの間水面を見ていたんです」

女性が言った。沢はこのあたりで大きくうねり、ちょっとした池のようになっている。流れはそれほどない。

「その時あなたはどこに？」

有浦が男性に訊いた。

「車の脇に立って、煙草を吸っていました」

「なるほど。それで、どんなふうに首を見たのです？」

と、有浦は女性に視線を戻した。

「白っぽいものがふわっと浮かんできたんです。でもすぐに沈んでしまって……。気になったので目をそらさずいたら、ちょっとしてまた浮いてきました」

両手で肩を抱くようにして女性が言った。声がかすかに震えている。

「その時はまだ、首だと気がつかなかったのです。でもそのあとでほんの一瞬、さっと浮かびあがってきて……。間違いありません、女性の首でした」

「若い女性？」

「それはちょっと解りません。すぐに沈んでしまったので……」

「なにか特徴は？」

「顔の左半分に、大きな傷があったように思います」

「傷？」

「はい。左目から頬のあたりにかけて、裂けたような傷が……。でも見間違いかも知れません。見たのは一瞬でしたから」

「うん、ほかには？」

「さあ……、特には」

「髪型は？」

少し考え込んでみせてから、女性はやがて口を開いた。

「多分、短かったと思います」

「首を見た時、キャンプ場には誰かいました？」

「いいえ、僕らだけです」

そうですかと呟いて、有浦は左手をあごに当てた。

3

相次ぐ首の目撃談を報告するため、応援にきてくれた捜査員に男女を託し、浜中たちは沼田署へ戻ることにした。キャンプ場を出て南へ向かう。首ノ原から離れるにつれ、亡霊となった瑠璃子の強い怨念が薄まっていくようで、浜中はそっと息をついた。

いくつかのカーブを越えて藤原ダムの上に出ると、歩道に男性が立っていた。彼の姿を浜中は、数日前から何度か見ている。いつも一人でイーゼルを立て、絵筆を握っていた。しかし今日は横にもう一人、背の高い男性がいる。黒いスリムのジーンズに、黒いジャケットを着ている。エンジン音に気づいたのか、その男性はさっとこちらに向き、大きく手を振ってきた。

「うん？　あれは……」

有浦が首をひねった。

「あの野郎、うろちょろしやがって」

吐き出すように森住が言う。男性は海老原浩一だった。停まるようにと手で示している。ちらとうしろを向くと有浦がうなずいたので、海老原たちの前に浜中はレオーネを停めた。

「なんだお前は、こんなところまできやがって」

開けた窓から顔を出し、森住が怒鳴る。

「つーん」

そう言いながら、海老原はそっぽを向く。

「舐めてんのか、お前。行きましょうよ、浦さん」

「車を降りて、この方から話を聞いたほうがいいと思うんですけど」

前髪をかきあげなら、誰にともなく海老原が言う。

「ああ？　そりゃどういう意味だ」

森住が訊いた。しかし海老原はあっさり無視し、浜中に目を向けて笑いかけてくる。

「どれ、外の空気でも吸うか」

そう言って有浦が、後部座席のドアを開けた。渋々といった様子を露骨に見せて、森住も車を降りる。浜中も外へ出た。

「それで、この方にどんな話を訊けばいいんだい？」

有浦が問う。

「絵ですよ、ちょっとこれ見てください」

と、海老原は横の男性に向かって頭をさげた。うなずいて、男性がイーゼルの前を空けてくれる。浜中たちがカンバスを覗き込めば、藤原湖の風景が描かれていた。油絵だ。浜中は多少絵に興味がある。男性の絵はモネを思わせる印象派の画風で、山腹に囲まれた藤原湖が、落ち着いた色彩で描かれていた。ほぼ完成している。

「素敵な絵ですね」

お世辞ではなく浜中は言った。プロの絵描きかと思って訊けば、男性はまんざらでもない表情を浮かべ、しかし首を横に振る。中学で美術の教師をしていたが、定年退職し、今は気ままに絵を描き暮らしているという。岩渕と、男性は名乗った。

「ところであなた方は？」

岩渕に問われ、浜中たちは手帳を取り出して名を告げた。

「ああ刑事さん……。首ノ原の事件を、捜査されているのですか？」

「まあ、そんなところです」

岩渕の問いに有浦が応え、そこへ海老原が声をあげた。

「ああ、きた！」

「うん、どうした？　急に大きな声を出して」

有浦が訊く。

「バスですよ、バス」

と、海老原は道の彼方に視線を向けた。水上駅行きのバスが、ダムにさしかかろうとしている。

「この時間、バスは一時間に一本しかないんです。あれに乗らないと間に合わない。それじゃ僕はこれで」

言い置き、海老原はバス停へ走っていった。

「やれやれ、落ち着きのない男だな。さて、この絵を見ろと言っていたが……」

有浦が言い、浜中は油絵に視線を戻した。隅々まで見て、思わず首をひねる。左下の湖面がごく小さく、不自然に上塗りされていた。

「これは……」

と、浜中は岩渕に目を向けた。

「お気づきになりましたか……。海老原さんにもお話ししたのですがね」

「あの男と知り合いか？」

話の腰を折るようにして森住が訊く。

「一本前のバスに乗っていたんですよ。私の姿に気づいたらしく、わざわざ下車して絵を見にきてくれたんです」

「物好きなやつだ」

吐き捨てるように森住が言い、岩渕は気を損ねた顔をしてみせたが、浜中のほうを向いて話を再開してくれた。

「実は昨日の朝、湖にちょっとおかしなものを見ましてね」

「なにをご覧になったのです？」

有浦が訊いた。

「お話ししても信じてはもらえないでしょう。やめときますよ」

ちらと森住に視線を投げて、岩渕は言った。

「まさか生首でもご覧に？」

有浦が問う。えっと岩渕が顔をあげた。

「なぜ生首などと……」

「なんとなくね」

そう応え、有浦は頬だけで小さく笑った。岩渕はうつむいて、なにごとかを考えている。

「私が見たのは、首のない女性なのです」

ややあって、岩渕が口を開いた。

「なんだと？　しかし一一〇番通報は受けてないぞ」

爬虫類のような目を細めて森住が言う。

「それがですねえ、刑事さん」

と、岩渕は昨日の朝の話を始めた。

午前六時過ぎ、ようやく東の空が白み始めた頃、車をダムの脇の駐車場に停めた岩渕は、この場所に立った。ここ何日か、そうしている。教師を辞めたら自由気ままに、群馬県内の心に留まった場所を描こうと決めていた。ダムから見える藤原湖の風景が、十二枚目になる。

イーゼルを立て、岩渕はカンバスをそっと載せた。絵の具の用意をすっかり整え、日の出を待つ。

しい。
向かって左の湖岸近くに一艘のボートが現れた。幾重にもせり出す山肌の間に、今まで隠れていたら
ほどなく東の山頂が光り輝き、オレンジ色の陽光が、さっと湖面を薙いだ。この一瞬を網膜に焼きつけたい。そう思い、岩渕はただ藤原湖を見つめた。隅々にまで視線を流す。そうしていると湖の西、向かって左の湖岸近くに一艘のボートが現れた。幾重にもせり出す山肌の間に、今まで隠れていたらしい。

油絵の、ちょっとしたアクセントになるかも知れない。岩渕は彼方のボートに目を据えた。一キロほど先に浮かんでいる。画家を志していた若い頃から、視力が落ちないように注意していた。今でもさほど目は悪くない。じっとボートに視線を注ぐ。

一人か二人乗りの、湖畔や公園によくありそうな、ごくありふれた木のボートらしい。どうやら人が乗っている。懸命に漕いでいるのか、リズミカルに体を左右に動かしている。それに合わせてボートが揺れる。

この時期の水上は、すでに暮秋といってよい。しかも早朝で、舟遊びなど寒いだけだろう。そう思って岩渕は、ちょっと呆れた。絵を描き始めてから、ボートは一艘も見ていない。釣り人か。岩渕はさらに目を凝らし、ほどなく首をひねった。白いセーターらしきものを着ているが、どこか異形だ。なにかが足りない。岩渕はイーゼルの横をとおり、柵を摑んで身を乗り出した。山間を昇り出た太陽が、湖面を鮮やかに染めあげていく。岩渕は、そして息を呑んだ。

首がなかった。

首のない人間が、一人でボートに乗っていた。

しかしその人物は相変わらず体を動かし、オールを使っている。首のない、つまりは死んだ人間に、

ボートを漕ぐなどできるはずはない。だがボートにはほかに誰も乗っていない。

岩渕は柵をきつく握り締めた。そうしているとボートが斜めに傾き、首のない人物がさっと湖に身を投げた。岩渕は息を呑み、しばらくの間呆然としていた。その人物には両足もなかった。

「それで？」

しばらくの沈黙のあとで有浦が問う。

「やがてボートは山裾の陰に隠れ、ようやくわれに返りました。まずはちょっと行ってみようと思いましてね。藤原湖に沿って、道がありますでしょう」

藤原湖の西には細い無舗装の道がある。この道は四キロほど北の、藤原湖の始まりあたりで利根川を渡り、湖の東を走る県道と合流している。

「車に乗ってあの道を行き、このあたりだろうという場所で降りて、徒歩で岸へ向かいました。でも藤原湖の西側は、ずっと二メートルほどの切り立った崖になっているんです。そのため湖岸には下りられず、崖に立って眺めたのです。

ボートはすぐに見つかりました。湖岸の少し先に浮いていましてね。なんの変哲もないボートで、見る限り特に異常もありませんし、誰も乗っていません。だからまあ、見間違いかと思いましてね。少し迷ったのですが、結局警察へは連絡しませんでした」

「なにかあったらすぐ知らせるのが、市民の務めだろう」

そう言う森住を目で制し、有浦が口を開いた。

「首のない人物がボートを漕ぎ、やがて湖に身を投げた。そうしたら、下半身もなかった。そんな話

をしても警察はまともに取り合ってくれない。それどころか変人扱いされかねない。通報を躊躇する

お気持ちは解りますよ。で、そのあとは？」

「ちょっと不思議な光景でしたので、絵にボートを描き入れてみたのですがね。どうもちまちまとして、調和が取れない。結局消しました」

「そうですか……。創作の手を止めてしまって、済みませんでしたね」

「ああいえ、じき陽も暮れますので、そろそろ店仕舞いするつもりでしたから」

岩渕が言った。

幕間

水害が続いていました。梅雨でもないのに雨ばかりで、利根川がすぐに氾濫するのです。何度果物やひえを植えても育つ前に流されて、首ノ原の人たちはもうずっと、そうした物を口にしていません。山菜ばかりが膳に並び、痩せた川魚でも捕れればたいへんなご馳走です。

すべてはあの首のせいです。

首ノ原を追われて、自害して果てた僧。

彼の首が利根川に落ちてから、この水害は始まりました。村人たちは川をさらって探しました。しかし首は見つからなかったのです。

一人、また一人と村人が死んでいきます。生き残っている者もみな、さながら餓鬼です。このままでは、首ノ原は絶えてしまいます。

そんなある日。一匹の大きな青い龍が、首ノ原へ飛んできました。龍神様の生まれ変わりでしょうか。首ノ原の窮状を見かね、神様が龍を遣わしてくださったのでしょうか。

すがるような村人の思いは、けれどすぐに霧散しました。上空を龍が舞うたび、利根川がいよいよ氾濫するのです。自害した僧の怨念が、暴れ龍を呼び寄せたのかも知れません。

雷のようなうなり声をあげ、龍が舞い狂います。ごうと利根川があふれます。田畑は水に浸されて、柿やミカンの木も流されました。

一人、また一人と村人が死んでいきます。恐ろしいばかりの祟りです。

龍と目が合えば、こちらの目が潰れてしまいます。村人は家にこもって怯えていました。

コンコン。コンコン。

閉ざされた玄関を、誰かが叩いてまわります。あの僧でしょうか。首のない僧が冥府から戻ってきたのでしょうか。

やがて名主の屋敷の門が叩かれました。思い切って名主が門を開けてみますと、ぼろぼろの衣をまとった僧が立っています。あの僧ではありません。ほっとして、名主は僧を中へ入れました。やせ細った村人よりも僧はさらにやせ、見るに見かねたのです。

名主が出した粗末な膳を、僧は残らず食べました。丁寧に礼を述べ、名主の家を出ていきます。名主が門前で見送っていると、僧はついと足を止めました。

トン。

と、錫杖《しやくじよう》を地につきます。その音を聞きつけたのでしょう。どこからか青い龍がやってきました。ぴたりと空の一点に留まり、じっと僧を睨んでいます。

トン。

物怖じする様子もなく、僧が再び錫杖をつきます。唸りをあげて龍がきました。僧の目の前で、呑み込んでしまうといわんばかりに牙をむきます。

トン。

さんたび錫杖をつき、僧が経を唱えていきます。ぐううと龍が暴れます。僧の読経が大きくなります。龍はますます苦しそうです。

名主はじっと立っていました。なにごとかと、村人たちも恐る恐る出てきます。僧が経を唱え続けます。そうしたら、すうっと龍がまっすぐ天に昇りました。

「ぐうううううっ」

龍はまっすぐ昇っていきます。大きなうなり声が、落雷のように響きます。龍はずいぶん高みへ昇り、ふいに力尽きたかのように動きを止めました。

トン。

読経をやめて、僧が錫杖を地につきます。龍が真っ逆さまに落ちてきました。地鳴りを立てて龍は着地し、僧の前に跪《ひざまず》いて頭を垂れます。僧の法力により、悪しき心が消えたのでしょう。龍の顔はとても穏やかです。

よしよしというふうに、僧が龍の頭を撫でます。あれほど恐ろしかった龍が、猫のようです。

龍の耳に口を寄せ、僧がなにごとかを呟きました。大きくうなずき、龍が空へと舞いあがります。

そして龍は利根川に潜り、少ししてから戻ってきました。口になにかを銜えています。

首でした。

自害した僧の首を龍が見つけてきたのです。

村人は僧から首を受け取って、丁寧に供養しました。そうしたら、水害がぴたりと収まったのです。

僧は去ろうとしました。けれど村人たちが強く引き留め、寺を建てて僧を迎えました。

かくして首ノ原に、龍跪院ができたのです。

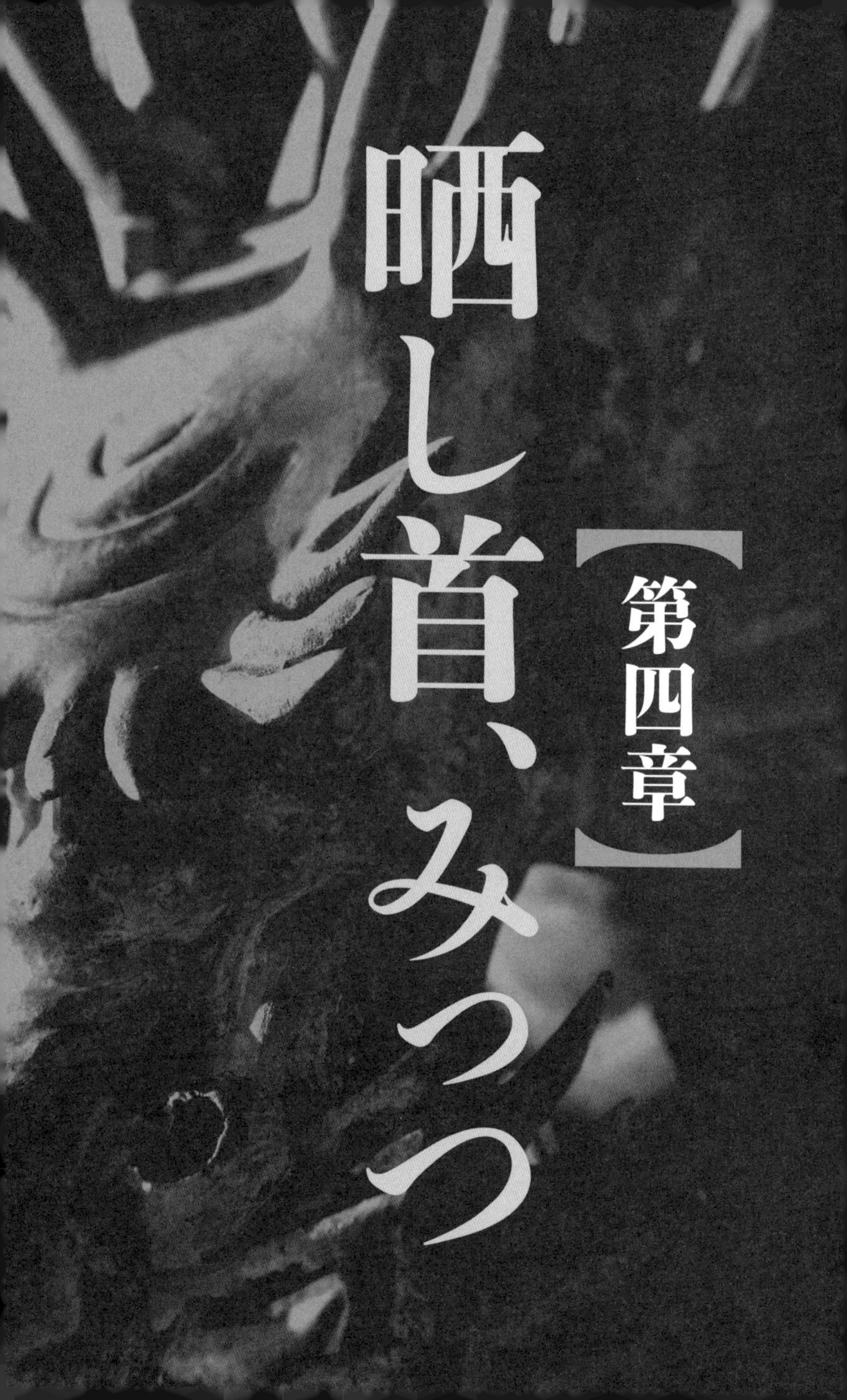

【第四章】晒し首、みっつ

1

誰かが布団を揺すっていた。久しぶりの深い眠りを妨げられて、浜中康平の口から小さな唸りが漏れる。しかし誰かは揺すり続ける。仕方なしに浜中は目を開けた。

「海老原さん?!」

思わず目をしばたたかせた。枕元に海老原浩一がすわっている。浜中は真っ暗だと眠れないたちで、部屋には豆電球がついている。オレンジ色の小さな明かりの中、海老原はとても真剣な面持ちをしていた。

ぐいと海老原が顔を近づけてくる。浜中は寝間着の衿《えり》をかき合わせた。

「ちょっ、海老原さん。まさか夜ばいとか？　やめてください。僕、そっちの趣味は」

「聞こえませんでしたか？」

低い声で海老原が言う。

「なにがです？」

「鐘の音です。少し前に龍跪院で鳴りました」

上体を起こし、浜中は首を横に振った。ようやく頭が冴えてくる。

昨夜は神月彩の初七日が行われた。沼田署の道場での泊まりが続き、浜中はずっと寝不足を抱えていた。そんな様子を見て取ってくれたのだろう。線香をあげてそのまま泊まってこいと、有浦良治が言ってくれた。

有浦に礼を述べて沼田署を出、浜中は午後八時頃に神月家へきた。線香をあげ、精進落としの膳に向かううち、どうにもまぶたが重くなった。そして十時前には旧邸の八畳間で、寝てしまった。

「行きましょう」

海老原が言う。これまでも人が死ぬたび、龍跪院で鐘が鳴っている。うなずいて、浜中は枕元の腕時計に手を伸ばした。午前一時を過ぎている。手早く着替え、浜中は海老原とともにそっと神月家を抜け出た。徒歩で龍跪院をめざす。深夜の村には月光のほか、なにもない。強い北風が吹き抜けていく。目を細め、浜中は足を速めた。

龍跪院へ行くと、駐車場の端に誰かが一人ぽつねんと立っていた。住職の坪内清範だ。作務衣姿で境内を見あげている。つられて顔をあげ、浜中は首をかしげた。

山の斜面に建つ龍跪院の境内は、段々畑のように四つの層に分かれている。浜中が今いるのが一層目で、駐車場の右手に庫裏や本堂が建っている。二層目には墓地と旧の本堂、そして彩の首が置かれていた恵果堂がある。

浜中は三層目に視線を置いた。石段を挟んで右手に六地蔵尊や曼陀羅堂が建ち、左手は藤原湖を模した池になっている。池の上には龍がいて、その背になにかが載っている。北風に頬をなぶられながら、浜中は目を凝らす。女性だ。龍の背にうつ伏せに載り、がくりと首をさげている。ぴくりとも動かない。死んでいるのか。

浜中は顔をあげ、四層目を見た。月光に照らされて、鐘撞堂が木々の間に見え隠れしている。浜中は再び首をひねった。鐘撞堂の塀には造り物の龍が載っている。それが揺れているように見えた。

寝ぼけているのか。そう思い、頭を振って浜中は駆け出した。海老原とともに清範のところへ行く。

「どうしたんです？」

浜中は訊いた。

「鐘が聞こえたので、庫裏を出て参りました」

落ち着いた声で清範が応える。

「上の鐘ですね」

「そうです」

「とにかくちょっと行ってみましょう」

清範と海老原を順々に見て、浜中は言った。彼らがうなずいたので歩き出す。石段は枯れ葉の吹きだまりになっていた。昨夜来の強い風に飛ばされて、境内から落ちてきたらしい。浜中たちは石段を上っていく。足元でさくりと葉の音がする。浜中たちの気配を感じたのか、境内に満ちていた秋の虫たちの合唱が、ぴたりと止んだ。

石段は急だから、上っている間、二層目や三層目は見えない。浜中は足を速めた。二層目に出る。さっと視界が開けた。思わず浜中は足を止める。とてつもないことが起きつつあった。

境内のてっぺんに鐘撞堂があり、塀の上に龍がいる。その、造り物の大きな龍が、突然ふわりと浮きあがった。宙を泳ぐかのように、大空へと舞いあがっていく。そして藤原湖の方角へ、龍は飛び去っていった。

浜中は鐘撞堂に目を戻す。

いない。

塀の上の龍が消えている。

夢でも見ているのだろうか。

「行きましょう！」

海老原に言われ、浜中はわれに返った。まっすぐ奥へ向かう。急な石段を再び上り、三層目へ出た。

途端に眩暈がした。なにが起きているのか、浜中にはもう理解できない。

ほんの少し前に飛び立ち、空へと消えた龍が、鐘撞堂の塀の上に戻ってきていた。それだけではない。龍の背に誰かが載っている。またぐようにしてうつ伏せに載っている。先ほどまではいなかった。

龍がどこからか連れてきたのか。

「まずはこっちです」

海老原が言った。左手の池を指さす。池の上に浮かぶ龍にも誰かが載っている。朝河弓子だ。

「弓子さん！」

浜中は声をかけた。彼女はぴくりとも動かない。浜中は再び呼びかけてみた。

その時だった。

池の中から黒いなにかがにゅうと出て、弓子の胸のあたりを摑んだ。それに引っ張られるようにして、弓子の体が斜めになる。そして彼女は池に落ちた。

「弓子さん！」

浜中は池に突進した。濡れるのも構わず水に入る。すぐにぐっと深くなり、浜中は立ち泳ぎをした。

海老原も池に入ってくる。二人で龍のところへ向かう。ごぼごぼと音がして、沈んだ弓子が水面に顔を出した。激しく咳き込み再び沈む。浜中は懸命に手を動かした。横で海老原も平泳ぎをしている。弓子が顔を出す。今度はすぐに沈まない。やがて浜中たちは弓子のところへいった。

「大丈夫ですか?」

浜中が問う。弓子がうなずく。唇に色はなく、がくがくと震えている。海老原とともに左右から弓子を支えるようにして泳ぎ、近くの岸へ向かう。清範がきて、手をさし伸べてくれた。まずは弓子を池からあげ、浜中たちも上陸する。

「弓子さんを頼みます」

清範に言って浜中は駆け出した。海老原もくる。もう一人、境内のてっぺんに女性がいる。弓子と同じく龍の背に載っている。二人で先を争うように、奥の石段へ行く。駆けあがって四層目に出、浜中は足を止めた。

塀の上に龍がいて、女性がその背に載っている。しかし彼女には首がなかった。

「なんでこんな……」

浜中は呟いた。塀は一箇所だけ途切れ、鐘撞堂の入り口になっている。そこに龍の顔があり、大きく口を開けている。

生首があった。

龍の口の中に、生首が入っている。

西条みさきだ。かっと目を見開いて、しかしなにも宿していない瞳をこちらに向けている。血の気のすっかり失せた唇の隙間から、食いしばった白い歯が覗いている。造り物の龍が自らの意志で飛び立ち、どこかからみさきの首を、銜えてきたとでもいうのか。

　あまりに異様な光景に、なすすべもなく浜中は、ただ立っていた。

2

　池の水をかなり呑んだという弓子を、海老原とともに左右から抱え、とりあえず浜中たちは庫裏へ入った。弓子の首には紐で絞められたような、青黒い痣がある。縛られたのか、両手首にも同様の傷がついている。浜中は玄関脇の電話を借りて、まずは消防へ連絡した。続いて沼田署の捜査本部へかける。捜査員たちはすぐに沼田署を出るという。しかしどれほど急いでも、四、五十分はかかるだろう。それまで浜中たちだけでは心もとない。そう思い、浜中は駐在所へダイヤルした。何度目かの呼び出し音のあとで、寝ぼけたような石田巡査長の声が聞こえてくる。

「西条みさきさんの死体が見つかりました」

　浜中は言った。

「え？　は、はい。解りました、すぐ行きます」

　石田が応える。浜中は受話器を戻し、朝河家へ電話をした。しかし出ない。弓子の両親は水上町のホテルに勤め、揃っての泊まり勤務も多いという。呼び出し音を十五回ほど数えたところで、浜中は電話を切った。

庫裏の玄関は広く、三和土をあがった先の板の間に、応接セットが置かれている。海老原が、ソファへ弓子を寝かしていた。清範の姿はない。家の中へ引っ込んだのか。そう思っていると、彼はすぐに戻ってきた。手にしていた毛布を弓子にかけて、バスタオルを渡す。浜中と海老原にも無言でタオルをさし出し、横のストーブの前に清範はしゃがみ込んだ。

常に無表情で、誰ともつるまず笑ったことがない。浜中は清範をそうみていた。氷の冷たさがあり、他者へのいたわりを持てない人間ではないかと思っていた。しかし違った。恐ろしく照れ屋なのか、あるいは人とうまくつき合えないのか。いずれにしても、清範の優しさに初めて触れた。マッチを擦ってストーブに火を入れている清範の背を、浜中は目の覚めるような思いで眺めていた。

芯の燃える独特の臭いに続き、暖気がさっと漂ってきた。暖かさに未練はあったが、弓子のそばにいてくれるよう清範に頼み、タオルを手に浜中は外へ出た。海老原もついてくる。二人並んで駐車場の脇に立ち、タオルで頭を拭きながら境内を望む。みさきの死体はそのままにしてあるから、木々の間にちらちら見えた。月光のさす境内に人影はない。だがかなりの部分を闇が支配しているから、隠れるのは容易だ。浜中はじっと境内に目を凝らす。

ほどなく自転車を漕いで石田がきた。彼には庫裏で、弓子についてもらうことにする。浜中は救急車と有浦たちがくるまで、ここで境内を見張るつもりだ。海老原もつき合う気らしく、黙って横に立っている。濡れた体をさすようにして、北風が吹き抜けていく。背中を悪寒が走り始める。海老原には悪い気がしたが、一人でいるのは心細く、彼の存在が頼もしかった。

なにごともないまま二十分ほど過ぎ、まずは救急車が到着した。救急隊員たちが手早く担架に弓子を乗せ、誰か付き添いをと言う。両親が不在の旨を浜中が告げると、さっと石田が救急車に乗り込んだ。彼に付き添いを頼み、浜中たちは救急車を見送る。

サイレンの音を残して救急車が去ると、村人たちがぽつぽつ姿を見せ始めた。石段の前に立ち、彼らを境内へ入れないようにして、浜中たちは待つ。やがて何台かのパトカーが到着した。龍跪院の駐車場に入ってくる。誰かの運転するレオーネの後部座席が開き、有浦と森住継武が降りてきた。浜中は有浦たちを境内へ案内する。海老原もついてきたが、森住はなにも言わなかった。有浦と森住にざっと事情を話しながら、浜中たちは奥の石段を使い、四層目にあがる。

「ふざけやがって……」

龍の背に載っているみさきの胴体を懐中電灯で照らし、森住が吐き捨てた。続いて龍の頭部に光を当てる。丸呑みされたかのように、口の中にみさきの首がある。浜中は思わず首をかしげた。動転していたのか、先ほどは気づかなかったが、みさきの長い髪の毛がない。ばっさり切られている。彩と同じだ。有浦が無言で鐘撞堂の床を照らす。黒々としたなにかがのたくっている。

「なんでこんなことを」

森住が言う。鐘の下には、大量の長い髪の毛が落ちていた。みさきの頭髪だろう。浜中は龍の口に再び目を向けた。髪の毛がそのままだと、みさきの首は入らない。邪魔な髪の毛を切り、龍の口に生首を押し込んだというわけか。だがなぜそんなことをした。

足音がして、鑑識班が上ってきた。彼らに場所を空け、浜中たちは境内を下りていく。清範に話を訊くことにして、庫裏へ向かった。なに食わぬ顔つきで、海老原もついてくる。

「お前はもういいぞ」

玄関前で足を止め、森住が言う。

「僕は死体の第一発見者ですよ。浜中さんとともに果敢に池へ飛び込んで、弓子さんを助けた功労者でもある。それにほら、名探偵ですし」

胸を反らして海老原が応えた。

「だから？」

無表情に森住が問う。

「だからって言われちゃうとなー」

「とにかくお前からはもう話を聞いた。帰っていいぞ」

「そうですか……、まあ僕には奥の手が」

「ねえ海老原さん。風邪引いちゃうから、神月家へ戻って着替えたほうがいいですよ。ねっ！」

慌てて浜中は言った。少しぐずって、海老原は去っていく。浜中たちは庫裏へと入った。板の間のソファに、清範がひっそりすわっている。

「さて、少しお訊きしたいことがあります」

有浦が言う。うなずいて、清範は三和土へ出てきた。先ほどまで弓子がいたソファは濡れている。あがりがまちにすわって話すことにした。

「鐘の音を聞いたとか？」

有浦が問う。

「はい」

清範が応える。いつもの冷たい無表情に戻っていた。

「鐘が鳴った時間は？」

「午前一時頃です」

「うん、それで？」

「すぐに庫裏を出て、駐車場に立って境内を見あげました」

「すぐに？」

「このところ鐘が鳴るたび、不吉なことが起きています」

「確かに……」

「もしやまたと思い、すぐに外へ出ました。鐘が鳴って一分とは経っていないでしょう」

「境内の様子はどうでした？」

「池の龍の上に弓子さんがいました」

「鐘撞堂には？」

「いえ、誰も」

「みさきさんの姿はなかった」

「はい」

「うん、それで？」

「そのまま境内を見あげているうち、そちらの方がお見えになりました」

と、清範は浜中に視線を向けた。

「今夜境内で怪しい人影を見たり、物音を聞いたりしましたか？」

有浦が訊く。

「いいえ、特には。鐘が鳴る前は寝ていましたので、気づかなかったのかも知れませんが」

「なん時頃お休みに？」

「十時前です」

「そうですか……。鐘撞堂で亡くなっていた西条みさきさん、首を切られていましたよ」

「またしても惨いことを……」

と、清範はうつむく。弓子を助けて庫裏に入ったあと、浜中は清範にみさきが死んでいたことを告げた。しかし首については話していない。

「みさきさんの首は、龍が銜えていましたよ」

さりげない口調で有浦が言う。清範がぴたりと動きを止めた。

「銜えていた？」

「ええ。龍の口の中にありました。どうやらお心当たりがありそうですね」

有浦が問う。顔を伏せ、わずかに逡巡《しゅんじゅん》をみせてから、清範は龍跪院の縁起を語った。旅の僧が龍を手なずけて、水害から首ノ原を救ったという。

「石段の龍は、縁起に沿って造られたものだったわけですか」

話を聞き終え、有浦が言った。浜中も小さくうなずく。石段の右の龍は鎌首をあげ、猛り狂っている。一方左の龍は、首をさげて跪いている。僧に挑んだ時の猛り狂った様子と、そのあとの恭順を表しているのだろう。

「村で自害をした僧の首を、龍が銜えてきたと言いましたよね」

有浦が問い、清範が点頭した。

「その僧はなぜ首ノ原を追われたのです？　村に水害を起こすなど、たいへんな怨念だ。一体なにがあったのです」

「それは当山の縁起と関わりのないこと」

「話したくないと？」

「話す必要はございません」

「うん、いいでしょう。先日殺害された神月彩さんの首は、恵果堂の賽銭箱に置かれていました。そして今井瑠璃子さんの首は、六地蔵尊のところにあった。これらに合うような昔話が、この寺に伝わっていませんか？」

有浦が訊く。みさきの死因はまだ判明していないが、手口から見て三人を殺害したのは同一人物だろう。その犯人はみさきの首を、縁起に見立てて龍の口へ入れた。彩と瑠璃子も、なにかに見立てられた可能性が強い。しかし清範は首を横に振った。

「心当たりはないと？」

「ございません」

抑揚のない声で清範は応えた。

3

清範と別れた浜中たちは、境内へ戻った。少し迷ったがやはり報告したほうがよいと思い、鐘撞堂の龍が消えた件や、池で黒いなにかを見たことを、浜中は有浦たちに話した。有浦はしきりに首をひねり、森住は鼻で笑って聞いていた。

そのあとほかの捜査員とともに手分けして、境内や龍跪院の近くを調べてまわった。いくつかの証拠品が、鑑識によって発見される。

やがて遅い夜明けがきて、新たに到着した応援部隊と交代し、浜中たちは沼田署へ引きあげた。三時間ほど仮眠を取る。そして浜中は有浦や森住とともに、水上町の病院へ向かった。

病院は駅から少し離れた国道沿いにあった。四階建てで、白い外壁が全体にくすんでいる。中へ入り、浜中たちは三階へあがった。廊下の端に二人の警察官がいる。隅の個室の前に椅子を置き、彼らは並んですわっていた。浜中たちに気づいて腰をあげる。石田の姿はない。二人の警察官にあとを託し、駐在所へ戻ったようだ。

「弓子さんの様子は?」

廊下を行き、警察官の前に立ち、どちらにともなく有浦が訊いた。

「安定しているようです。ちょうど今、先生が中に」

そこへ病室のスライドドアが開き、年配の医師と看護婦が出てきた。診察室で医師と話すことにし、浜中たちは廊下を戻る。二階の診察室に入ると、浜中たちのために折り畳み椅子を出し、笑みを残して看護婦が去っていった。これで部屋には医師と浜中たちだけだ。

「容態はどうなんです？」

シャーカステンを背にすわった医師に有浦が訊く。

「まずは安定しています。池の水を大量に飲んだということで、胃をすっかり洗浄しました。内臓などに傷みはありません」

「首の傷は？」

「頸椎や脳に損傷は見られません。後遺症の心配もなく、首の痣もやがて消えるでしょう」

ほっと浜中は息をついた。大したケガではないらしい。

「自分で締めた可能性はありますか？」

傷が浅いとなれば、狂言の可能性も出てくる。そう思ったのだろう。有浦が訊いた。

「首をですか？」

「ええ」

「さて……」

と、医師はうつむき、ややあってから顔をあげた。そして言う。

「実は私、ずっと以前に司法解剖をしていた時期がありましてね」

「そうでしたか」

有浦が点頭した。仲間意識のようなものが出て、場の空気がわずかに緩む。科学捜査が進歩を遂げて、死体から様々な情報を得られることが多くなり、昨今は大学の医学部に籍を置く法医学教授が解剖に当たることが多い。しかし以前は病院勤務の医師や開業医が、解剖をしていた。

「昔取った杵柄というわけではありませんが、首の傷は浅いので、自分でつけることも可能でしょう。しかし両手首はどうでしょう」

医師が言う。弓子の手首には縛られたようなあとがあった。

「難しいと？」

「ケガの具合としては、手首の傷のほうが首よりはるかに重いんです。幸い動脈に損傷はなく、骨折もしていませんので、しばらく包帯をしていれば治りますがね。いずれにしても相当強い力で縛られている。機械でも使えば別ですが、自力であそこまでの傷をつけるのは、まず無理でしょう」

「そうですか……。ほかにケガは？」

「両手首と首のほか、外傷はありません」

「話を訊くことはできますか？」

「大丈夫です。ただし患者さんがつらい素振りを見せたら、すぐに切りあげてください」

「解りました」

有浦が席を立った。医師に礼を述べ、浜中たちは弓子の病室へ向かう。先ほどの警察官たちに会釈をして中に入ると、白い衝立があり、その向こうにはベッドが一つ置かれ、弓子が臥《ふ》せっていた。横に両親がついている。父親がホテルマンに特有の腰の低さで会釈してきた。職場のホテルに連絡が入り、駆けつけてきたという。母親の頬には涙のあとが残っていた。両親に席を外してもらい、浜中たちはベッドの脇にすわる。

「なるべく短い時間で済ませますが、辛くなったらすぐに言ってください」

「はい」

かすれた声で弓子が応えた。

「なぜ龍跪院にいたのです」

有浦が訊く。

「みさきに呼ばれまして……」

「あなたのご友人が二人殺害されています。そして首はあの寺にあった。夜中に行くのは不用心過ぎませんか？」

「済みません……」

と、弓子はまつげを伏せた。そして言う。

「でも」

「でも？」

「事件について解ったことがあると、みさきが言ったのです」

「解ったこと？」

「はい。それでちょっと調べてみたいけど、一人では心細いのできてほしいと誘われました」

「昼間ではだめだったのですか？」

「私もそう訊きました。けれどみさきは、彩の首が置かれたのと同じ時間でなければ調べられないと言うんです。とにかく夜中につき合ってほしいと何度も頼まれて、それで私……」

「うん、解りました。龍跪院へは二人で行ったのですか？」

弓子はうなずく。

「なん時頃です？」

「夜の十二時過ぎに境内へ入りました」

「それで？」

「まずは二人で池まで行きました」

「みさきさんがそう提案したのですか？」

「はい」

「うん、そのあとは？」

「鐘撞堂へ行くから、ちょっとここで待っていてほしいと言って、みさきが石段をあがっていきました」

「鐘撞堂になにか用でも？」

「解りません……」

それがみさきとの別れだったらしく、弓子がわずかに眉根を寄せた。つらそうにまつげを伏せる。

「大丈夫ですか？」

「はい、済みません」

「謝ることはありません。あなたは池に一人で残ったのですね」

「はい。それでぼんやり池を見ていたんです。そしたら……」

「そうしたら」

「突然誰かに羽交い締めにされました」

「羽交い締め……。相手の顔は見ましたか？」

「いいえ」

「男性か女性か解りませんか？」

「解りません、解らないんです。とにかく私、驚いてしまって……」

「そうでしょうね」

「はい。続いて首がとても痛くなり、私、振りほどこうとしたんだと思います。そのあと多分、池に突き落とされて……」

「それで？」

「誰かの呼ぶ声に気がついて、あっと思ったら突然池に落ちてしまって……。いつの間にか龍の背に乗せられていて、その私に浜中さんが声をかけてくれたことに気づいたのは、落ちたあとでした。そのあとで浜中さんと海老原さんに助けられたのです」

「そうですか……。実はですね」

と、有浦はちらと浜中に目をやった。

「池の中からなにかが出てきて、あなたを引きずり込んだのではないかと……」

弓子に視線を戻して有浦が言う。

「引きずり込んだ？」

戸惑いの表情で弓子が応えた。有浦が再び目を向けてくる。うなずいて、浜中は口を開いた。

「黒い小さな入道といった感じで、子供の頭ぐらいの大きさでした。それがぬっと池から出てきて、あなたの胸のあたりを摑んだように見えたのですが……」

弓子が首をひねり、横で森住が舌打ちをする。しかし浜中は確かに見た。

「さあ……。ごめんなさい、よく覚えていなくて……」

済まなそうに弓子が言った。

4

「だからね一乃ばあ、頻繁に署を出てくるのはまずいんだよ」

神月家の一乃の部屋で、浜中は言った。こたつの上にはリンゴの盛られた皿が載り、われ関せずといったふうに、シャクシャクと海老原が食べている。

弓子に聞き取りしたあと、浜中たちは龍跪院へ行った。鑑識班とともに境内を調べてまわり、沼田署へ引きあげようとしたところで一乃に捕まった。あとで家にこいという。鬼の一乃には逆らえない。

浜中は渋々うなずいた。

夕方の会議が終われば、原則自由時間になる。しかし捜査員はそれぞれに調べものをし、情報交換などをする。階級の低い者は道場にごろ寝だから、勝手に遠くへ出かけてはいけないという不文律がある。

会議のあとで浜中は有浦に断り、そっと沼田署を抜け出した。有浦に命ぜられて、浜中が密かになにか嗅ぎまわっている。森住はそう邪推したらしく、なんの用事で出かけるのかと執拗に訊いてきたが、なんとかごまかした。

「せっかくこっちへきたのに、ばあちゃんに会いたくないのか？」

「そんなこと言ってないでしょ。でも署を抜け出すのはちょっとね」

「その日の仕事が終われば、夜は自由だろう」

「それはそうだけどさあ」

「まあいい。とにかく話せ」

「いや、あのね」

「話さなければ帰さんぞ」

と、一乃はにたりと笑う。浜中は小さくため息をついてみせたが、海老原には話すつもりでいた。

昨夜海老原は、躊躇も見せず池へ飛び込んだ。そして二人でずぶ濡れになって弓子を救った。以来浜中は海老原に、連帯感を覚えている。海老原はへらへらとして摑みどころのない男だが、少なくとも悪い人間ではない。浜中はこれまでのことを、順を追って話した。

「みさきさんの死因は？」

話を聞き終え、海老原が問う。

「首を絞められたことによる窒息死です」

「首は死後の切断ですよね」

「ええ」

「首を絞めた紐や、切断時に使用した包丁は出たのですか？」

「境内から見つかっています。二つとも、六地蔵尊の奥の草むらにありました。瑠璃子さんの現場で見つかった紐や包丁と同じものです」

「みさきさんの死亡推定時刻は？」

「午前零時から午前一時の間です」

「そうですか」

と、海老原はリンゴに手を伸ばす。

「ねえ海老原さん」

「なんです、改まって。お金なら貸しませんよ」

「お金じゃないですよ。あのですね、海老原さんも見たかどうか解りませんけど」

「池の入道ですか？」

「はい」

「確かに黒っぽいなにかが見えましたね。もしかしたら浜中さん」

真剣な面持ちで海老原が言う。浜中は思わず身を乗り出した。

「龍跪院の池には」

「池には？」

「黒い河童の一家が住んでいるのかも知れません。あな恐ろしや恐ろしや」

そして海老原はにやりと笑った。先ほどまで覚えていた連帯感が霧散していく。海老原はへらへらとして摑みどころのない男だが、少なくともよい人間ではない。

「帰ります！」

「冗談ですってば。ね、浜中さん、機嫌直して。リンゴ、食べさせてあげますよ。ほら、あーん」

慌てた様子で海老原が言う。

「あーんじゃありません！」

「そうやって気を惹こうとして。可愛いのう」

一乃が言う。

「可愛いですねえ」

海老原が言う。怒る気力を浜中はなくした。リンゴを手にして無言でかじる。

「池はさらったのですか？」

浜中がリンゴを食べ終わると、海老原が訊いてきた。頰は引き締まり、へらへらとした様子はない。

「よくそうころころ変われるものですねえ……。まあいいや。黒いなにかが見えたなんていう下っ端の意見は、聞き入れてくれませんよ。有浦さんはね、場合によっては池をさらうかと言ってくれたんですけど、あの池はほら、近くの沢から水を引いているでしょう」

浜中は言った。山腹から湧き出た沢が、龍跪院の脇をとおっている。沢は境内から離れつつ山裾まで流れ、県道の下をとおって藤原湖に注いでいる。

「沢といっても、それなりに流れがありますからね。池の水は常時入れ替わっているんです。黒いなにかはともかくとして、たとえなんらかの証拠品が落ちたとしても、池の底に溜まりません。さらっても無駄だということになりました」

「そうですか」

「ええ。しかしあれ、なんだったんだろう……」

「だから、く」

「ろい河童とか言ったら、今度こそ帰りますよ！」

海老原の言葉をさえぎって、浜中は言った。頭をかいて、海老原はリンゴに手を伸ばす。

「龍跪院の縁起、少し変わってますよね」

浜中は訊いた。海老原はリンゴを口に詰め込み過ぎて、目を白黒させている。ため息をついて海老原から目をそらし、浜中は一乃に視線を向けた。

「ねえ一乃ばあ」

「なんだ？」

「旅のお坊さんが名主の家に寄って、食事をご馳走になったと聞いたんだけど、それって神月家のことだよね」

「よく知らんな。さすがの私も、その頃にはまだ生まれておらんし」

「そりゃそうでしょう」

「空海伝説が変形したんですよ」

ようやくリンゴを食べ終えたらしく、海老原が口を開いた。

「空海って、弘法大師ですよね」

「よく知ってますねー」

「馬鹿にしないでください！」

「済みません。北海道から鹿児島まで、日本の各地に空海の伝説は残っています」

顔を引き締めて海老原が言う。

「曰く、空海が杖で地をつき、霊水を湧かせた。曰く、村人が空海に水を与えなかったため、その地の水が涸れた。曰く、貧しい老人のために栗をたくさん実らせた。曰く、空海の使いとされる大蛇が沼に現れた。

そうした空海伝説と、首ノ原というこのあたりの地名が合わさり、龍跪院の縁起になったのでしょう」

「なるほど……。でも清範さんに聞いた縁起は、別の話と繋がっている気がするんですけどね」

「首ですか？」

「ええ。首ノ原を追われて自害した僧って、誰なんでしょう……」

浜中はちらと一乃に目をやった。口を開く気配はない。

「まあそれはともかくとして、みさきさんの首が龍の口の中にあったのは、縁起への見立てでしょうか?」

海老原に目を移して浜中は訊いた。

「いや、それよりむしろ、見立てのための見立てでしょうね」

海老原が言う。

「見立てのための見立て? また解らないことを言って……」

「でも彩さんや瑠璃子さんの件を考えていくと、そうなるんです」

「どういうことです?」

「済みません。ちょっとまだ、はっきりしていないんです」

「そうですか……。龍といえばね、海老原さん」

「なんです?」

「鐘撞堂の龍なんですけどね」

「ああ、消えましたよね」

 こともなげに海老原が言う。少し拍子抜けしたが、それでも浜中は大きくうなずいた。やはりあれは幻覚ではない。駐車場から境内を見あげた時、四層目の鐘撞堂の塀の上には龍がいた。その時みさきはまだ、龍の背に乗っていない。月明かりがあったから、みさきがいれば必ず見える。

浜中たちは二層目にあがり、鐘撞堂の龍が空へ飛び立って消えるのを目撃した。そして三層目へ行くと、背にみさきを乗せて龍は戻っていた。

「一体なにが起きたのでしょう」

　と、浜中は呟いた。

「だから龍が消えたんですよ」

　海老原が言う。

「でもね、海老原さん。あのあと調べたのですが、龍は陶製で全長およそ八メートル。木製の塀にしっかり固定され、簡単にははずれません。重さにしても一トン近くあり、ちょっとしたクレーン車でも使わなければ、持ちあがらないんですよ」

「しかし僕たちは、龍が舞いあがるのを見た」

「はい……。森住さんに話したら、眼科か精神科へ行けって言われましたよ」

「大丈夫ですよ、浜中さん。名探偵であるこの僕が、龍の謎をきっと解いてごらんにいれます」

「はいはい、解りました」

　と、浜中はリンゴに手を伸ばす。その手をぴしゃりと一乃に叩かれた。

「痛っ！　なにするかな、一乃ばあ」

「海老原さんを信じておらんな」

「会ったばっかりだもん……。それにほら、民間人だから捜査もできないだろうし」

「だからお前を呼んだのだよ」

「そうなんですよ、浜中さん」

　海老原が言い、一乃と二人で恐ろしげに笑ってみせた。

「いやな予感がするんですけど……」

「浜中さんに、ちょっとお願いがありましてね」

「お断りします！」

「聞く前に断る奴があるか！」

一乃に一喝され、仕方なく浜中はうなずいた。海老原が口を開く。

「ここ半年ほどの間に水上町周辺で、貸しボートが盗難に遭った、あるいは破損された。そんな事件が起きていないか、調べてほしいんです」

「えっ？　ボート……」

浜中は思わず口を開けた。

「知らないんですか。海や川に浮かべて、こうオールを操って水の上を」

「ボートのことは知ってます！　あのですね海老原さん。僕は今、殺人事件の捜査をしていましてね、ボートとかそういうのはちょっと……」

「関係あるんですよ、この事件に！」

じれったそうにこたつの中で足をばたばたさせて、海老原が言う。

「ボートの盗難がですか？」

「はい」

「この事件に？」

「はい。僕もこの前、水上町の交番と町役場に行って訊いたのですけど、まるで相手にされなかったのです」

そういえば藤原ダムの上で会った時、用があると言って海老原は、バスに慌てて飛び乗った。

「いや、でもボートですか……」

「訊くぐらいいわけなかろう」

一乃が言った。

「それはね……。まあ地域課の人に訊けばいいから」

「では訊け」

「でもみんな忙しいからなあ」

「ばあちゃんの言うことが聞けないのか。これまでになんべん、お前をおぶってやったと思っている」

「それとこれとは違うでしょうに」

「いいから訊け！」

そう言って、ぐいと一乃が身を乗り出してきた。不承不承に浜中はうなずく。

「うん、それでよい。やはりお前はいい孫だ」

と、一乃が目を細めた。

「あともう一つあるんですよ。浜中さん」

海老原が言う。

「まだあるんですか？」

「ええ。やはりここ半年ほどの間に、群馬県内で髪の毛に関する事件が起きていないか、調べてほしいんです」

「髪の毛?!」

思わず浜中は目を丸くした。海老原は突拍子もないことばかり言う。

「知らないんですか。頭部に生える毛のことを」

「髪の毛のことは知ってます！　あのですね、海老原さん。僕は今、殺人事件の捜査をしていましてね、髪の毛とかそういうのはちょっと……」

「関係あるんですよ、この事件に！」

じれったそうに両手をばたばたさせて、海老原が言う。

「まいったなあ」

と、浜中は頭を抱えた。

5

浜中は早めに起きて、そっと布団を抜け出した。沼田署の道場は四階にある。カーテンの引かれた道場をあとにすると、眩しいほどの朝日が目に沁みた。階段を使って一階へ降りる。奥に地域課があり、ちらほらと署員がすわっている。しかし見知った顔はない。

どう切り出したものかと一階のフロアでまごまごしていると、玄関扉が開いて有浦と森住が入ってきた。有浦は家族とともに、すぐ近くの署員用宿舎に住んでいる。森住は初日だけ道場で寝たが、そのあとは有浦と同じ宿舎の空き部屋に泊まり込んでいた。

「おはようございます。早いですね」

浜中は言った。まだ七時前だ。

「家にいても仕方ないしな」

と、有浦が頬だけで笑う。訝しげな森住の視線を受け止め切れず、浜中はうつむいた。

「そっちも早いな。うちの地域課になにか用でも？」

有浦が言う。

「用っていいますかその……。いいフロアだなと思いましてね。ああ、床がきれいだなあ」

「なに言ってるんだ、お前」

呆れた様子で森住が言う。

「まあちょっとすわろうか」

そう言って、隅のソファを有浦が目で示した。浜中たちは並んですわる。浜中が真ん中だった。

「気になることでもあるのか？」

有浦が問う。ままよと浜中は口を開いた。

「貸しボートの盗難、あるいは破損事故が起きていないかと思いまして……」

途端に森住が目をむいた。

「貸しボートだと？　おい、いいか。おれたちは殺人事件の捜査をしているんだぞ」

「関係あるんですよ、この事件に」

思わず浜中はそう応えた。これは昨夜の海老原のセリフだ。

「関係ある？　ボートがか？」

と、森住は目を細めた。

「はい」

「どう関係するんだ、言ってみろ」

「あ、いや、それはちょっと……」

「言えねえのか？」

「いやあの、推理がまだ組みあがっていないといいますか……。貸しボートの事件が起きているかどうかで、全体像が見えてくるような気がして……」

「貸しボートの件、大事なのかい？」

有浦が口を開いた。

「そう言っていました」

「うん？」

有浦が首をひねった。

「あ、いや、あれです。その、自分の頭の中で囁き声が聞こえるんです。貸しボートは大事だぞって」

浜中は慌ててごまかした。素人探偵の指示だといえば、森住がへそを曲げるに決まっている。

「まあ調べるのはわけないだろう。ああ、ちょっといいかい？」

と、有浦はとおりかかった男性署員を呼び止めた。そこで浜中は口を開いた。

「実はあの、もう一つ調べたいことがありまして……」

「なんだい？」

有浦が問う。

「髪の毛に関する奇妙な事件が起きていないかどうか……」

途端に横で森住が、大きく舌打ちをした。

6

浜中はレオーネのハンドルを握り、県道を北へ向かっていた。後部座席には有浦と森住がすわっている。首ノ原を過ぎて十分ほど経っているから、間もなく洞元湖に着くはずだ。

地域課の署員に調べてもらったところ、今年の四月に洞元湖で、貸しボートに対する悪質な悪戯が相次いでいた。そして三月には前橋市内の美容院で、髪の毛の盗難事件が起きていた。浜中の言葉が二つとも的中した形になり、興味を覚えたらしく、まわってみようと有浦が言った。

昭和三十年に首ノ原の七キロほど北に、発電専用の楢俣《ならまた》ダムが竣工した。それに伴ってできたのが洞元湖で、南の藤原湖、北の奥利根湖とともに、奥利根三湖と呼ばれている。浜中は学生時代に一度だけ、洞元湖を訪ねた覚えがある。時は十月の中旬であり、鮮やかな紅葉が静かな湖面によく映えていた。

先に二又が見えてきた。浜中はウインカーを点滅させる。県道を左に外れて少し行くと、洞元湖の湖畔に出た。駐車場の奥に売店と管理事務所が並び、右手の湖岸に貸しボートが揺れている。紅葉の時期はすでに去り、観光客の姿は少ない。浜中は駐車場の端にレオーネを停めた。車を降りて見渡せば、記憶どおりの湖が広がっていた。周囲の自然にすっかり溶け込み、とても人造湖とは思えない。

湖上を渡る冷たい風に吹かれながら、浜中たちは奥の管理事務所へ入った。事務員に案内されて二階へあがる。ノックをして事務員が所長室のドアを開けると、正面奥にすわっていた恰幅のよい年配の男が立ちあがった。如才なく浜中たちにソファを勧め、自らも向かいに腰をおろす。男は洞元湖の管理責任者で、名を安田といった。

「なかなか素晴らしい景色ですな」

窓の外に目をやりながら有浦が言った。二階からだと遠くに楢俣ダムが見える。

「あのダムも、ずいぶん立派だ」

「完成まで、わずか三年ですよ」

安田が応えた。

「ほう。そりゃ早い」

「藤原ダムのような反対運動が、ありませんでしたから。まあ元々ここらに民家はなかったのですが……。自然を守る会だかの連中が、抗議集会を何度か開いたぐらいです。奴ら、川の生態系が壊れるなどと言ってましたが、このダムがどれほど人の役に立つかを考えようとしないのですからね。困った連中でしたよ」

吐き捨てるように言う。見たところ安田は六十に近い。建設当時からこのダムに関わってきたのだろう。

「そうですか……。さて、確かこちらで今年の四月に、ボートへの悪戯が相次いだとか？」

と、有浦が切り出した。

「ああ、そうでした。ちょっと待ってください」

安田は腰をあげ、机の上に置かれたファイルを手に戻ってきた。ソファにすわり、ファイルを開く。

「ええと……、ああこれです。最初の悪戯は、四月の八日に報告されていますね。出勤した係員がボートを点検したところ、二艘の舟底にひっかき傷がありました」

「どんな傷です？」

有浦が訊いた。

「私も見たのですが、マイナスのドライバーかなにかを、こう舟底の木の隙間にねじ入れようとした感じでした」

「前日にボートを借りた観光客の仕業でしょうか？」

「いえ、それはありません」

安田は断言した。

「貸し出しを始める前と営業終了後に、安全のために必ずボートの点検をします。だからそのような傷があれば、夕方の点検時に報告があがるはずです。しかしなかった」

「なるほど。次は？」

有浦が言い、安田は資料をめくっていく。

「四日後の……、十二日ですね。やはり朝の点検時に、今度は三艘のボートに異常が見つかっています」

「また舟底に傷ですか？」

「いえ、今度は穴が開いていたんです。三艘ともほとんど沈んでいました。もやっておかなければ、水没していたでしょう」

「穴の大きさは？」

「直径二センチほどのものが、それぞれの舟底に一つずつありました」

「ずい分悪質ですね。ちょっとした悪戯では済まされない」

有浦が言った。

「はい。それで私もこの時点で、警察に届け出ました」

「そうですか……。うん、そのあとは？」

「あと一回、四月の十六日にもありました。二艘のボートが半分沈みかけているのを、朝出勤した係員が見つけています」

「半分？」

思わず浜中は呟いた。みなの視線がさっと集まる。

「ああ、いえ。十二日の時はほとんど沈んでいたのに、今度は半分と仰ったので、ちょっと引っかかっただけなんです。済みません、話の腰を折ってしまいまして」

そう浜中が弁解すると、安田はあっと膝を叩いた。

「そういえば十六日に悪戯されたボートも、やはり舟底に穴を開けられていたのですが、前の三艘より小さかった気がします」

「穴がですか」

有浦が訊き、安田はうなずいた。そして言う。

「はい。今思えば穴が小さかった分、入ってきた水も少なかったのでしょう」

「それで半分しか沈んでいなかったと」

そう言って有浦は、ちらと浜中に視線を寄こした。訊きたいことがあるかどうかの合図だ。しかし質問は思いつかず、浜中はかすかに首を横に振った。

「悪戯されたボート、まだありますか？」

安田に目を戻し、有浦が訊いた。

「いいえ、もう処分してしまいました」

「そうですか。さて、お忙しいところお邪魔しました。またなにか起きましたら、沼田署までご連絡を」

と、有浦が腰をあげ、浜中たちも立ちあがった。

「それにしてもなぜ今頃、ボートの件をお調べに？」

安田が訊いた。

「ああいや。もう一度おさらいをと思いましてね」

有浦が言う。その肩越しに窓があり、湖水に浮かぶボートが望めた。

「あれ？」

思わず浜中は呟いた。

「どうかされました？」

安田が問う。

「あ、いや……、ここのボート、藤原湖にあるのと同じものなんですね」

「ええ、そうですよ。七、八年前かな。藤原湖がボートを買い換えると聞きましてね。こっちのもだいぶ古くなっていましたので、それではと同じボートを一括で注文したのです」

安田が言った。

7

洞元湖をあとにした浜中たちは、その足で前橋市へ向かった。県庁所在地である前橋市は群馬県中南部に位置し、水上町とは五十キロほど離れている。

前橋市の歴史は古い。奈良時代から人が住み、現在の駅に当たる厩《うまや》がこの地に置かれていた。厩の近くに橋があったため、いつしかこのあたりは厩橋と呼ばれ、それがまやばしに変わり、十七世紀の中頃、前橋になったという。

髪が盗まれた美容院は、前橋市の東にあった。国道五十号線を右に折れた県道沿いだ。真っ白い外壁に、クレオパトラ風の髪型をした女性の、かなり大きな写真が吹きつけられている。

店の前には車を六台ほど停められる駐車場があり、浜中は右の隅にレオーネを停めた。車を降り、あたりを見まわす。美容院の右隣に信用金庫が、左側には月極駐車場があった。裏手には畑ばかりが広がっている。夜ともなれば、ほとんどひとけはないだろう。

浜中は美容院に目を向けた。全面がガラス張りで、中の様子がよく見える。奥に向かって椅子が六脚並び、半分近くが埋まっていた。雑誌に目を落とす客のうしろで、美容師たちが忙しげに髪を切り、シャンプーやブローをしている。

浜中たちは裏にまわった。ちょっとした空き地に何台もの物干し台が据えられ、白や黄色のタオルがはためいている。その先に勝手口が見えた。脇に店屋物の丼がいくつか置かれ、隣に植木鉢が二個並んでいる。浜中が勝手口をノックした。

ほどなくドアが細めに開き、若い茶髪の女性が顔を覗かせた。浜中は胸ポケットから警察手帳を取り出して掲げる。お待ちくださいと言って女性が引っ込み、ややあってから三十代後半と思われる男性が姿を見せた。柔らかそうな髪にゆるやかなパーマがかかり、ジョン・レノンふうの丸い眼鏡が、痩せた顔によく似合っていた。

男性は浜中たちのために、ドアを大きく開けてくれた。案内されるまま、浜中たちは八畳ほどの部屋に入る。中央にデコラ張りのテーブルが置かれ、ソファや丸椅子が並んでいた。隅のカラーボックスには雑誌が収まり、その上に出前の品書きが載っている。休憩室だろう。

「済みません、こんなところで。応接室がありませんので……」

穏やかな口調で男性が言った。

「いや、お気遣いなく。お仕事中、申し訳ありません」

有浦が言い、浜中たちは名乗り合った。男性はここの店長で、粕谷といった。

「あの時の話をお聞きになりたいとか。どうしたんです、今頃?」

浜中たちに椅子を勧めながら、粕谷が訊いた。

「ああ、いや。なかなか捜査に進展がありませんので、もう一度話を訊こうと思いましてね」

すわりながら有浦が応える。

「いいんですよ、もう。盗まれたのは髪の毛だけなんですから」

「それなんですよ、解らないのは。どうして髪の毛を盗んでいったのでしょう」

有浦が訊いた。

「さあ、私にも解りませんが……」

と、粕谷は首を横に振る。

「では、少し詳しくお願いします」

「はい。あれは三月の十七日でした」

「曜日は?」

「日曜日です。一週間で一番忙しい日です。特にあの日は卒業式も近かったので、店はかなり混み合いましたね」

九時の開店を八時半に早め、それでも午後八時の閉店時間まで、子供の卒業式を控えた母親や年頃の女性が、引きも切らずに来店したという。

「やっと終わって美容師たちを帰し、最後に私が店を出たのは、十時に近い時刻でした。ところが自宅に戻って食事をして風呂に入り、さあ寝ようという時、警備会社から連絡があったのです」

「警備会社？」

有浦の問いにうなずき、粕谷は大手の警備保障会社の名を挙げた。

「火災と窃盗の両方に備えてあります」

店の天井の何箇所かに火災報知機があり、正面の大きな填め殺しの窓には、割られた時の振動を察知する器具が貼りつけてある。そして扉と窓のすべてには、開けた時に警報を発する小さなマグネットがついていると、粕谷は説明した。

「警備会社から連絡があったのは、何時頃です？」

有浦が訊いた。

「午後十一時半です。反射的に時計を見ましたので、よく覚えています」

「なるほど。警備会社はなんと？」

「侵入警報が発生したので警備員が駆けつけたところ、勝手口のドアが開いていたというのです。なにか盗まれたものはないか確認してほしいと言われ、慌てて店に駆けつけました」

粕谷が店に戻ったのが深夜の十二時前で、確認すると、金庫もレジも無事だった。

「金庫はどこに？」

「この隣に二坪ほどの事務室がありましてね、そこに据えてあります」

「金庫を開けようとしたが、警備員がきたので逃げ出した、そうは考えられませんか？」

「それはないと思います」

ちょっとの間考えてみせてから、粕谷は応えた。

「事務室の中に入った形跡さえ、なかったですから」

「ほう。それで調べてみたら、髪の毛が盗まれていたと」

「はい。髪の毛はポリ袋に入れ、台所の脇の納戸に仕舞っておくんです。家庭用のごみと一緒に収所へ出すわけにはいきませんので、週に一回、業者に引き取りにきてもらいます」

「そうですか……。髪の毛が盗まれたことに、よく気づかれましたね」

「納戸のドアが開いていましたので」

「普段は閉めておく？」

「はい。開けておくと納戸のドアが廊下をふさぎ、台所へ行けないのです。ここ、奥は狭いので……」

粕谷が言い、先を促すように有浦がうなずいた。

「閉まっていたはずなのに変だなと思い、納戸の中を覗いたら、ポリ袋が二つなくなっていました」

「数までよくお解りですね」

「髪の引き取りは有料ですので、その日に何袋出たのかを帳簿につけているのです。それで警備員の方に立ち会ってもらい、帳簿を確認しながら倉庫のゴミ袋を数えてみますと」

「二つ足らなかった」

「はい」

「盗まれた髪、いつの日のものか解りますか？」

「当日の分です。袋には日付を書いた小さなシールが貼ってありますので」

「その日に袋はいくつ出ました？」

「二袋です」

「では当日に切った髪がすべて盗まれたと」

「そういうことになります」

「店のレジを開けた形跡は？」

「ありませんでした」

「警報が出て警備員が到着するまで、どのぐらい時間がかかったか解りますか」

「九分です。当日の報告書に警報が出た時刻、これを発報時間というそうですが、発報時刻と到着時間が記されています」

「その報告書、まだお手元に」

「ええ、取ってあります」

「コピーしても構いませんか？」

粕谷はうなずいた。

「ありがとうございます。警報によって警備員が駆けつけてみると、勝手口のドアが開いていたということですが、こじ開けられたかなにか？」

「いえ、そうではありません」

と、粕谷は済まなそうに小さく笑った。そして言う。

「実は裏口の鍵は、外の植木鉢の下に置いてあるのです。朝は誰が一番にくるか解りませんし、かといって従業員全員に鍵を渡すというのもちょっと……」

「そうでしょうね」

「はい。最初にきた者が植木鉢の下の鍵を使って店に入り、あとで出勤した私が預かります。それで今度は閉店後、私が店を出る時に再び植木鉢の下に隠す、それの繰り返しです。夜は私が最後まで残ることになっていますので……。たとえ鍵があっても、警備を解除しないでドアを開ければ警報が出ますし、まさかこんな小さな店に泥棒などと、高をくくっていました」

そう言って、粕谷は頭をかいた。

「警備の解除方法は？」

有浦が訊く。

「テンキーと呼ばれる電卓のようなものが、裏口脇のボックスの中にあります。それに暗証番号を打ち込んで、十秒以内にドアを開ければ警備は解除されます。暗証番号を続けて二回間違うと、その時点で警報が発生します」

「そうですか。さて……」

と、有浦が目配せを寄こしてきた。

「その日こられたお客さんのリストはありませんか？」

髪の毛の窃盗事件が起きていた場合、盗まれた日の顧客リストがあれば必ず入手してほしい――。昨夜海老原に言われていたので、浜中は訊いた。

「ああ、ありますよ」

粕谷が言う。

「ご来店くださったお客様には、さしつかえなければお名前とご住所を記入してもらってます。ダイレクトメールの送付や、顧客データを作るのに必要ですので」

「名前と住所だけですか？」

浜中は訊いた。

「電話番号と、美容師の指名があれば、それも……」

「ほかには？」

「どのように調髪したのか、担当した美容師が書き込みます」

「ああ、よかった」

思わず浜中は呟いた。

「よかったとは……」

と、粕谷が首をかしげる。浜中は慌てて顔の前で手を振り、口を開いた。

「あ、いや、なんでも……。リストは今こちらにあるのですか？」

「いえ、東京の本店です。一週間ごとにまとめて送っています」

「事件の日のリスト、取り寄せてもらうことはできますか？」

「ええ、いいですよ。お役に立てるのであれば」

「助かります。それではリストが届いたら、お知らせください」

質問は終わった。浜中は有浦にちらと視線を送る。かすかにうなずき、有浦は腰をあげた。事件が起きた日の警備報告書をコピーしてもらい、それを手に浜中たちは店を出る。粕谷は勝手口の外まで見送ってくれた。

「髪が盗まれた日の顧客リストがなぜ大事なんだ？」

レオーネに乗り込むと、すぐに森住が訊いてきた。浜中が粕谷に質問を始めた時から、森住は不機嫌な表情をあらわにしていた。自分をさしおいて生意気だと思ったのだろう。

「あ、いや、ちょっと調べてみたいことがありまして……」

レオーネのエンジンをかけながら浜中は応えた。

「よかったと言ったな、お前」

「え？」

「調髪内容をリストに書き込むと粕谷が応えた時だよ」

「それが大事なんだそうで、あっ」

浜中は慌てて口をつぐんだ。その日の客がどのように髪を切ったか、それこそを知りたいと海老原は言っていた。

「どうも変だな。やっぱりお前、なにか隠してるだろう」

と、森住は浜中がすわる運転席のシートを、うしろから蹴ってきた。

「隠し事なんてしてないですよ」

「嘘つくんじゃねえぞ、こら」

森住が怒声をあげ、まあまあと有浦が助け船を出してくれた。

8

前橋の美容院を出た浜中たちが沼田署へ戻ると、山崎風音が電話をしてきた。姉の美雨から連絡があったという。

当初風音は彩の結婚式が終われば、都内に戻る予定でいた。しかし友人たちが殺害されて葬儀が続き、ずっと首ノ原にいる。その間美雨は一人で店をやっていた。

溜まった帳簿を片づけたいし、仕入れの件での打ち合わせもあるから、一度店にきてほしい──。そう美雨に頼まれたので、明後日に有楽町の店へ行くと、受話器の向こうで風音は言った。風音と朝河弓子、そして各被害者の家族には、首ノ原を遠く離れる際には知らせてほしいと要請してあったので、それを守って連絡してくれたのだろう。

風音が犯人に狙われているとしたら守らなければならないし、逆に彼女が犯人であれば逃亡の恐れがある。捜査本部は風音の尾行を決めた。東京までずっと同じ組があとをつければ、気づかれる可能性がある。手分けすることになり、浜中たちは自宅から湯檜曽駅までの担当になった。

そして翌々日、浜中は馬首寺の北に停めた車の中に身を潜めていた。うしろには有浦と森住の姿がある。車はいつものレオーネではなく、ホンダのアコードだ。この車はかなり売れているのであまり目立たない。そう思い、浜中は覆面パトカーの中からアコードを選んだ。やけに軽いパワーステアリングに最初は戸惑ったが、ここまでの道のりで少しは慣れた。

車の時計は、午前十時四十五分を示している。風音はもうすぐ出てくるはずだ。アコードはかなり離れて停めたので、気づかれる恐れはない。そう思って浜中が目を凝らしていると、馬首寺の石段に風音の姿が見えた。くるぶしあたりまでの、落ち着いた紫色のワンピースを着ている。敬雲もいた。法衣に身を包んでいる。二人は並んで石段を下りてきた。

風音と敬雲は石段を下り切ると、浜中たちに気づいた様子もなく、駐車場の隅のミラに向かった。敬雲がミラの運転席に収まり、助手席に風音が乗り込む。敬雲が駅まで送るらしい。軽自動車に特有の軽いエンジン音が聞こえ、ほどなく敬雲の運転するミラは駐車場を出ていった。

ミラが先まで行くのを待ち、浜中はアコードのエンジンをかけた。ゆっくり走らせていく。ミラは三叉路にさしかかっていた。運転席に敬雲の、助手席に風音の姿が見える。ミラが左折した。浜中はわずかにスピードをあげる。

三叉路まで行くと、折よく軽トラックが走ってきた。それを間に挟み、ミラを追っていく。左に龍跪院が見えてきた。駐車場の片隅に、白い車が一台停まっている。檀家でもきているのだろう。浜中は視線を正面に戻した。右手に首ノ原公園が過ぎていく。

「済みません、浦さん。ちょっと停めてもらっていいですか」

ふいに森住が言った。

「うん、どうした？」

有浦が訊く。

「公園の中の遊歩道に、人の姿が見えたもんで」

「公園に人がいてもおかしくないだろう」

「でもですね」

森住が言う。

「私が見たのは、風音なんですよ」

「なに？　しかし彼女は」

と、有浦が身を乗り出してきた。浜中も前方を行くミラに視線を据える。軽トラック越しではあるが、敬雲と風音の姿が確認できた。間違いなく二人は乗っている。ミラはここまで一度も停車していない。

「とにかくちょっと頼みます」

「解った。おれたちは湯檜曽駅まで行って戻ってくるから、神月家の手前あたりで待ち合わせよう」

有浦が言い、浜中はアコードを停めた。森住を降ろしてすぐに出す。敬雲は制限速度をしっかり守っていたから、簡単に追いつくことができた。やがてミラは藤原ダムを越え、湯檜曽駅前の駐車場に停まった。浜中は駅をとおり過ぎ、先の空き地にアコードを乗り入れる。時計に目をやれば、十一時二十分になろうとしていた。

浜中は有浦とともに車を降り、県道を見張った。駐車場からミラが出ようとしている。敬雲しか乗っていない。

ミラが走り去るのを待ち、浜中たちは駅に向かった。慎重に歩を進め、隣の薬局の陰にさりげなく身を隠して覗くと、風音は窓口で切符を買っていた。湯檜曽駅に自動券売機はない。風音は改札を抜け、通路に消えた。浜中たちも歩き出す。入場券を買い、昼なお薄暗い通路に顔を出す。三十メートルほど向こうに風音のうしろ姿があった。先で通路は右と直進に分かれている。右へ折れると下り線のホームで、直進して階段を行けば上り線のホームに出られる。風音は躊躇なく直進し、階段を上っていった。

浜中たちは階段の脇で待った。やがて通路に振動が伝わり、上り列車の到着が音で解った。ほどなく振動が止み、三分ほどで車掌のものと思われる笛の音が聞こえてくる。再び通路が揺れた。

揺れがすっかり収まるのを待ち、浜中たちは上り線のホームへ向かった。何人かの乗客とすれ違う。ホームにいくと、人の姿はなかった。風音もいない。端から端まで歩き、ホーム中ほどにある待合所を調べ、念のため下り線のホームを見てから、浜中たちは駅舎を出た。車に戻り、十一時三十三分発の高崎行き上り普通列車に風音が乗ったとみられることを、無線で告げる。彼女の着ている服装の特徴なども、併せて報告した。

車を出さずに車内で待っていると、十分後に無線が入った。風音は間違いなく、高崎行きの列車に乗っているという。湯檜曽の隣の水上駅には、捜査員が三人待機していた。到着した上り列車に風音の姿を見つけた場合、一人がその旨を沼田署に連絡し、残る二人が列車に乗り込む手はずになっていた。そして高崎まで尾行する。高崎駅で別の組に交代し、その者たちが店まであとをつける。

さらに別の捜査員が朝一番で東京へ飛び、彼女たちの店を見張っていた。そちらからの連絡は、まだ入っていない。

浜中たちはアコードに乗り込み、きた道を戻っていく。カーブをいくつも越えて首ノ原に入り、そろそろ神月家というところで、道の右手に森住の姿があった。路肩に寄せ、浜中はアコードを停めた。森住が無言で乗り込んでくる。

「どうだった？」

このまま車を停めておけと浜中に手で示し、有浦が口を開いた。エンジンを切り、浜中もうしろを向く。

「そちらは？」

逆に森住が訊いた。

「風音は湯檜曽駅で、間違いなく高崎行きの列車に乗ったぜ」

「そうですか……。だとすれば私が見たのは山崎美雨でしょう」

「美雨？」

「ええ」

「なにがあったか聞かせてくれ」

有浦が言った。森住はうつむいて腕を組み、ややあってから顔をあげた。そして言う。

「車を降りたあと首ノ原公園に行き、そっと遊歩道に入ったんです。あそこだけ割に木が植わっていますのでね、身を潜めながら進みました。そうしたら先のベンチに、人が二人すわっていました」

「誰だい？」

「一人は風音そっくりの女でした。でも着ている服が違う。風音は長い丈のワンピースでしたでしょう。しかし女は黒いスカートと上着のツーピースで、中に白いブラウスを着ていました」

「もう一人は？」

「いや、そっちはね、木の陰になって見えませんでした。あまり近づくわけにいきませんし……」

そう言って森住は、舌で唇を湿らせた。

「二人はどんな様子だった？」

「なにやら話し込んでいました。会話はまったく聞こえませんでしたがね」

「うん、それで？」

「十五分ほど見張っていたんですが、美雨がふいに立ちあがったんで、慌てて退散しましたよ。私の姿、見られていないはずです。それで一旦近くに身を隠し、しばらくして公園を覗いたのですが、もう誰もいませんでした」

森住の話を訊きながら、浜中は疑問を覚えていた。森住の見たのが美雨だとして、彼女はなぜ首ノ原へきたのか。風音によれば、美雨に都内へ呼ばれたという。妹の風音を都内へ呼びよせ、その間に美雨は首ノ原で誰かと会った。風音のいない隙を見計らうかのようにしてだ。なぜそんなことをした？

浜中は小さく首を横に振る。解らない。

「首ノ原公園に行ってみるか」

有浦が言う。浜中はアコードのエンジンをかけた。すぐに着く。公園に人の姿はない。遊歩道へ入り、美雨が誰かとすわっていたというベンチへ行ってみたが、なにも残っていない。

遊歩道を出た浜中たちは、なんとなく公園の奥へ向かった。柵に身を預けて目をやれば、藤原湖が一望できる。抜けるような秋空の下、湖面を渡ってくる冷たい風が、頬に心地よい。

「うん？」

と、森住が首をひねった。五十メートルほど斜面を下った先に湖岸があり、途中の林に人がいる。

「あの野郎」

唸るように森住が言う。林の中にいたのは海老原で、あたりを見ながらゆっくり歩いている。海老原はこちらに気づき、手を振ってきた。

「立ち入り禁止だぞ、そこは」

森住が怒鳴る。海老原はそっぽを向いた。

「なにしているんだい？」

有浦が問う。

「ああ、有浦さん。天気がいいので、探し物がてら森林浴です。こちらにきませんか？」

「あいにく仕事でな」

頬だけで笑って有浦が応えた。

「たいへんですねー」

にっこり笑い、海老原は去っていった。

9

首ノ原で聞き込みを続けていると、無線が入った。有楽町の山崎姉妹の店で張っていた捜査員から連絡があり、午後二時七分に、美雨が店の前に現れたという。風音は現在高崎から上野へ向かう急行列車に乗っており、別の捜査員が尾行している。

「妙だな」

後部座席で有浦が呟いた。

「ちょっと時刻表見せてくれ」

有浦に言われ、浜中はアコードを路肩に停めた。助手席側のグローブボックスに手を伸ばす。風音は電車で都内へ向かうと言っていたので、時刻表を積んでおいた。それを取り、有浦に渡す。さっそくページをめくり始めた有浦の指先に視線を落とし、浜中はかすかに首をひねった。森住が首ノ原公園で美雨を見たのは、午前十一時前後だ。その美雨が二時七分に、都内の有楽町へ行けるだろうか。

「見るか？」

そう言って、有浦が顔をあげた。広げたままの時刻表を、浜中と森住が見えるようにさし出してくる。浜中は顔を寄せ、時刻表の細かい数字を目で追っていく。

首ノ原に一番近いのは、上越線の湯檜曽駅になる。湯檜曽駅から有楽町へ行くには普通列車に乗って一つ先の水上駅で降り、急行か特急に乗り換えて上野まで出、山手線に乗ればよい。それが最速のはずだ。

風音は十一時三十三分湯檜曽発の、高崎行き上り普通列車に乗った。午前十一時頃に首ノ原にいた美雨も、自家用車かタクシーを使えばぎりぎりこれに間に合う。その前の列車に乗ることはできない。浜中たちは彼女の姿を湯檜曽駅で見ていないから、その可能性はまずないが、仮に十一時三十三分発の列車に美雨が乗ったとする。しかし有楽町駅に着くのは二時四十分前後になる。

「車だとどうです？」

森住が訊く。有浦は首を横に振って口を開いた。

「都内は渋滞がひどい。水上から関越に乗ったとしても、二時七分に有楽町へ行くことはできないだろう。道の空いている真夜中であれば別だがな」

「どういうことだ……」

と、森住が腕を組む。静寂がひっそりと、車内に広がっていく。

「無線を貸せ」

ややあってから森住が言った。身を乗り出してくる。浜中が渡した受信機に向かい、二時七分に店へきた女性の着衣を送ってほしいと森住は言った。やがて無線が入ってくる。店の前で張っている捜査員に確認したところ、女性はベージュのスーツを着ていたという。

「おかしいな」

森住が呟く。森住が見た美雨らしき女性は、黒いツーピースの上下に白いブラウスを着ていた。一方風音は紫色のワンピースだ。

都内にいる捜査員は美雨と風音の写真を持っており、ほかの女性と見違えるはずはない。それでも森住は無線で問い合わせた。店に現れた女性は隣の花屋の女店員と親しげに話し、慣れた様子で鍵を使って中に入ったという。

「三つ子なんてことはないだろうな」

唸るように森住が言う。浜中は首を横に振った。双子でさえとても珍しい首ノ原で、三つ子となれば必ず浜中の耳に入ったはずだ。しかし美雨と風音にもう一人姉妹がいるなど、聞いたことがない。

「だが現に第三の女が現れている」

森住が言い、待てよと有浦が呟いた。そして言う。

「ちょっと地図を見せてくれ」

時刻表とともに積んでおいた群馬県の地図を、浜中は有浦に渡す。有浦はページをめくって時刻表と見比べていたが、やがて顔をあげた。

「新幹線を使えばなんとかなる」

有浦が言う。

「高崎から上越新幹線に乗ったと」

森住が訊いた。

「いや、それだと二時七分には着かない。上毛高原駅だよ」

あっと浜中は声をあげた。確かにそれなら二時過ぎに着けるかも知れない。有浦が言う。

「首ノ原から車で湯檜曽駅へ行く。しかし列車に乗らず、そのまま車で国道を南下する。十五キロほど行けば、上越新幹線の上毛高原駅に着くぜ。首ノ原から上毛高原駅まで、車で五十分はかかるか。それでも十二時十分発の、上越新幹線とき三〇六号に間に合う。とき三〇六号は午後の一時過ぎに大宮駅に到着するから、有楽町には二時頃行ける」

「なるほど……。おい浜中」

と、森住が顔を向けてきた。

「なんです？」

「首ノ原の連中にとって、上毛高原駅は身近なものなのか？」

「いや、それはどうでしょうか。車を使って高い新幹線代を払っても、せいぜい三十分ほど早く都内に着けるだけですから……。湯檜曽駅は電車の本数が少ないので、車で水上駅まで行くことはあるようですけど」

「だろうな。しかし美雨のやつ、なんだってそんなことを」

「まあとにかく行こう。頼むよ、浜中」

有浦の言葉にうなずき、浜中はアコードを出した。上毛高原駅へ向かう。途中で無線があり、二時五十一分に風音が有楽町の店に入ったと報告してきた。

上越新幹線は一昨年開業したばかりで、上毛高原の駅は広々として真新しかった。駅前広場には、ＳＬの機関車が展示されている。しかし人の姿はまばらで閑散としていた。二軒のレンタカー屋のほか、開いている店はない。人里離れた寂しい丘陵に、突如新幹線の駅舎ができた。上毛高原駅にはそんな雰囲気がある。

駅舎に入り、浜中たちは駅員に話を訊いていく。一人が美雨らしき女性を見ていた。黒いツーピースを着、正午頃に改札を抜けたという。断言はできないがまずこの女性だと、浜中が見せた美雨の写真に駅員はうなずいた。

これで美雨がわざわざ車と新幹線を使い、風音を欺くようにして首ノ原まで遠征したことがはっきりした。しかも彼女はどこかでベージュのスーツに着替えている。美雨が首ノ原公園で誰に会い、どのような話をしたのか。それが解れば事件が見えてくるのではないか。事件には必ず転機がある。そんなことがようやく浜中にも解りかけている。今がその時かも知れない。

駅舎を出た浜中たちは、二軒のレンタカー屋を訪ねた。ここ数日の貸し出し状況をすべて調べる。しかしリストに美雨の名はない。貸し出しリストには運転免許証のコピーが貼られているから、偽名を使って借りることはまずできない。タクシーか、あるいは遠くのレンタカー屋を美雨は使ったのだろう。

10

「遅かったな。さあすわれ、リンゴむいてやる」

一乃が言った。ため息をつき、浜中はこたつにもぐり込む。

「昨日の夜も待っていたんですよ」

海老原が言った。ひまわりのように、にこにこ笑っている。

「無理ですよ、毎晩抜け出すのは……。それでなくても森住さんに目をつけられているんですから。ねえ一乃ばあ、もう勘弁してよ」

「ほれ、リンゴ食え」

「相変わらず人の話聞かないんだから」

浜中は大げさにぼやいてみせたが、一乃はちらと一瞥《いちべつ》を寄こしただけだった。

「さ、リンゴかじったら話せ」

「だからね」

「話せ」

と、一乃が一瞬鬼の表情を見せた。

「はい」

よしと言って、一乃はにんまり笑う。まずは昨日のことを浜中は話した。

「ボートの破損と髪の盗難、やっぱりありましたか」

海老原が言う。

「ええ。髪が盗まれた美容院から、その日の顧客リストが今日届きました。それでですね」

「みさきさんと同じぐらい長い髪の女性が、ショートカットにしていたんですね」

「そうなんですよ。念のため調べたのですが、その女性は高崎市在住で、首ノ原の事件とは一切関係なしです」

「でしょうね。しかし見ていた」

「見ていた？　誰がです？」

「首ノ原の誰かがです。店にいたのかも知れないし、外をとおりかかったのかも知れない。そしてなにかを思いつき、切られたばかりの長い髪の毛が欲しくなった。けれど店を訪ねて、髪をくださいというわけにはいかない。

どうしたものかと店を見張っていると、最後に出てきた店長が、裏口の植木鉢の下に鍵を置いた。それを見て、鍵を使って忍び込んだ。まあこんなところでしょうね」

「なぜ髪を手に入れようとしたんです？」

「実験と、そして練習するためです」

「実験？　なんのです？」

「いずれはっきりしたら、お話ししますよ」

「そうですか……。顧客リスト、もっと調べたほうがいいでしょうか？」

「無駄でしょう。髪を盗んだ人物が店にいたとすれば、切られた髪を手に入れようと思った時点で、リストに本名は書かないでしょう。あるいはリストへの記入を拒んだか」

「そうでしょうね……」

と、浜中はうつむいた。海老原がリンゴに手を伸ばす。わずかに居住まいを正し、浜中は口を開いた。

「ねえ海老原さん」

「なんです、改まって。お金なら貸しませんよ」

「だから違いますって！　どうしてボートの破損や、髪の盗難が起きていると解ったんです？　今井瑠璃子さんは、ボートと髪の毛が事件に関係していることぐらい、僕にも解りますよ。でもどうしてます。ボートの中で見つかりました。そして彩ちゃんとみさきさんは、髪の毛を切られてい……」

「ああ、それはですね」

「それは？」

「まだ内緒です」

そう言って海老原は、リンゴをかじって笑った。

「性格悪いんだから……」

「うん、なにか言いました？」

「いえ別に」

「そうですか……。それで今日はどうでした？」

「あのねえ、海老原さん。あなたは僕の上司じゃないんですから、そんな報告を聞くような言い方しなくても」

「ごちゃごちゃ言わんの」

一乃が言う。

「でも一乃ばあ。なんか海老原さん、僕を小馬鹿にしているようで」

「そんなことありませんよ！」

と、海老原は目を見開き、顔の前で左手をぱたぱた振った。右手でリンゴを取りあげて、浜中にさし出してくる。

「リンゴあげますから、話してください。ねっ」

「ねっじゃありませんよ。ねっじゃ。やっぱり馬鹿にしているでしょ」

「まったくお前は話の進まない男じゃな。さあ話せ。ばあちゃんもう眠い」

「眠いのなら、待っていなくてもいいのに……。今日はちょっと、おかしなことがありましてね」

「おかしなこと？」

海老原が身を乗り出した。うなずいて、浜中は美雨の奇妙な行動を話していく。海老原の表情が、みるみる硬く締まっていった。

「森住さんの見間違えでは？」

浜中の話を聞き終えると、海老原がそう言った。

「大ヴェテランですからね。まず考えられません」

「森住さんが嘘をついたのでは？　あの人性格悪いですし」

「海老原さんほどじゃ」

「今なにか？」

「いえ、なんでも」

と、浜中は顔の前で手を振った。そして少し考え込む。ほかの捜査員を出し抜くために嘘をついたことが、森住にはこれまで何度かある。摑んだ情報を自分一人の胸に隠しておくことも多い。しかし美雨を見たと嘘をついても、森住に得るものはないはずだ。

「浜中さんも少しは疑ってるんですね、森住さんのこと」

半目で浜中を見て、海老原が言った。

「えっ？　あ、いや、そんなことないですよ」

「ふふふ、顔に書いてありますよ」

「この子は昔から隠し事ができんたちでな。そこがまた可愛い」

一乃が言う。

「可愛いですねえ」

海老原が言う。

「やめてくださいよ、一乃ばあも海老原さんも。まあとにかく森住係長に、嘘をつく理由はありません。それに上毛高原駅の駅員さんが、美雨さんの姿を見ていますしね」

「有楽町に現れた美雨さんは、ベージュのスーツを着ていたんですよね」

海老原が問う。真剣な表情に戻っている。

「新幹線か駅のトイレで、着替えをしたのでしょう。でもなんだってそんなことを……」

「瑠璃子さんたち三人が殺害された時、美雨さんは都内にいたのですよね」

「ええ。しっかり裏が取れています。美雨さんは首ノ原にきていません」

「そうですか……」

と、海老原はうしろに手をつき、天井を見あげた。浜中も口を閉じる。そっと沈黙が降りてきた。

新邸には英市夫妻と唯がいるはずだが、音はほとんど聞こえてこない。彩が殺害されて以来、神月家はずいぶん静かになってしまった。海老原がいなければ、耐えきれないほどの静寂に家人は包まれていただろう。あるいは海老原は、無理に明るく振る舞っているのか。

「さて、ごちそうさまでした」

にっこり笑って海老原が言った。やはり笑顔で一乃がうなずく。署に帰れると思い、浜中は腰をあげた。

「浜中さん」

「なんです？」

「ちょっと、僕の部屋にきませんか？」

「え？　なんで」

「一乃さんも眠そうですし」

「いや、でも」

「行ってこい、ばあちゃんもう寝る」

一乃が言った。渋々うなずいて、首をかしげながら浜中は一乃の部屋を出た。海老原とともに十字廊下を越え、右手の客間に入る。窓際に文机があり、脇に寝具がたたまれている。

「ああ、どうぞ」

と、海老原は丸いちゃぶ台を出し、脚を立てていく。浜中たちは向かい合わせに腰をおろした。

「なにか用でもあるんですか？」

「実はですね」

海老原が身を乗り出してきた。ちゃぶ台は小さいから、浜中のすぐ前に海老原の顔がある。

「やっぱり海老原さん、そっちのご趣味が？」

「違いますよ、一乃さんに聞かれたくないんです」

海老原は声を潜める。

「一乃ばあに？」

つられて小声で浜中は訊いた。

「ええ。実は今日、峰山ふくさんという助産婦さんに会いましてね」

「助産婦さんですか」

いつかみさきの店で会った老婦人を、浜中は思い出していた。藤原ダムができたことを彼女は呪い、瑠璃子の死を因果応報と言った。

「ええ。実は今年の三月に、ふくさんは妙なものを見ていましてね」

続いて海老原は、ふくの目撃談を語った。龍跪院の鐘撞堂にいる龍が浮かんで消え、湖に出てきたという。

「そんな馬鹿な……」

「しかし間違いなく見たそうです」

真剣な面持ちで海老原が言う。やはりあの龍にはなにか仕掛けがあるのだろうか。そう思い、浜中はすぐに首を横に振る。丹念に調べてみたが、仕掛けの類はなかった。境内は山腹にあり、龍を持ちあげるようなクレーン車は絶対に入れない。あの夜、首ノ原上空に飛行機やヘリコプターは飛んでいない。それらで引っ張りあげることはできない。

村の大人に訊いてみたが、龍跪院を建立する際、堀の上に造り物の龍を置いていくのは、たいへんな作業だったという。何十人もの作業員が龍を持って運びあげ、それぞれの場所に設置し、よほどの地震でも塀から落ちないよう、強い接着剤でしっかり固定した。その龍が動くはずはない。

しかしふくは見たという。そして浜中も龍が飛び立つのを目撃している。

「あの龍については、大体解ってるんですがね」

海老原が言う。

「え?!」

浜中は声をあげた。

「もう少し声を落として」

「ああ、済みません。でも海老原さん、今なんて?」

「龍が飛び立つ理由はほぼ解ってるんです」

「教えてください」

「お断りします」

「性格悪いですねー」

「性格悪いですよー」

大の男がひそひそ声で話す内容だろうか。ふいに馬鹿らしくなって、浜中は地声に戻した。

「ほんとうは解ってないんでしょう」

「そんなことありませんよ。そういえばふくさん、ほかにもおかしなことがあったと言っていました」

「ほかにも？」

「ええ。龍が消えたのとは別の日らしいのですが、打木がさがっているでしょう、龍跪院のてっぺんの鐘撞堂に」

「はい」

「あれがひとりでに動くらしい」

「ひとりでに⁈」

「声を潜めて」

「済みません。でもそんなことが」

「誰もいないのに打木が大きく揺れて、しかし鐘は鳴らなかった。確かに見たとふくさん、言っていました」

ひそひそ声で海老原が言う。

「打木が揺れたのに鐘が鳴らないなんて、おかしいじゃないですか」

小さな声で浜中は問う。

「まあこれについても、大体解ってるんですけどね」

「いいですよ、見栄を張らなくて」

「見栄ではないですよ、見栄では。さて、ここからが本題です」

と、海老原はいよいよ声を低くする。

「今までの話が本題では？」

「違いますよ、ここからです。声を小さく」

「解りました」

「浜中さん、以前に言ってましたよね。山崎美雨さんと風音さんは、首ノ原には珍しい双子だって」

「ええ」

「でもね、浜中さん。双子の出生率は一パーセントほどなんです」

「え？」

浜中は思わず口を開けた。双子は珍しいと思い込んでいたが、言われてみればそのぐらいの確率だろう。沼田署にも双子を生んだ婦警がいるし、町を歩けばそっくりな子供を時折見かける。

「しかし……」

と、浜中は首をかしげた。首ノ原をよく訪れていた子供の頃、浜中の記憶の中には山崎姉妹のほかに双子はいない。

「あまりに少な過ぎます」

海老原が言う。

「それで僕、ふくさんに訊いてみたんです。そうしたら……」

珍しく、海老原が言い淀んだ。浜中は黙って次の言葉を待つ。

「里子に出されていたようです」

海老原が言う。

「里子ですか」

浜中は声を落とした。畜生腹などというひどい言葉を使い、双子を忌むものとする風習が、各地にあったという話は聞いたことがある。しかし自分と縁の深い首ノ原で、実際に行われていたとは思わなかった。

「江戸の昔には、間引くこともあったらしいです」

そう言う海老原の虹彩は黒く濡れ、とても哀しそうに見えた。

「間引き……」

「貧しい家では、とても二人を育てられなかったのでしょう。いずれにしても首ノ原では、双子は禁忌すべき存在だった」

「だった？」

「昭和も四十年代に入り、里の人が水上町の産婦人科で出産するようになると、里子の風習は自然になくなったそうです。しかし風音さんたちが生まれた頃は、子宝に恵まれないご夫婦のもとへ、双子のどちらかを里子に出していた」

「でもなぜ山崎姉妹は？」

「父親の敬雲さんが、里子に出すことを強く反対したといいます」

「そうだったのですか……」

「はい。でも、それ以外にも理由があって……」

「敬雲さんの反対以外にですか？」

「はい」

と、海老原はゆっくり視線を落とし、少し逡巡してみせてから、重そうに口を開いた。

「引き取り手がなかったらしいんです」

「美雨さんと風音さんのどちらかを、里子として欲しがる家がなかったと？」

「そうなんです。それでふくさんに理由を訊ねたのですが……。浜中さん、馬頭って知っていますか？」

話が飛んだ。首をひねりながらも浜中は口を開く。

「空想上の生き物で、確か地獄の番人でしょう。頭が馬で体が人の……。それがなにか？」

「美雨さんと風音さんは馬頭の娘だと」

「馬頭の娘？」

「はい。あの二人は化け物の娘だから引き取り手がなかったと、ふくさんは言っていました」

と、海老原は悲しげにかぶりを振った。

「でも……、でもそんなことありえませんよね。そもそも馬頭なんて実際いないわけだし」

「この里にはいたのだといいます」

「いた？　馬頭が？」

「ええ……」

「そんな馬鹿な」

浜中は首をかしげた。馬頭がいたとはどういう意味か。

「以前から首ノ原の人々は、馬首寺と婚姻関係になるのを避けていたようです。馬首寺に嫁ぐのも、馬首寺に生まれた娘さんを娶るのも、いやがっていた。だから馬首寺に男性が生まれると、近隣の村から嫁を取り、女性が生まれた場合、同じ宗派の僧のところへ嫁がせる。そんなことがずっと続いていたと、ふくさんはそうも言っていました。

まあこの件については、引き続き調べてみますけど……」

海老原が言った。

にこにこと人懐っこい笑みを浮かべ、海老原はいつの間にか心の中に入ってくる。他人に警戒心を抱かせることがないらしく、気がつくと彼に色々話している。その海老原であれば、よそ者に口が固い里の大人たちも、情報を提供するかも知れない。

「とにかく山崎姉妹は里子に出されず、敬雲さんが育てたわけです。それでふくさんによりますとね、その年にもう一組、双子が生まれていたようなんです」

「風音さんたちと同じ年にですか？」

「はい。はっきりとは教えてくれませんでしたけど……」

「一乃ばあであれば、知っているんじゃ」

そこまで言って浜中は、海老原が声を潜めろと言った理由がようやく解った。一乃には、とても訊けない。

妊娠していない夫妻のところに突然子供がきたのだから、まわりの大人たちは事情を知っているはずだ。しかし双子が禁忌であるなら、里子に出された子供には、絶対に過去を告げないだろう。今でもその子は、育ての親を生みの親と思っている可能性が高い。

元々首ノ原は閉鎖的な里で、互いに血を重ねているから似た顔立ちの人が多い。誰かに似ていると思っても、遠い親戚だと大人に言われれば、あまり疑問は覚えない。

「そういえば」

言いかけて、浜中はやめた。神月彩と今井瑠璃子は、よく姉妹に間違われたという。ほんとうに姉妹だったのではないか。だがいくら考えたところで、それは詮ないことだ。血がどうなど関係ない。浜中にとって彩は彩だ。はとこでちょっと気の強い、神月彩だ。

「引き続き、なんとかうまく探ってみますよ」

暗い声で海老原が言う。浜中は黙ってうなずいた。

11

神月家を辞した浜中は、バス停に向かっていた。十一月も中旬に入り、首ノ原は秋の虫たちの合唱に包まれている。さわと風が吹き、夜露に濡れた草の匂いを運んできた。

バス停まで行くと、見慣れた車が停まっていた。浜中がよく運転している沼田署のレオーネだ。運転席にだけ人が乗っているらしいが、暗くてよく見えない。浜中が首をかしげ、そこへ車の窓が開いた。男性が顔を覗かせる。

「森住係長……」

レオーネを見た時に予感はあったが、運転席にいたのは森住だ。

「話がある。乗れ」

と、森住はあごをしゃくる。浜中は恐る恐る助手席に乗り込んだ。森住は無言でエンジンをかけてレオーネを発進させ、首ノ原公園の横に停めた。

森住がレオーネを降りたので、浜中も従った。気まずさの中で空に目をやれば、無数の小さな星たちが静かにまたたき、山間の夜を彩っている。

「ついてこい」

そう言い捨てて、森住は公園に入った。突き当たりの、柵の手前のベンチにすわる。浜中も隣に腰をおろした。藤原湖の暗い湖面に、月が浮かんで揺れている。

「今日おれはここで車を降りた」

前を見たまま森住が言った。

「はい」

「そしておれは遊歩道に美雨を追った。彼女はベンチにすわり、人と話していた」

「はい。でも相手は見えなかったんですよね」

そう応える浜中に、森住は冷たい目を向けた。そして言う。

「いや、おれは相手を見た」

「え？　でもそれじゃどうして……」

応えずに、森住はじっと浜中を見据えている。

「なぜ有浦警部補に嘘をついたんです？」

視線に耐えきれず、目を逸らして浜中は訊いた。

「公園に美雨を見つけたのはおれだ。それに関する手柄もおれのものだ」

「手柄って……。有浦警部補は、人の手柄をさらうような人じゃないですよ。それに森住係長は、以前有浦警部補に世話になったと」

「おれが刑事になって初めて手錠を使ったのは、浦さんと組んだ時だ。浦さんがホシを挙げたが、手錠をかける役をおれに譲ってくれた」

「その有浦警部補になんで嘘を……」

「それとこれとは話が別だ」

「でも……」

「とにかくだ。これから話すことは他言無用だ。いいな」

浜中は不承不承うなずいた。

「遊歩道に入ったおれは、木々に身を隠しながら歩いていった。そうしたら先のベンチに、美雨ともう一人、女がすわっていた。二人はこっちに背を向けていたし、遊歩道の中は樹木がちょっとした迷宮を成しているから、かなり近づくことができた。誰だと思う、美雨と話していた女？」

「あ、いや、解らないです」

「朝河弓子だよ」

「弓子さん……」

と、浜中はうつむいた。弓子は昨日退院している。

「二人はどんな話をしていたんです？」

浜中は訊いた。

「さすがに会話を聞き取れるほど、近づけなかった。しかし一言だけ聞こえた。そこだけ美雨が、改まった口調になったからな。美雨は弓子に言った。『境内にはあの子がいた。まだ終わっていない』とな」

「境内にはあの子がいた。まだ終わっていない……。美雨さんがそう弓子さんに言ったのですか」

「ああ。そして今日一日動いてみて解った」

「なにがです？」

「美雨は妹の風音を都内に呼び出し、その隙に首ノ原へきた。そして車と新幹線を使い、風音より先に都内へ戻った。美雨はなぜそんなことをした？　答えてみろ」

「え？　首ノ原へきたことを、風音さんに知られたくなかったからですよね」

「ああ。つまり弓子といるところを、風音に見られてはまずいと思ったわけだ。美雨と弓子は仲がよかったと、西条雑貨店を訪ねた時にみさきが言っていたよな」

浜中はうなずいた。

「ここまで話せば、お前にも解っただろう」

と、森住は口元を歪め、人を見下すような笑みを浮かべた。

「あ、いや……」

「解らねえのか。犯人は風音ってことだ」

「風音さん⁈」

浜中は目を見開いた。

「馬鹿野郎。声がでけえ」

「済みません。でも……」

「聞け。美雨と風音は一卵性の双生児だ。双子同士、相手がなにを思っているか解るなんて話はよく聞くだろう。それに二人は店で毎日顔を合わせている。風音の様子がおかしいことにはすぐ気づく。

首ノ原で事件が起き、風音が犯人だと美雨は直感した。やがて弓子まで殺されかけたことを知り、美雨は親友の危機を救おうと決意する。そこで風音を店に呼び出し、その隙をついて弓子に会った。美雨は公園のベンチで弓子に言った。三日前、龍跪院の境内にいてみさきを殺害し、弓子を殺そうとしたのは風音だ。あの子は弓子のことを狙っている。まだ終わっていない」

「でも、それなら警察に……」

「妹が殺人犯ですから逮捕してくださいと、タレコミをするってのか？」

森住に言われ、浜中はうつむいた。

「美雨は風音が犯人だと気づいただけで、恐らく証拠は握っていない。だとすれば警察に駆け込むより、まずは弓子に注意をうながそうと思うはずだ」

「確かに……。あれ？」

そこであることに気づき、浜中は顔をあげた。

「でも風音さんに、彩ちゃんの首を龍跪院の境内に置くことはできません」

森住は黙ってかすかにうなずいた。彩が殺害された夜、彼女たちの荷物は徹底的に調べられた。誰も首を持っていなかった。そして彼女たちは警察車両で自宅へ送られ、その後も神月家は厳重な監視下にあった。つまり密かに神月家へ舞い戻り、邸内のどこかに隠しておいた首を回収することはできない。

「確かにそうだ。彩の首を晒すことはできない、だから犯人ではない。そう言いたいんだろう？」

「はい。それに瑠璃子さんの件もあります」

あの日みさきと弓子、そして風音は午後一時に、この近くのバス停で待ち合わせをしていた。駐在所の石田もいた。風音たちは瑠璃子を待ったが現れないので、四人で今井家に向かった。

途中首ノ原公園にさしかかり、湖面に浮かぶボートをみさきが見つけた。四人が公園に踏み込んでみれば、ボートには瑠璃子が乗っていた。しかし呼びかけても返事はおろか、風音たちを見ようともしない。

ほどなくボートは、湖面にせり出す山腹の陰に隠れた。県道の入り口から湖畔に下りた風音たちは、桟橋の突き当たりで瑠璃子の死体を発見した。

公園から友人たちに呼びかけられたのに、ボートに乗っていた瑠璃子が微動だにしなかったのはおかしい。だからその時点で瑠璃子が死んでいた、あるいは意識を失っていた可能性は高い。しかしそのあと彼女たちはずっと行動をともにしていた。つまり風音に瑠璃子を殺害することはできても、首を切断して龍跪院に置き、衣類を脱がせてセーターとジーンズを木に打ちつけることはできない。

「それも解っている。だが犯人は風音だ」

「しかし」

「風音はなんらかの策を弄している」

「だとすれば、まずその策を暴かないと」

「だからお前に話したんだ」

森住はにやりと笑った。

「え？　それはどういう……」

「お前には知恵袋がいる。そいつから訊き出せ」

「知恵袋？」

「ああ」

「あ、いや、そんなこと」

「隠すな、もう解ってる。洞元湖でのボートの破損、前橋市内の髪の盗難。二つの事件が起きていることをずばり言い当てた。高崎署ではエースだったかも知らねえが、県警本部ではお茶くみ専門のお前が急に大活躍だ」

と、森住は浜中の胸ぐらを軽く摑んできた。ぐいと顔を近づけてくる。

「海老原とかいう小僧が、このあたりをうろちょろするようになってから、お前の頭が急に切れだした。違うか？」

「いや、それは……」

「とぼけるんじゃねえ、お前に知恵を授けたのは海老原だな？」

「はい……」

「やっぱりか」

そこで森住は、胸ぐらを摑んでいた手を離した。そして言う。

「お前の陰に海老原がいることは、浦さんも気づいているはずだ。あの人は根ほり葉ほり訊いてくるようなたちじゃねえがな。ところで海老原ってのは、なんだあれ？」

問われ浜中は、埼玉県の秩父地方で起きた連続殺人事件の解決に、海老原が一役買ったらしきことを告げた。

「そうか……。明日の午後、お前空いてるな」

浜中はうなずいた。明日の午後は警部補以上の会議があり、有浦と森住が出る。その間浜中は一人になる。

「これまでの事件について、解っていることを海老原に訊き出せ」

「え？　あ、いや……」

「訊き出せ」

「はあ……、解りました」

「よし。ああ、そうだ。海老原が犯人を特定できていないようであれば、風音だということは喋るなよ」

浜中を見据えて森住が言う。解りましたと応えようとし、そこへ突然右手で口をふさがれた。誰かいるぞというように、森住が県道を目で示す。森住は聴覚が異様に鋭い。ほどなく足音が夜道に響いた。革靴ではない。雪駄か草履の音だ。やがて月明かりの下に、山崎敬雲が現れた。ついと足を止め、浜中たちに顔を向けている。

「ああ、和尚」

今気づいたというように、そう言って森住が腰をあげた。浜中も席を立つ。浜中たちは県道に出、敬雲と向き合った。

「遅くまでご苦労様です」

と、敬雲は丁重に頭をさげた。

「いえ。和尚こそ、こんな時間にどこへ？」

探るように森住が問う。

「今井家へな、行っていました」

敬雲が応えた。様子がどこかいつもと違う。浜中はそう感じていた。鋭く屹立《きつりつ》する冬山のような孤高が、敬雲にはある。しかし今日はとても穏やかにみえる。

「今井家へ？　どんな用事で」

「瑠璃子さんのお墓の件ですよ。ああそうだ。今井家のご主人が、手土産にとこれをくださってな」

と、敬雲は手にしていた紙袋を、軽く持ちあげてみせた。

「なんです、それ?」

訝しげに森住が訊く。

「リンゴです。私と風音の二人ではとても食べ切れないと遠慮したのですが、たくさんくださいました。どれ、刑事さんにもお福わけを」

「いいですよ」

「まあそう仰らず。首ノ原のリンゴはうまいですぞ」

そう言って敬雲は、紙袋を地に置いた。袂から紺色の風呂敷を取り出していくつかリンゴを取り分け、森住にさし出す。仕方ないという表情をあらわにしながら森住が風呂敷包み受け取ると、腰をかがめて紙袋を拾いあげ、敬雲はわずかに微笑んでみせた。どこか晴れ晴れとした、鮮やかな笑みだった。

12

翌日の午後、浜中は神月家の奥座敷にいた。控えの間で海老原とともに座卓を囲み、一乃もちんまりすわっている。

「なんです、話って？」

一乃の淹れた茶をおいしそうに啜ったあとで、海老原が口を開いた。

「ちょっといくつか訊きたいことがありまして」

「いよいよ名探偵であるこの僕の出番ですね！」

海老原が目を輝かせる。

「やっぱりやめようかな」

思わず浜中は呟いた。

「なにか言いました？」

「いえ、なんでも……。ところで海老原さん、事件についてはどのぐらい」

「大体のところは解っています」

「では誰が犯人か……」

「まだ解りません！」

「そんな、胸を張って応えなくても」

「しかしそれ以外の質問にはお応えできるでしょう。さあどうぞ」

「はい……」

「どうぞご質問を！」

「はい、それじゃあ……」

と、浜中は事件のことを記した手帳を取り出した。ぱらぱらとめくったあとで、居住まいを正して口を開く。

「彩ちゃんが殺害された夜、旧邸には今井瑠璃子さん、朝河弓子さん、山崎風音さん、西条みさきさんの四人がいましたよね。彼女たちに、首を持ち出すことはできたでしょうか？」

海老原が犯人を特定していなければ、風音の名は出すなと森住に釘を刺されている。それに浜中は、風音が犯人だと確信しているわけではない。

神月家の新邸から彩のいた奥の間へ侵入するには、一乃の部屋の前をとおらなければならない。だが一乃は新邸から誰かがきたのを見ていない。一方庭に不審な足跡はなく、外から奥の間へ侵入することはできない。つまり旧邸自体が一種の密室であり、一乃が彩を殺すはずはない。とすれば彩を殺害したのは四人の誰かだ。だから彼女たちの名を挙げた。

森住が耳にしたという公園での美雨の言葉を聞く限り、風音が犯人の可能性は高い。しかし浜中にとって風音は、四人の中での最有力者に過ぎない。彼女たちはそれぞれに、彩を殺害できる時間を持っているためだ。

まずは瑠璃子。同室のみさきが九時頃に一乃の部屋へ遊びに行っている。その間瑠璃子は一人きりだ。続いてみさき。一乃の部屋へ行く前に彩を殺害できる。弓子は同じ部屋の風音が外の風呂へ行っている間、一人でいた。そして風音は外の風呂へ行く前後に犯行が可能だ。だが昨夜森住と話したとおり、彼女たちには首を持ち出すことができない。

「できますよ」

こともなげに海老原が言う。浜中は少し慌てて口を開いた。

「どうやってです？」

「それは……」

と、海老原は眉根を寄せて、ちらと一乃に目を向ける。

「私のことは気にせんでええ。あの夜のことは、なにを聞いても平気だよ」

そう応える一乃は、しかしいつもより小さく見えた。静寂がそっと広がり、隅から部屋に満ちていく。

「話しておくれ」

声を励まして一乃が言った。

「解りました。ではお話しします。ですがご気分が悪くなったら、いつでも仰ってください」

「ありがとうな」

「いいえ。さてと、浜中さん」

「なんです？」

「彼女たちが首を持ち出すことは絶対にできないし、庭か旧邸の縁側から県道に向かって首を投げ、誰かに渡すこともできない。そうですね？」

「ええ、念のため彼女たちの運動歴まで調べました。誰も専門的に球技をやっていません」

「けれど首は龍跪院で見つかっている。しかも頭髪は切られ、凍っていた」

苦い声で海老原が言う。あの夜に見た彩の首を思い出し、浜中の胸に悲しみと怒りが去来する。

「奥の間に入っても構いませんか？」

閉ざされたふすまに目をやり、海老原が訊く。一乃は柔らかくうなずいた。海老原がそっと立ちあがり、ふすまを開ける。彩が殺害された奥の間には、明かり障子越しに白い陽光が弱く注いでいた。浜中は腰をあげ、海老原に続いて奥の間に踏み込む。一乃はすわったきり、微動だにしない。

死体を運び出して血を拭き取っても、なにかの残滓までは追い出せないようで、殺人の起きた現場は一種独特の雰囲気を持っている。奥の間にも、それが濃厚に漂っていた。

「部屋の中はすべて調べたんですよね？」

海老原が訊く。

「徹底的にやったということです。畳まであげて……。しかし首は出ませんでした」

浜中は応えた。

「外はどうです？」

「庭、縁の下、すべて調べました」

「ではあれは？」

と、海老原は東側の障子を開け、縁側のすぐ先に茂るリンゴの木を指さした。

「調べたはずです。大木であれば、よじ登ってうんと高い木の枝に隠すとか、うろの中に入れるとかできるかも知れません。でもリンゴの木はせいぜい三メートルで、樹影も濃くありません。捜査員の目をくらませて隠すなど、できません。それにね海老原さん、警察官以外の不審な足跡は、庭に一切なかったんですよ」

「そうですよね。でもこれを使えばどうです？　さっき一乃さんに一つもらったんですけどね」

海老原はポケットに手を突っ込み、白い紙を取り出した。浜中の鼻先に広げてみせる。

「それは……」

「リンゴの実を入れておく袋です。よく育った実は、鳥よけに白い袋をかぶせておくのでしょう」

「え？　それはどういう……。まさか……」

「この袋に彩さんの首を入れ、縁側まで行きガラス戸を開ける。鼻先にはリンゴの木が植わっている。手を伸ばせば届く場所に、実がなっている。首の入った袋を木の枝に吊りさげ、ガラス戸を閉める。こうすれば足跡を残すことなく、首を隠すことができます」

「しかし……、そんな……」

袋の中にはリンゴが入っている。誰もがそう思い込んでいるから、確かにいちいち袋の中まで調べはしない。

「でも海老原さん。首は入りませんよ、袋に」

「彩さんは九頭身に近い、そうでしたね？」

「確かに彼女はスタイルがよく、顔も小さかった。それでも入りません」

浜中は言った。

「だから、髪の毛を切ったのですよ」

「え？　ああ、そうか！」

思わず浜中はひざを打った。そうすれば首は袋に入る。

人の首を切断する。これはたいへんなことだろう。だが彼女はそれをやった。彩の首を切り、だけではなく髪の毛までも切り、袋に入れて木に吊った。その作業中、彼女の精神はかなり追いつめられていたのではないか。そんなことを浜中は思う。

「それに髪を切っておけば、たとえ懐中電灯で袋を照らされても、黒く透けません」

海老原が言う。

「そうだったのか……。うん、でも？」

浜中は首をひねった。隠した場所は解ったが、それでも彼女が龍跪院に首を置くことはできない。そのことに変わりはない。

「ええ、このままではまだ駄目なんです。首を回収することはできない。向こうへ戻りましょう」

点頭し、浜中は歩き出した。海老原とともに奥の間を出、座卓の前に腰をおろす。一乃が茶のおかわりを淹れてくれた。

「ああ、ありがとうございます」

と、海老原がおいしそうに茶を啜る。浜中も喫した。一乃の淹れる濃い茶を飲むと、ほぐれるようにさっと疲れが取れていく。

満足げな笑みとともに、ほどなく海老原は湯飲みを置いた。そして口を開く。

「さて、通報を受けて警察が到着し、新邸の応接室で各人への聞き取りが始まった。その間四人の女性は、泊まる予定の部屋で待機していた。そうですね？」

「はい。二つ並んだ八畳間の、縁側に面した部屋に瑠璃子さんとみさきさん、隣の十字廊下に近い部屋に弓子さんと風音さんです」

「ええ。ところで浜中さん、聞き取りのさなか、なにがありました？」

「なにがって……、ああ、そうだ！　新邸の彩ちゃんの部屋に置かれた時計が急に鳴り出して、蝋人形の首がせりあがってきたんです。最初生首に見えたので、一騒動でした」

「その時家の中にいた捜査員の人たちは、新邸の応接室に集まっていたのですよね？」

「え？　はい、そうです」

「そして初江さんの悲鳴を聞きつけ、英市さんを除く全員が彩さんの部屋に集まってきた」

「はい」

「ここ、ちょっと大事なところです。間違いありませんね？」

「そのとおりだ」

　一乃が口を開いた。

「あの時は彩の部屋の前に、英市以外の全員が集まっとった」

「だとすれば」

　右手の人さし指をぴんと立てて、海老原が言う。

「その時旧邸内には誰もいなかった」

「え？　あ、いや、確かにそうなりますけど……」

「あとは順番の問題です」

「順番？」

　浜中は訊いた。

「はい。時計の騒ぎが起きる前に、女性たちの荷物は調べられていたのですよね？」

「え、ええ」

浜中は応えた。女性たちのボストンバッグやデイパックの中を徹底的に調べ、旧邸内を隅々まで探した。しかし首が見つからなかったので、その報告もかねてみなで応接間に集まっていた。

「ねえ浜中さん」

「なんです？」

「そのあと彼女たちの荷物が、もう一度調べられることはなかったんですよね」

「え？　ま、まさか……」

「首を外へ持ち出すのであれば、ほかに方法はないんです」

「しかし」

「もちろん荷物が再検査される可能性はあったでしょう。けれどこの綱渡りに成功すれば、首を置いた方法が解明されない限り、捜査圏外とまではいかなくても、ある程度安全な場所にいることができる。だから多少の危険は覚悟の上で実行した。

たとえ荷物を再び調べられて首が見つかっても、では今までどこに隠しておいたのか、どうやって荷物の中に入れたのか、それを警察が説明できなければ、身に覚えがない、誰かが入れたのだろうと突っぱねることができます」

「ではあの時計は」

「首を回収するためです。まず彼女は、事前に時計の中へ蝋の首を仕込んでおく。そして事件当夜、捜査員が自分の荷物を調べたあとで、時計のアラームをセットする。しかしすぐに蝋の首だと気づかれては、騒ぎにならない。つまり人が集まらない。そのため蝋の首に血を模した塗料を塗り、本物の首は髪の毛が切られていたから、蝋の髪を隠すために毛糸の帽子をかぶせておいた。これで一見、蝋の首は生首になる」

「人々が彩ちゃんの部屋に集まらなかった場合は？」

浜中は訊いた。犯人の目論《もくろ》みどおり、家人や捜査員が彩の部屋に集結する可能性は、さほど高くない気がした。

「リンゴの木から首を回収し、自分の荷物の中へ入れる。要する時間は二、三分でしょう。時計でうまくいかなければ、次の機会を狙えばいい」

「でもですよ、海老原さん。事件発生後、彼女たちは自分がどうなるのか解らなかったはずです。持ってきたバッグを警察に押収されるかも知れないし、神月家に留め置かれて家に戻れないかも知れない。四人揃って警察署に連れて行かれる可能性もある。なのに蝋の首を事前に仕掛けておくというのは……」

「確かにそうです。でもね浜中さん。彼女は首の回収に関係なく、時計を鳴らして蝋の首を晒す予定でいたんです」

「首の回収とは関係なく？　どういう意味です？」

「瑠璃子さんの事件に関係する話です」

「瑠璃子さんの……。ああ、そうだ。瑠璃子さんの件でも訊きたいことがあるんですよ」

「ではその時に」

「ええ……。まあとにかく時計騒動の間に、リンゴの木から首を回収したのですね」

そう言って浜中は、手帳に視線を落とした。時計が鳴った時の、四人の行動を目で追っていく。初江の悲鳴が聞こえ、瑠璃子、みさき、弓子の三人は新邸へ行った。しかし風音の姿がない。そこで弓子が旧邸に戻り、廊下で風音と出くわした。

「あっ！」

ある情景がふいに浮かび、浜中はぽかんと口を開けた。

風音にとって、弓子が引き返してきたのは、予想外の出来事ではなかったか。

時計が鳴り、みなが新邸に集まる。その隙に風音は東の縁側で彩の首を回収し、自分の荷物が置いてある八畳間へ向かう。しかし十字廊下にさしかかったあたりで、こちらへくる足音を耳にする。部屋に戻って荷物の中に首を隠す時間はない。すぐ左手は台所で、鼻先に冷凍冷蔵庫がある。とっさに風音は冷凍庫の扉を開けた。

「やっぱり彼女が……」

知らず浜中はひとりごちた。森住の言うとおり、風音が犯人なのか。

「海老原さん」

頭を振って、浜中は言った。

「なんです？」

「首が凍っていた理由、解りましたよ。その場しのぎにとりあえず、台所の冷凍庫に入れたんですね。

そして自宅へ送られる前、帰り支度をする際に冷凍庫から首を回収した」

「そうです。旧邸内はすべて調べが終わっていましたから、もう一度冷凍庫が開けられることはなかった」

浜中はうなずいた。旧邸の冷蔵庫は小型だが、一乃がたまに使うだけで、冷凍庫内にそれほど物は入っていない。

「ところで海老原さん」

浜中は訊いた。彩の事件であと一つだけ、解らないことがある。

「龍跪院に首を置いたあと、彼女はなぜ鐘を撞いたのでしょう。なにかの合図でしょうか？」

「ええ。合図と、そしてアリバイ確保のためです」

「アリバイ？」

「このあとお話しすることになると思います。さて、彩さんの件についてほかにご質問は？」

「え？　いえ、今のところはこれぐらいです。続いて瑠璃子さんの事件について……」

「では現場へ行きましょうか？」

「ああ、はい、そうですね。一乃ばあはどうする？」

「ばあちゃんはいい。億劫《おっくう》だ」

小さな背のままで、一乃が応えた。

13

「彩ちゃんの告別式の日、みさきさん、弓子さん、風音さんの三人は、駐在所の石田巡査長とともに午後一時頃、ここにいました」

浜中は言った。海老原と二人で、首ノ原公園近くのバス停にきていた。あたりには誰もいない。今頃沼田署では会議が行われているから、捜査員の姿もほとんどない。首ノ原はひっそりと、山間に隠れるように息づいている。空の高いところに、うろこ雲が広がっていた。陽ざしは秋だが、湖上を渡ってくる風の冷たさは冬のそれに近い。

「そのあと四人は瑠璃子さんの死体を見つけ、僕たちが駆けつけるまでずっと一緒にいたそうです。だとすれば瑠璃子さんの首を切ったり、衣服を木に打ちつけたりなど、できませんよね」

「いや、できます」

海老原が断言した。

「でもね、海老原さん」

「順を追って話しましょうか。きっとこれも役立ちますよ」

と、海老原は手にした紙袋を掲げてみせた。なにが入っているのか解らないが、神月家で浜中を待たせ、海老原が用意したものだ。

「彩さんの首が置かれていた龍跪院で、線香をあげようということになり、みさきさんたちは集まった。一方石田さんは、呼び出されてここへきた。そうですよね？」

浜中はうなずいた。前夜瑠璃子から駐在所に連絡があり、午後の一時にバス停へきてほしいと言われた――。石田はそう証言している。だが瑠璃子の声は、くぐもっていたという。

「電話では普段の声と、少し違って聞こえますよね。それに瑠璃子さんはずっと太田市にいて、石田巡査長と多く会話をしていません。やはりあの電話は……」

浜中は言った。

「瑠璃子さん以外の誰かがかけたものでしょうね」

海老原が応える。

「駐在所の通話記録、調べたほうがいいでしょうか」

「無駄です。まず自宅からはかけていません」

「そうでしょうね。でもどうして石田巡査長を呼び出したのです？」

「証人になってもらうためです」

「証人？」

「瑠璃子さんが殺害された時、現職警察官の石田さんと終始一緒にいれば、完璧なアリバイになりますからね。石田さんを利用しようと考えたのでしょう。いずれにしても午後一時、みながここに集まった時、すでに仕掛けは終わっていました」

「どういう意味です？」

「風音さんたちはこの停留所に集いましたが、瑠璃子さんが現れません。そこで彼女の家へ行くことにした。今井家まではそれほど遠くありません。まずは自然な流れでしょう。あるいはそうなるよう、うまく会話を誘導したか。ともかくみなで県道を南へ向かった。僕らも行きましょう」

海老原が歩き出す。浜中もついていった。ほどなく首ノ原公園にさしかかり、浜中たちは足を止めた。

「みさきさんが湖面にボートを見つけ、公園に入っていった」

と、海老原は公園に踏み込んでいく。浜中も入り、海老原とともに柵の手前で立ち止まる。

「ボートは遠くに浮いていましたが、乗っているのが瑠璃子さんだとみさきさんたちは判断した。瑠璃子さんのトレードマークの白いセーターを着、髪も短かったためです」

海老原が言った。

「ええ」

「そこで彼女たちは呼びかけた。しかしボートの人物は微動だにしない」

「ええ」

「瑠璃子さん、すでに死んでいたのですね」

声を落として海老原が応えた。

「やっぱり……」

友人たちに呼ばれたのに、まったく反応しなかったのは不自然に過ぎる。あの日みさきたちがここから見たのは、瑠璃子の遺体だ。そう思い、浜中は一つうなずいた。

「そう。彼女たちが湖上のボートを目撃した時点で、瑠璃子さんの首はすでに龍跪院に晒され、胴体は桟橋のボートの中にあったのです」

「え？　なんですって?!」

浜中は思わず声をあげた。

「でも、だって……。それじゃあ、みさきさんたちが見たのは一体……」

「蝋人形です」

「蝋人形？」

「彩さんと唯さんの等身大の蝋人形はバラバラに壊され、一部が持ち去られていたのですよね」

「そうですけど……」

「盗まれたのはどの部分です？」

「ええと」

と、浜中は手帳を広げた。

「彩ちゃんの人形は頭部、胸腹部、左腕、右大腿部、左膝下部。唯ちゃんのほうは、頭部、腰部、右腕、左大腿部、右膝下部です」

「二人の蝋人形は、どんな格好をしていました？」

「ええと、籐椅子に並んで腰かけ、向かって左にすわる彩ちゃんが唯ちゃんの膝に左手を載せ、唯ちゃんは右手を彩ちゃんの左膝に……。あ！　そうか」

そこまで応え、浜中は大きくうなずいた。彩の人形の左腕と唯の右腕を組み合わせれば、ボートのへりに両手をかけているような格好になる。そして唯の頭部と腰部、彩の胸腹部を使えば、一人の女性がボートに乗っているよう見せかけられる。

「さっきも少し話しましたけどね」

　海老原が言う。

「元々は瑠璃子さんの時に使用するため、蝋人形を盗んだのです。しかし彩さんの死後、当然神月家の蔵は警察によって調べられ、蝋人形の一部が持ち去られたことが判明する。そうなると、ボートに乗っていたのが人形だと気づかれる恐れが出てくる。そこで彩さんの時に、血のついた首が時計からせりあがってくるという派手な演出を施し、そちらに目を向けさせた。首を時計に入れるために蝋人形を持ち出したと思わせて、実際には胴体を使うのが目的だったわけです」

「そうだったのか……。うん？」

　浜中は首をひねり、すぐに口を開いた。

「しかし海老原さん。二体の蝋人形は、それこそ生き写しのように造られていたといいます。とすれば顔が……、唯ちゃんの蝋人形と瑠璃子さんでは、顔が違いますよ」

「でもね浜中さん」

　海老原が言う。

「彩さん、唯さん、そして瑠璃子さんは、神月三姉妹と呼ばれるほど似ていたのでしょう。とはいえもちろん、そっくりではありません。けれどボートは彼方にあり、白いセーターを着せれば瑠璃子さんだと思い込ませることは可能です」

「でも髪型が……」

「ええ、違います。瑠璃子さんはショートカットで、唯さんは肩口まで伸ばしています」

「ですよね」

「でも唯さん、以前はショートカットでしたよ」

「あっ！」

浜中は口を開けた。確かに唯は四年前まで髪を短くしていた。そして蝋人形が造られたのは五年前だ。

「唯さんの蝋人形と瑠璃子さんは、ほとんど同じ髪型なんです」

海老原が言う。

「そうか……」

「では最初から、お話ししましょうか？」

「え？　ああ、お願いします」

「はい。まずは事前に瑠璃子さんへ連絡し、告別式の日の午前中か正午頃、藤原湖のボート乗り場へきてほしいと持ちかけます。どのように誘ったのかは解りませんが、彼女は瑠璃子さんの友人であり、呼び出すのは容易でしょう。瑠璃子さんが普段着でくるように仕向けるのは、少し苦労だったかも知れませんけど」

「普段着で？」

「白いセーター姿の瑠璃子さんを、みなと一緒に目撃する予定でいましたからね。瑠璃子さんが喪服でくると、齟齬が生じてしまうのです」

「でも瑠璃子さんが喪服でボート乗り場へきたら、それを人形に着せれば……。あ、いや、それだとみさきさんがボート上の人形を、瑠璃子さんだと誤認しないのか」

「それもあります。湖畔のあたりは先日のみぞれでぬかるんでいるから、喪服はやめたほうがいいとか、まあなんらかの理由をつけて、普段着でくるよう誘ったのでしょう。そして二人は事件当日、ボート乗り場で会う。僕らも行きましょう」

と、海老原は歩き出した。浜中もあとを追う。県道を少し南下し、階段を下りて湖畔に向かう。風に木々が揺れ、さわさわと鳴っていた。人の姿はまったくない。

ほどなく浜中たちは、桟橋に出た。突端まで行き足を止める。瑠璃子の事件の時、なぜかボートは解き放たれていたが、今はほとんどが回収され、再びもやわれていた。波に揺れ、ボートの舟底に湖水が当たっている。その音が寒さを誘った。

「ここ、冬期立ち入り禁止でしょう。そっと呼び出すには、なかなかいい場所です」

海老原の言葉に浜中はうなずいた。あの日も今日と同じで、ほかに人はいなかったのだろう。そして彼女、恐らくは風音が隠し持っていた紐で、瑠璃子の首を絞めて殺害した。瑠璃子も抵抗しただろう。多少揉み合う格好になったはずだ。しかし風音は鋼の意志で、首を絞め続けた——。

なぜだかふいに、浜中はとても哀しくなった。

「彼女はボートの中に瑠璃子さんの遺体を横たえ、セーターとジーンズを脱がせた上で首を切断した」

苦い声で海老原が言う。

「セーターを脱がせたのは解ります。ハイネックで、首を切る時邪魔だったのでしょう。でもどうしてジーンズまで？」

浜中は訊いた。前からこれが気になっていた。

「逆なんですよ」

「逆？」

「はい。ジーンズだけ穿いていないのは不自然なので、ついでにセーターも脱がせた、そう考えるべきなんです」

「それじゃ犯人の目的は、ジーンズにあったと？」

「ええ。セーターなど、どうでもよかったんです」

海老原が言った。

「なぜジーンズを必要としたのです？」

「あとで解ります。さて、話を戻しますね。服を脱がせて首を切断し、瑠璃子さんの着ていたセーターを桜の木に打ちつけ、遺体を載せたボート以外のもやいを解く。順番はともかく、これらの作業をすばやく済ませた」

「うん？」

同時にいくつか疑問が出てきて、浜中は混乱した。海老原を手で制し、頭の中を整理する。そして浜中は一つめの疑問を口にした。

「瑠璃子さんの着ていたセーターを、木に留めたと言いましたよね。でもそうなると、ボートに載せた蝋人形にはなにを着せるのです？」

「白いセーターです」

さらりと海老原が応えた。

「でもそれは木に……。あっ、そうか！　犯人は白いセーターを用意していた。つまりセーターは二着あった。そうですね？」

「ご名答」

と、海老原がにっこり笑う。浜中はうなずいた。

秋から春にかけて、瑠璃子は白いセーターばかり着ていた。普段着でくるようにいえば、彼女は必ず白いセーターでくる。そこで犯人は、同色のセーターを持参したというわけだ。

「そうだったのか……。ええと、次なんですけど、なぜボートのもやいを解いたのです？」

「ボートが一艘だけ湖面を漂っていては、目立ってしかたありません。それを防ぐため、多数のボートを湖面に放ったのですよ」

「え？　あ、いや、言っている意味がまったく……」

「解りませんか？」

「はい」

「大丈夫、あとですべて解ります。さて、そろそろ龍跪院へ行きましょう。犯人もそうしたはずです」

海老原が言った。

14

「県道ではなく脇の果樹園を抜けて龍跪院へ行けば、まず誰にも見られません」

県道を歩きながら、海老原が言う。横で浜中はうなずいた。今井家から龍跪院にかけて、道の東には果樹園ばかり続いている。この中に入って奥を歩けば、人に見られることはない。

「セーターを木に留め、ボートのもやいを外した彼女は、切断した瑠璃子さんの首やジーンズを袋にでも入れて隠し持ち、龍跪院を目ざします。あの日清範さんは、彩さんの告別式で斎場に行っていました。そのため境内は無人です。ああ、今日はおられますね」

海老原が言った。浜中たちは龍跪院のすぐ手前まできていた。箒を手にした清範が、本堂の脇を掃いている。境内へ立ち入ることを清範に断って、浜中は海老原とともに石段を上がっていく。

「境内に忍び込み、まずここに首を置く」

境内を三層目まであがり、六地蔵尊の前で足を止めて海老原が言った。さながら七つ目の地蔵とばかり、瑠璃子の首はここにあった。

「そして鐘撞堂へ行く」

海老原が歩き出す。奥の階段を使い、浜中たちは四層目へあがった。鐘撞堂があり、彼方に藤原湖が望める。

「ジーンズは、あの木に留まっていたんですよね」

鐘撞堂の東側の木を指さして海老原が言った。うなずいて、浜中たちはその木の前まで行く。

「どういう状態で留まっていました？」

「右足の先端部分が、ここに釘で留められていました」

幹には五寸釘のあとが、まだしっかりと残っている。それを指さし、浜中は応えた。

「ではちょっとやってみましょう」

海老原は持っていた紙袋を置き、なにやら包みを取り出した。紺色のヴィニール袋で、ジーンズショップ・茜屋と印刷されている。

「前橋まで行って、わざわざ買ってきたんですよ。見覚えありませんか？」

と、海老原は袋からジーンズを出して広げた。デニム地の、しゃれた女性用のジーンズだ。

「うん、これは……。ああ！　あの時吊られていたのと同じ物だ」

「今井家を訪ね、瑠璃子さんのジーンズを見せてもらったんです。一乃さんが同行してくれて、助かりましたよ。僕一人で今井家を訪問して、娘さんのジーンズを見せてくれと頼んだら、変態扱いされたでしょう」

笑いながら海老原が言う。浜中は瞬間的に、「変態名探偵、現る」という新聞の大見出しを脳裏に描いた。そんな浜中を見て、海老原が五寸釘とハンマーを取り出す。

「まさか海老原さん、それで僕の頭を叩いて、見出しを追い出そうっていうんじゃ……」

「見出し？　なんのことです。あの時と同じように、これを使ってジーンズを木に留めるんですよ」

「それはちょっとまずいんじゃ」

「構いませんよ、誰も見ていないし」

「そうですけど」

そう言っている間に海老原は、ジーンズを左手で木に押しつけ、親指と人さし指に釘をはさんだ。右手にハンマーを持ち、空いていた穴のすぐ上に、ジーンズを串刺しにして打ちつけていく。キツツキの餌取りを思わせる乾いた音がリズミカルに響き、ほどなくジーンズは木に留まった。

「これでよしと。どうです浜中さん、あの時と同じ状態になっていますか?」

浜中はうなずいた。ジーンズは右足の先端が、一メートルほどの高さに留められている。腰の部分は地上より少し上にあり、左足はすっかり地についている。

「そうですか。ではこれからあの時の、彼女の動きを再現します。見ていてください」

と、海老原は鐘撞堂に近づいていった。打木には、二本の綱が結ばれている。そのうちの一本を海老原は右手で摑み、東に引いた。打木が斜めにせりあがり、鐘から遠ざかっていく。

次いで海老原は、体を目一杯横に開いて腰を折り、木に留められたジーンズの腰の部分を左手で摑んだ。ゆっくり立ちあがる。そして両腕をせばめていった。海老原は鐘撞堂と木の間に立っている。右手に持った打木の綱が鐘撞堂から離れていき、逆にジーンズは鐘撞堂のほうへ引っ張られていく。やがてジーンズは地面と平行に、一メートルほど真東へ伸びた。これ以上はもう引っ張れない。海老原は右手だけを引く。打木が斜めに跳ねあがる。

打木から垂れた綱には持ちやすくするため、団子状に結び目が作られている。海老原はジーンズのベルトをとおす部分に、結び目を入れ始めた。結び目のほうが少し大きく、無理に押し入れるようにしている。やがて結び目をジーンズにとおし終えると、舞台上の魔術師のような手つきで、そっと海老原は両手を離した。綱の結び目はジーンズのベルトとおしに引っかかったままだから、打木は動かず鐘は鳴らない。ジーンズと綱の奇妙なロープが、木と鐘の間に出現した。

「これは……」

ごくりと唾を飲み込んで、浜中は言った。

「自動鐘撞装置といったところです」

海老原が応える。

「自動……」

「打木の重さで、綱は常に鐘側へ向かって引っ張られています。そのため結び目は、やがてジーンズのベルトとおしを外れる。その時鐘が鳴る」

「ではこうやって鐘を鳴らしたと？」

「彩さんの首を置いた時、彼女は鐘を撞いた。瑠璃子さんの時も同じことをしたと思わせ、鐘が鳴った瞬間の自分のアリバイを確保しておく。これが狙いです。けれど一つ難点がありましてね。鐘が鳴ったあと、木の幹にジーンズが残ってしまうんです」

「そうか！　ジーンズだけが木に留まっていると、鐘撞堂になにか細工したのかと思われてしまう。そこでカモフラージュのため、セーターを湖岸の木に打ちつけたのですね」

「ご名答」

「なるほど……」

と、浜中は得心したが、すぐに首をひねった。

「あれ？　でもですよ、海老原さん。ジーンズはメーカーや種類によって、形状が変わります。ベルトをとおす部分の形もまちまちでしょう。そううまくいくとは……」

「きっと書いてありますよ」

と、海老原は浜中の胸のあたりに視線を置いた。胸ポケットには手帳が入っている。

「なにがです」

手帳を取り出し、浜中は訊いた。

「瑠璃子さんはあるメーカーのジーンズがとても好きで、ここ十年はそこで作られた特定のブランド品しか穿かなかったと、とね」

「え？」

そんな話を確かに聞いた。証言したのは瑠璃子の両親と友人たちだ。だとすれば犯人にとって、当日瑠璃子が穿いてくるジーンズと同じ物を手に入れるのは、たやすいことだ。

「瑠璃子さんと同じジーンズを買い、清範さんのいない時を見計らって、事前にここで何度か実験したのでしょう。あとが残ってしまいますので、木に釘は留めずにね」

「実験？」

「ええ。いくら机上で計画を練りあげても、ぶっつけ本番でうまくいくはずはありません。助産婦の峰山ふくさんは言っていました。龍跪院の鐘撞堂の打木は、誰もいないのに一人で動くと」

「ではあれは……」

「身を隠すようにして、実験していたのです。きっと何度も練習したことでしょう。しかし鐘が鳴ってしまえば、誰かが鐘撞堂にくるかも知れない。そこでもう一本の打木の綱を摑むなどして、鐘が鳴らないよう気をつけた」

海老原の説明を聞きながら、浜中は内心舌を巻いていた。不可解だと思われていた現象が、すべてきれいに繫がっていく。

「名探偵にかかれば」

海老原が言う。

「あらゆる不可解な現象は必ず解明され、ほんとうの姿を現すのです」

15

「そろそろかな」

綱とジーンズのロープを見あげて海老原が言った。浜中は腕時計に目を落とす。海老原がこの仕掛けを作ってから、一時間近く経とうとしていた。浜中たちは鐘撞堂の脇にすわっている。

「さて」

と、海老原は立ちあがった。浜中も腰をあげる。ジーンズのベルトの部分にとおされた結び目は、あともう少しで抜けそうだ。浜中たちはそのまま待つ。ほどなく結び目はベルトとおしを抜け、綱とジーンズがはずれた。打木が鐘を打つ。山肌をすべるように、鐘の音が響いていく。

「実験、終わり。さあ次です」

と、海老原は釘抜きを取り出し、ジーンズを回収して紙袋に仕舞った。

「次はどこへ？」

浜中は訊いた。

「旧のボート乗り場ですよ」

「旧の？　なぜそんなところへ」

「行けば解ります」

そう言って海老原は、さっさと歩き出した。浜中も慌ててあとを追う。境内を出、本堂に清範を訪ねて長居を詫《わ》び、龍跪院をあとにした。鐘が鳴ったことについて、清範はなにも訊いてこなかった。

旧のボート乗り場は、龍跪院から少し北にある。県道脇のガードレールがそこだけ途切れ、湖畔へ石段が続いていた。五年前に水難事故があり、以来閉鎖されている。県道の脇に立って見おろせば、雑草ばかりが茂っていた。その中に石段が見え隠れしている。

昔ここで遊んだ記憶が、浜中にはある。水際にしゃがみ、両手で湖水をまき散らす浜中を、一乃の微笑みが見守っていた。あの頃にくらべ、一乃はずいぶん小さくなった。先ほども億劫がって神月家に残ったが、体調が優れないのだろうか。

「行きましょう」

海老原が言った。入り口には立ち入り禁止の柵があり、しかし腰ほどの高さしかない。ひょいと海老原はまたぎ、石段に踏み込んだ。浜中も続く。両脇の手すりはすっかり錆びてペンキが浮き、ところどころはがれている。階段は急で、茂る草によって滑りやすく、浜中たちは足元ばかり見ながら下りた。途中で青大将と出くわしたが、浜中たちに気づくとするする身をくねらせて、草の中へ消えた。

やがて湖岸に出た。一帯が砂地で、新しいボート乗り場より視界は開けている。立ち入り禁止の柵が再びあり、苦もなくそれを越えた先に、朽ちかけた桟橋が湖面に伸びていた。人の姿はない。

「あれ？」

と、浜中は首をひねった。一艘のボートが桟橋の突端にもやわれている。閉鎖されて以来、ボートはすべて新しい乗り場に運ばれたはずだ。

「近いうちに実験しようと思っていましてね。ボート乗り場から一艘拝借し、ここまで乗って、もやっておいたんです」

海老原が言った。

「それはまずいんじゃないかな」

「このあとすぐに戻しますよ。ボート乗り場はぐるりを柵に覆われているでしょう。けれど岸に近いところで一旦降りて陸にあがり、ボートだけをくぐらせれば、柵を抜けられるんです。彼女もそうしたでしょうね。県道を担いで運んだとは思えませんから」

「はあ……」

浜中は曖昧にうなずいた。海老原はこれからなにをするつもりなのか。

「さて、行きましょう」

海老原が言い、浜中たちは桟橋を歩き始めた。床板はところどころ腐って抜け落ち、歩くたびにぎしぎし揺れる。

突端まで行くと、海老原は立ち止まって紙袋を置き、両手を入れた。

「これ、目印です」

と、袋の中から仔熊のぬいぐるみを取り出した。

「なんで熊なんです？」

「マネキンの首にしようと思ったのですけど、ちょっと気味悪いし……」

そう言って小さく笑い、海老原はぬいぐるみを手にしゃがみ込んだ。目の前にボートが浮かんでいる。艇内には腰かけ用に、平たい横木が二本渡されている。海老原は横木の上にぬいぐるみを載せ、口を開いた。

「こうやって白いセーターを着せた蝋人形を、ボートに載せたんです。蝋人形は事前にパーツごと運び込み、接着剤で繋ぎ合わせ、草むらにでも隠しておいたのでしょう。僕は蝋人形を見ていないのでなんともいえませんが、あまりに軽いようなら、重石もつけたはずです。さて、実験開始」

海老原はもやいをはずした。ぬいぐるみを載せたボートが桟橋を離れていく。

「首ノ原公園へ行きましょう」

紙袋を手に海老原が立ちあがった。浜中たちは石段を上り、県道を南へ行く。そして公園に入った。

園内を突っ切り、湖に面した柵のところで立ち止まる。湖面に小さく影を落とし、晩秋の高い空に鳶《とび》が舞っていた。独特の鳴き声が、山間の鄙《ひな》びた里に響いている。殺人事件にはまるで無縁の牧歌的な風景の中、浜中たちは無言で待った。

「ああ、見えてきた」

海老原が湖の右手を手で示した。彼方にぽつんとボートが浮かんでいる。目を凝らせば、仔熊のぬいぐるみが載っている。先ほど海老原が離したボートだ。ごくゆっくりと流れてくる。

「何度もボートを旧の乗り場へ運ぶわけにはいきませんから、なにか浮くものを流し、どのぐらいで公園にさしかかるか、時間を計ったと思います。でもここからだと藤原湖が一望です。風が強くて多少流れが速くても、かなり長い間、ボートを見ることができるでしょう」

浜中はうなずいた。もしもみさきがボートに気づかなければ、犯人が自ら見つけたふりをして、みなを公園に誘えばよい。

「あの日みさきさんたちはここでボートを目撃したあと、今井家へ寄ってからボート乗り場へ行きました。僕らもそうしましょう」

海老原が歩き出した。浜中たちは今井家の前まで行き、Uターンして少し戻り、石段を使ってボート乗り場に下りた。木漏れ日に満ちた林を抜けて湖岸へ出れば、彼方にボートが浮いている。

「ね、一艘だけだと目立つでしょう」

桟橋の前で足を止め、海老原が言った。浜中は思わず首をひねる。海老原の言葉の意味が解らない。そしてもう一つ、解らないことがある。

「あのボート、さっき海老原さんが流したものですよね」

そう言って、彼方のボートを浜中は指さした。

「ええ」

「でもおかしい。仔熊のぬいぐるみが載ってないですよ」

「そうですよね」

と、海老原は悪戯っぽく笑った。そして言う。

「まあとにかくあのボート、取ってきますよ」

海老原は紙袋からロープの束を取り出し、それを手に桟橋を渡り始めた。突端まで行ってボートに乗り込み、もやいをはずして漕ぎ出す。やがて海老原は湖上を漂うボートを捕まえてロープで結び、曳航して戻ってきた。桟橋にいた浜中は、曳かれたボートを覗き込む。舟底に仔熊のぬいぐるみが転がっていた。

「落ちたんですね」

浜中は訊いた。

「柵に引っかかったんですよ」

そう応え、海老原はボートを降りた。二艘の舟をもやうのを手伝いながら、浜中は湖面に目を向ける。ボート乗り場を大きく囲むように、湖のかなり先まで点々と柱が顔を覗かせている。柱と柱を繋いでネットが張られ、柵を成している。水位が下り、ネットと湖面に五十センチほどの隙間ができている。ボートはその隙間をくぐったが、ぬいぐるみはネットに当たって落ちたのだろう。

「今日はうまくいったのですけどね」

海老原が言った。

「今日は？」

「ええ。でもあの日は失敗した」

「え！　それじゃこの要領で、蝋人形を湖に沈めようとしたのですか？」

「そうです。瑠璃子さんの遺体から首を切断し、胴体だけをボートに載せる。それをこの桟橋にもやっておく。一方で蝋人形を載せた別のボートを旧の乗り場から流し、みさきさんたちに目撃させる。柵に当たって人形は湖に落ち、みさきさんたちがここへきた時にはもうボートに載っていない。みなは当然さっきまでボートにいた瑠璃子さんが、ここで殺害されたと思い込む。つまり二つのボートを一つに見せかけたのです」

「そうか……。ああ、だから犯人は残りのボートを解き放ったのですね」

　ようやく解った。犯人の計画どおりに行けば、みさきたちがここへきた時、湖上には旧の乗り場から流したボートだけが漂っている。それではあまりに目立つし、ボートになにか意味があるのと思われる。そこですべてのボートを湖上に流した。ジーンズをカモフラージュするため、セーターを木に留めたのと同じやり方だ。

「絞殺に使った紐や包丁が舟底に残されていたのも、そのためです。首が切られて包丁が見当たらなければ、警察が湖底をさらう恐れがある。そうなると人形が見つかってしまうかも知れない。そこで犯人はあえて遺留したのです。

　なかなか考えられた計画だと思います。しかしボートが柵に当たらなければ、人形は落ちません。あの日は時折強い東風が吹きましたから、ボートは西へ流され、柵の向こう側をとおったのでしょう」

「予想外の東風が吹いたと」

「ええ。でもその東風は、彼女にとってはむしろよかったのです」

海老原が言う。

「よかった？」

浜中は訊いた。

「そうです」

「どうして？」

「そのため一時捜査が混乱したでしょう」

「捜査が混乱？」

「首の目撃談が相次いだじゃないですか。あれはすべて蝋人形の首ですよ」

「え？　では裏見の滝やキャンプ場で目撃されたのは」

「人形です。ダムの上で絵を描いていた岩渕さんが見たのもそうです」

「ちょっと詳しく話してください」

「いいですよ。ああ、でもその前にちょっと熊ちゃんを……」

そう言って海老原は、ぬいぐるみの仔熊を紙袋へ仕舞った。

16

「ボートや首が目撃された順番、どうなっています？」

栈橋にぺたりとすわり込み、膝から下を湖面に向けてぶらぶらさせながら、海老原が訊いた。

「ええと……、十一月五日の朝、ダムの上にいた岩渕さんが、藤原湖にボートを見ています。翌日午前、裏見の滝で二人の女性が首を目撃。そして午後、このボート乗り場と少し南のキャンプ場で、首がそれぞれ目撃されています」

「岩渕さんの件から説明しましょう。強い東風が吹き、ボートは柵の西をとおったかも知れない。そう考えて、彼女は事件の翌朝、蝋人形が載ったボートが漂っていないか、藤原湖の西をまわって確認しました。そしてボートを発見する。西の入り江にでも留まっていたのでしょう。僕も実際に行って確認したのですけれど、藤原湖の西の湖岸は、ずっと二メートルほどの崖になっていますよね」

浜中はうなずいた。

「湖岸まで下りて、彼女は頭を抱えたことでしょう。せっかくボートを見つけ、鼻先にそれがあるのに届かないのですから。それでもせいぜい手を伸ばし、木の枝かなにかを使って首だけは回収できた。けれど胴体部分は重くて大きく、引きあげるのはまず無理です。そこで犯人はせめてボートから落とそうと、紐を手にした」

「紐？」

「蝋人形を見つけた場合に備え、車に積んでおいたのでしょう。犯人は紐の先端に大きな輪を作り、輪投げの要領でボートに向かって投げた。何度か失敗したかも知れませんが、やがて輪は人形の胴体にかかる」

「それで引いたと？」

「ええ。でも湖上のボートはすぐに揺れるし、強く引けば輪が抜けてしまう。人形には白いセーターを着せてあり、輪が引っかかるような突起もない。そう簡単に湖へ落とすことはできません。やがて悪戦苦闘をしているうち、紐に引かれた反動でボートは徐々に遠ざかる。そしてこの時、ダムの上には岩渕さんがいた。彼の目にはどう映ります？　突然ボートが湖上に現れ、小刻みに左右へ揺れている。首のない人が、オールを使ってボートを漕いでいるように見えたでしょうね」

「それがあの目撃談になったのか……。ああ、そうか！　そのあと犯人は、胴体を湖に落とすことができたのですね。だから岩渕さんは、首のない人間が身投げをして、そうしたら両足もなかったと証言した」

「はい。胴体をボートから落とし、回収した首を持って藤原湖の西沿いの道を北上したのです。だから岩渕さんの車とすれ違わなかった。これが始まりです」

「始まり？」

「ええ。蝋の首を人目につかない場所へ捨てようと考え、裏見の滝の近くにある武尊神社へ向かったのです。そして神社を越えて山道に車を停め、林の中へ首を投げ捨てた。しかし蝋の首は、そのあたりを流れる武尊川に落ちてしまった」

「まさか、それが流れて？」

「ええ。こうして奇妙な首の目撃談が始まりました。まずは裏見の滝です。武尊川に落ちた首は、下流に流されていく。その途中、首が裏見の滝にさしかかった時、二人の女性が滝の裏にいた。これが第一」

と、海老原は右手の人さし指だけをぴんと伸ばした。そして言う。

「午後になり、瑠璃子さんの親戚の方が藤原湖畔で首を目撃する。武尊川は藤原湖に注いでいます。川の流れとともに、首が湖に入ってきたのです」

「でも海老原さん、親戚の方が見たのは血まみれの生首ですよ。犯人が最初に使った彩ちゃんの人形の首には、血を模した赤い塗料が塗られていた。でもボートに載せた唯ちゃんの首に、そんなことはしていないはずです」

「でしょうね。赤い塗料を首に塗れば、目立って仕方ない」

と、海老原はわずかに肩をすぼめてみせた。

「ではどうして？　蝋人形が血を流すとでも」

「藤原湖畔に茂る木は？」

「え？」

突然の質問に、浜中は思わず海老原を凝視した。

「木ですよ、なにが植わっています？」

「ええと……、ムクと桜」

まわりを眺め、浜中は応えた。

「ほかには？」

「え、ああ、岸にはナナカマドが植わっていますね」

「それです」

「なにがです？」

「ナナカマドです。見てください、今にも落ちそうな赤い実をつけたナナカマドが、群生してるじゃないですか」

「だからそれがどう関係……、え？　もしかして」

「ナナカマドの真っ赤な実が、蝋の首に落ちたんですよ。あたかもそれが血に見えた。二つめの、これが目撃談」

と、海老原は右手の人さし指と中指を、ぴんと伸ばしてみせた。

「次はキャンプ場の男女ですね」

「ええ。あの女性が見たのも蝋の首です」

「しかし左目から頬のあたりに裂傷があったと……」

「藤原湖から出たあとで、川底の石にでもぶつかったのでしょう。これが第三の目撃談」

三本の指を海老原は掲げた。そして言う。

「そのあと目撃者は出ていないようですからね。蝋の首はきっと今頃、川底に沈んでいるでしょう」

「そうだったのか……」

相次いで首ノ原に出現した生首は、瑠璃子の魂魄が現出せしめた幻ではなかった。

「それにしても犯人は、ずいぶん奇妙な計画を立てましたね。藤原湖の柵をとおらせて、蝋人形を落とすなんて。僕だったら舟底に穴を空けて、ボートごと沈むようにするけど……。え？　そうか！」

浜中は海老原に視線を向けた。海老原はにっこり微笑んでいる。

「そのとおりです。彼女もそう考えて、洞元湖のボートに穴を開けて実験した。でもうまくいかなかったのでしょう。さて、瑠璃子さんの件について、僕に解っていることはこれぐらいです」

そう言って海老原は、小石を湖面に投げ込んだ。波紋が丸く広がっていく。事件と同じだ。浜中はそんなことをふと思う。一つの殺人によって、首ノ原中を包むように波紋が広がり、いくつかの場所で不可解な現象が起きた。それらのほとんどは海老原によって解明されたが、波紋の中心にあるはずの動機だけが、まったく解らない。

「それにしても海老原さん、犯人が二つのボートを一つに見せたことや、ジーンズを使って鐘を鳴らす仕掛けにいつ気づいたんです？」

「瑠璃子さんが殺害された日の夜、浜中さんが色々教えてくれたでしょう。あの時大体解ったんです」

「え？　あ、いや、またそんな。いくらなんでも早すぎますよ」

「でもヒント、あったじゃないですか」

「ヒント？　僕の話の中にですか？」

「ええ石田さんの証言です」

「なにか言ったかな、あの人」

「停留所で女性たちを待つ間、コゲラの餌取りの音が、時折湖のほうから聞こえると言ったのでしょう、石田さん」

「ええと……」

手帳を出して浜中はページをめくる。確かにそう言っていた。

「でも餌ぐらい取るでしょう、コゲラも。お腹が空けば」

「ねえ浜中さん」

「なんです？」

「藤原湖の湖畔には、なんの木が植わっています？」

「それ、さっきと同じ質問じゃないですか。馬鹿にしていませんか、僕のこと」

「そんなことないですよ」

海老原はへらっと笑う。

「ムクと桜、あとはナナカマドです！」

浜中は応えた。

「では県道を挟んだ反対側には？」

「ええと……、ミズキの木が多いかな。水害防止のため、江戸期に神月家が植えたといわれていましてね」

「コゲラの好物は？」

「え？　ミズキの木の実が好きだと、一乃ばあに聞いたことがあります」

「まだミズキの木に、実はなっていますよね」

「でしょうね。もう少し寒くなれば、落ちてしまうと思いますけど」

「県道を挟んだすぐ目の前に好物のミズキの実があるのに、わざわざ湖畔で餌取りをするコゲラ、いますかね？　もちろんミズキの木の有無だけで、コゲラが湖畔にこないと判断するわけにはいきません。だから僕、浜中さんに話を聞いたあと、双眼鏡で観察したんです。そうしたら、カラスの巣を見つけました。

湖畔にはコゲラにとって天敵ともいえるカラスの巣があり、一方道の向こうには、ミズキの実が鈴なりです。そんな状況ですからね。しばらく観察しましたけど、思ったとおり湖畔にコゲラは一羽も飛んできませんでした。のんびりとバードウォッチングをしているなんて、誰かさんには言われましたけど」

と、海老原は悪戯っぽく笑う。

「いや、だってあの時は……。でもおかしいな。石田巡査長は湖畔から、コゲラが餌を取る音が聞こえてきたって……」

「どんな音です？」

「え？」

「コゲラの餌取りの音ですよ」

「それはこう、木を突くような……。木を突く音?!　それじゃ石田巡査長が耳にしたのは？」

「瑠璃子さんのセーターを、湖岸の桜の木に釘で留めた音でしょうね。だとすれば石田さんたちが湖上に瑠璃子さんらしき女性を見る前、彼女はすでに殺害されていた、そうではなくても白いセーターは脱がされていた、こう考えるほうが自然じゃないですか」

こともなげに海老原が応える。

「そうか……。いや、それにしても僕ちょっと、海老原さんを見直しましたよ。ほんとうの名探偵みたいです」

浜中は言った。海老原がさっとこちらを向き、そのまま顔を近づけてくる。

「え？　え？　なんです、海老原さん……。やっぱりそっちのご趣味が……」

「聞こえませんか？」

「え？」

「サイレンの音ですよ」

真剣な海老原の口調に、浜中は耳を澄ませた。風に乗って切れ切れに、サイレンがかすかに聞こえる。少しずつ大きくなってくる。南からこちらへ向かっている。警察車両のサイレン音だ。

「県道へ出ましょう」

海老原の言葉にうなずき、浜中は腰をあげた。海老原と二人で湖畔を駆け抜け、石段を上って県道へ出る。ほどなく一台のパトカーが、県道の南に現れた。見る間に近づいてくる。突然海老原が車道に飛び出し、両手を大きく広げた。急ブレーキの音がし、タイヤの焦げる臭いとともに、パトカーは海老原の鼻先で停まった。

「なにやってんだ、おい！」

中年の制服警官が助手席から身を乗り出し、罵声を浴びせた。浜中の知らない顔だ。

「浜中さん、手帳。早く」

海老原に言われ、はっと気づいて浜中は駆け出した。助手席の脇へ行き、警察手帳を取り出す。

「県警本部の浜中です。停めてしまって済みません。なにかあったのですか？」

浜中は訊いた。

「ああ、本部の……。この先の寺で死体が見つかったという通報があったもんでね」

「寺⁈　龍跪院ですか？」

「いえ、馬首寺とかなんとか」

「馬首寺⁈」

浜中は声をあげた。海老原も目を見開いている。

「乗せてもらってもいいですか？」

警察官がうなずいたので、浜中は一礼して後部座席のドアを開けた。反対側から海老原も乗り込んでくる。捜査に協力してくれた海老原を降ろすのは忍びなく、浜中は黙ってドアを閉めた。途端にパトカーが発進する。

ほどなく馬首寺へ到着した。野次馬で騒然としていることもなく、いつもと変わらず、寺はひっそり息づいている。車を停め、浜中が先導するような格好で、一足飛びに石段を上っていく。緑の木々の彼方に、蒼い空が鮮やかに広がっていた。

息を切らせて石段を上りきると、さっと視界が開けて境内に出た。本堂の前に一人の婦人が立っている。浜中たちを認め、こちらに駆け寄ってくる。浜中たちも走り出す。

「あなたが通報を？」

中年の警察官が訊いた。がくがくと婦人はうなずく。歯の根が合わず、言葉にならないらしい。

「死体はどこ？」

震える手で、婦人は本堂を指さす。浜中たちは駆け出した。本堂の階段を上って回廊へ出、格子戸の隙間から中を覗く。昼なお暗い堂内には、三本のローソクが灯っていた。

浜中は呆然と立ち尽くす。山崎敬雲がいた。鴨居から垂らしたロープにぶらさがっている。気味の悪いほどに首が伸び、両目の飛び出した顔に色はない。死んでいるのは瞭然だ。踏み台にでもしたのか、足元に小さな椅子が転がっている。その奥、本尊の手前に、女性が一人うつ伏せに倒れていた。顔は見えないが、くるぶしまでのスカートを穿いている。風音か。

左右に立つ警察官とうなずき合った浜中は、彼らとともに回廊を行き、小さな引き戸の前で立ち止まった。そっと戸を滑らせる。かすかに死臭が漂ってくる。何度嗅いでも慣れることはない。

靴を脱ぎ、浜中と警察官は堂内に入った。遠慮しているらしく、海老原は引き戸のところに立っている。

浜中は慎重な足取りで、倒れている女性に歩み寄った。うつ伏せだが、顔だけ横に向けている。風音だ。顔は紙のように白く、血の気はまったくない。しゃがみ込み、浜中は口元にそっと手を当てた。息の温もりは感じられない。風音の首には、紐のようなもので縛られた跡がくっきり残っている。まだ死斑は浮いていない。いずれにしろ鑑識が到着するまで、死体に触るわけにはいかない。浜中は立ちあがった。堂内を見まわす。争ったような形跡はない。

「浜中さん」

海老原が小さく声をかけてきた。本尊の前の経机を指さしている。白い封筒が置かれていた。経机に近づき、封筒を手にする。封はされていない。中を開けて覗くと、便箋が入っていた。少し迷ったが、浜中は慎重な手つきで和紙の便箋を取り出し、引き戸のところへ行った。外光に当てるようにして、ゆっくり広げる。これなら海老原にも見えるだろう。

便箋には達筆な筆文字が躍っていた。浜中は文字を目で追う。敬雲の遺書だった。風音が彩たちを殺害したのであれば、せめてもの罪滅ぼしに、娘を殺して自分も死ぬ。ほかに道はない。そして世話になった檀家への礼が、簡素に綴られていた。

昨日の夜、浜中と森住は首ノ原公園で敬雲に出くわした。

風音が犯人だということは海老原に喋るな——。その森住の言葉を、敬雲は恐らく聞いた。そして無理心中を決意した。そういえば昨夜の敬雲は、どこか様子が違っていた。いつもよりよほど穏やかに見えた。死を覚悟した者が時にみせる慈悲を、すでにあの時、身にまとっていたのか。

もしも風音が犯人でなければ、自分たちの不用意な会話が二人を死に追いやったことになる。近づきつつある救急車のサイレンを聞きながら、浜中は暗澹《あんたん》たる思いに、ただ包まれていた。

首ノ原に、牛頭と馬頭が何匹も現れました。彼らは地獄の番卒で、とても強くて凶暴です。手当たり次第に女をさらい、歯向かう男は一刀両断です。

その頃首ノ原には、浄土真宗のお寺が一つだけありました。首憑寺《くびつきでら》という名で、住職は徳円《とくえん》です。このままでは村は全滅してしまう。どうしたものかと村人たちは集まって、寺へ相談に行きました。けれど徳円は震えるばかりで、まったく役に立ちません。

やはりと村人たちはうなずきあって、首憑寺をあとにしました。徳円は女が好きで飲んべえで、元々人気がなかったのです。

それから牛頭と馬頭は、やりたい放題。村に女の悲鳴のあがらない日はなく、男の死体の転がらない日はありません。なにもできない徳円は、誰からも相手にされなくなりました。好きなお酒を振舞ってくれる村人はなく、ひえを恵んでくれる人もいません。ちょっと気味が悪いほど、徳円は痩せていきます。

一方村人たちは牛頭と馬頭の悪逆無道に、手をこまねいていたわけではありません。みなで八方手を尽くし、化け物封じの業を修めたお坊さんを捜していたのです。そしてついに見つかりました。お坊さんは界雲《かいうん》という名で、招きに応じて首ノ原へきてくれました。

「まずは牛頭と馬頭のあとをつけなさい」

界雲が言います。さんざん村で暴れると、牛頭と馬頭はどこかへ去っていくのです。

三人の若者を募って決死隊を結成し、彼らにあとをつけさせせました。一人は途中で牛頭に見つかり、食い殺されてしまいましたが、残りの二人は命からがら帰ってきました。そして言います。牛頭と馬頭は東の山の洞窟に入っていったと。

うなずいて、界雲はたった一人で首ノ原を出ていきました。村人たちが見送ると、東の山へ入っていきます。

翌日界雲は戻ってきて、こう言いました。

「牛頭と馬頭は洞窟の中に封じ込めた。もう悪さはしない」

けれど界雲は無傷で、牛頭や馬頭と戦ったようにはとても見えません。半信半疑に村人は首をひねり、そこへ遠くから女たちの声が聞こえてきました。見れば牛頭と馬頭にさらわれた女たちが、山を下りようとしています。界雲の言葉はほんとうだったのです。彼はたいへんな法力で牛頭と馬頭を封じ込め、女たちを助けたのです。

こうして牛頭馬頭の騒動は収まり、界雲は首ノ原を立ち去ろうとしました。しかし彼がいなくなれば、また牛頭と馬頭が悪さをするかも知れません。

「餓鬼阿弥《がきあみ》を追い出すか」

村人の誰かが言い、みなそろりとうなずきました。あの日以来首憑寺には誰も行かなくなり、徳円はいよいよ痩せて、陰で餓鬼阿弥と呼ばれていたのです。

界雲を引き留めておき、彼に内緒で村人は首憑寺に押しかけました。

「首ノ原を出ていけ」

本堂に徳円を囲み、村人たちは口々に言います。けれど徳円はすわったきりです。あまりにお腹が減りすぎて、動けないのかも知れません。

「出ていかないと殺してしまうぞ」

誰かが言います。そうだそうだと追従の声があがります。村人の顔は殺気立ち、ほんとうに殺してしまいかねません。

それに気づいたのでしょう。徳円はよろよろと立ちあがり、ゆっくり本堂を出ていきました。食べていなくて元気が出ず、ゆっくりとしか歩けないようです。けれど村人たちはそれを未練と見、あるいは憐れみを誘う芝居だと邪推して、毒のある目で徳円を睨みつけます。

のろりのろり。

徳円は境内を歩いていきます。

のろりのろり。

あまりに遅い歩みにじれて、誰かが徳円の背に石を投げました。

のろりのろり。

背に当たった石を気にするふうもなく、徳円はゆっくり去っていきます。別の誰かが石を投げ、それをきっかけにみなしゃがみ込みました。石を拾っては徳円に投げつけます。

ぴたり。

徳円が足を止めました。

ゆっくり村人たちのほうを振り返ります。

よほど悔しいのでしょう、徳円の両目からぽろぽろ涙がこぼれています。

「祟ってやる」

押し殺した声で徳円が言いました。村人は石を投げることもできず、じっと徳円を見ています。

ふいに徳円の右手が動き、懐からなにやら取り出しました。護身用の刀です。

すらりと徳円は刀を抜きました。鞘を捨て去り、刀の切っ先を自らの喉に突きつけます。

「この里に取り憑いて、ずっと祟り続けてやる」

徳円はざくりと刀を喉に刺しました。たいへんな勢いで血が吹き出します。しかし徳円は顔をしかめることもなく、それどころかにやりと笑い、刀を動かします。ぐっぐっぐっと首が切れていきます。

やがて徳円の首がぽとりと地に落ち、それでも体は立ったままです。首のない体が動き、自らの首を摑みあげます。そして空へと投げました。ひらひらと、首は宙を飛んでいきます。村人たちは固唾《かたず》を呑んで、首の行方を見守ります。やがて首は利根川の流れの中へ落ちました。その時小さく地面が揺れて、ずっと立っていた徳円の体も倒れていきます。

徳円の執念を見せつけられて、村人たちはしばらく動けずにいましたが、やがて怖々体のまわりに集まりました。もうぴくりとも動きません。

みなで徳円の体を墓地のはずれに運び、土中に埋めてから、川に下りて首を探しました。けれどどうしても見つかりません。諦めて、村人たちは界雲のところへ行きました。

「住職の徳円さんが、突然修行の旅に出てしまいました」

誰かがそんな嘘をつきます。なにも知らない界雲は、首をかしげながらもうなずきました。

「寺が空いては困るので、どうか首憑寺に入ってください」

別の誰かが言います。みなうんうんとうなずきます。

「拙僧は真言宗の徒であり、徳円殿とは宗派が違う。庫裏と鐘撞堂はそのままでも構わないが、本堂と墓地を新しく建ててくだされ。そしてもう一つ、寺の名を変えるのを許して頂けるのであれば、拙僧はこの地に留まりましょう」

界雲のこの条件を、村人たちは二つ返事で承諾しました。

かくして首ノ原に、馬首寺ができたのです。

界雲はほどなく、牛頭と馬頭から救い出した娘の一人を娶りました。そうしたら、なぜか娘は八ヶ月足らずで子を産んだのです。玉のような、それは可愛い双子の女の子でした。けれど不思議なことに、双子はやがて体が合わさり、一人の女の子になったのです。

そしてその頃から、首ノ原には雨ばかり続くようになりました。

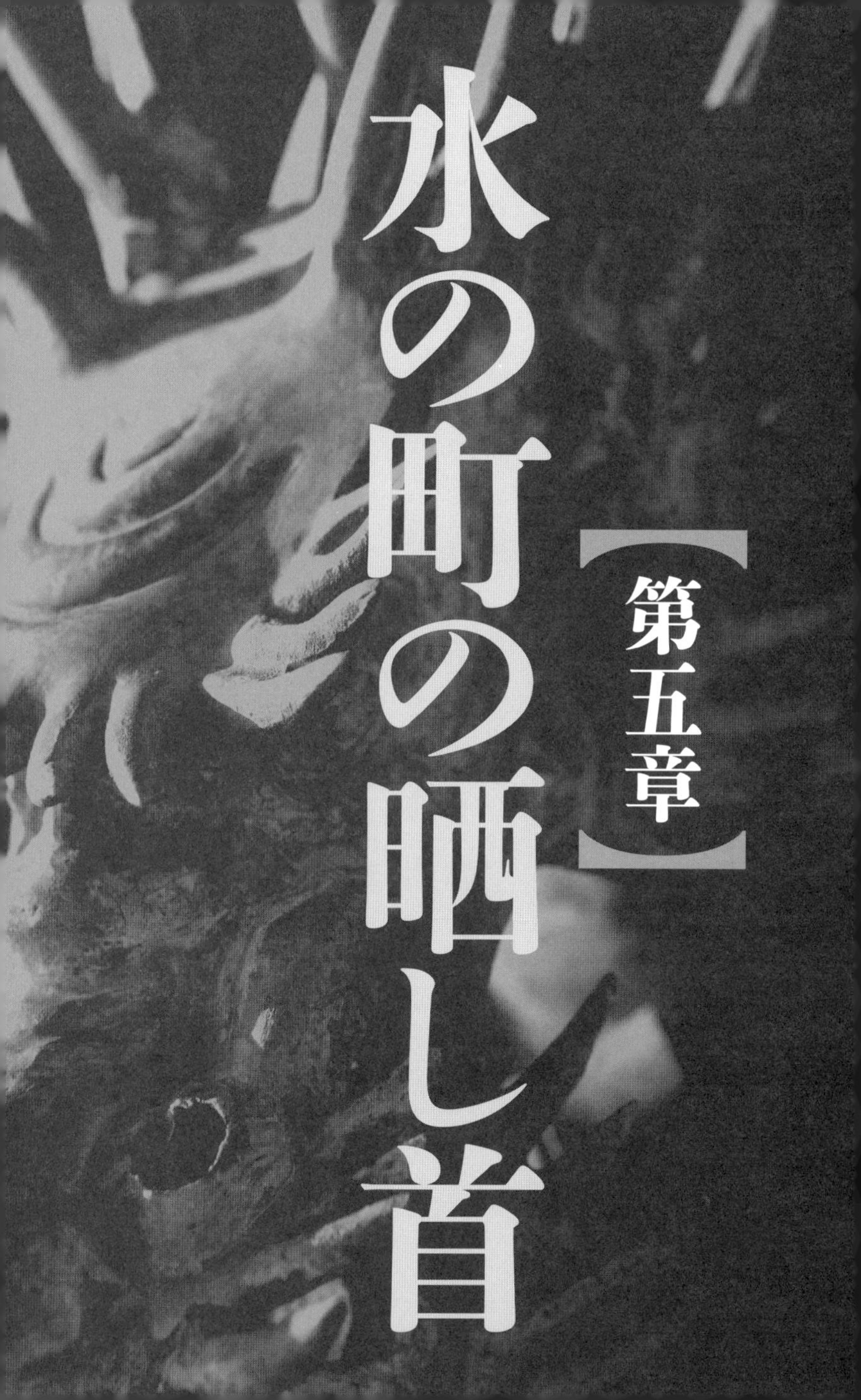

【第五章】

水の町の晒し首

1

二日後。馬首寺では山崎敬雲と山崎風音の通夜が、執り行われていた。解剖の結果二人の死に異常はなく、遺書も敬雲の筆跡であることが解り、捜査本部は敬雲が風音を道連れに無理心中を図ったと断定した。山崎美雨と風音はとてもよく似ていたため、念を入れて死体の指紋や歯の治療跡を調べたが、死んだのは間違いなく風音だった。

森住継武が会議の席で、さも自分が解明したかのように海老原浩一の推理を得々と語り、上層部はなだれを打って風音犯人説へ傾いた。しかし風音は死に、証拠は一切ない。結局送検は見送られた。そして捜査本部の解散が決まった。捜査員たちが書類の整理を始め、本部はいつしか閑散とした。浜中も明日は休暇で、明後日から県警本部へ出勤するようにいわれている。

ほんとうに風音が犯人なのか。だとすれば動機はなにか。

そんな疑問を胸に残し、懐かしい首ノ原の風景と、浜中は別れようとしている。

夜の九時を過ぎ、弔問客のほとんどは帰っていった。敬雲と風音の遺体が安置された本堂には、数えるほどしか残っていない。

喪主の美雨が放心の態ですわっている。坪内清範は敬雲と風音のために、遺体の前に陣取って経をあげている。

浜中の上座に森住と有浦がいた。そして浜中の右隣には、海老原浩一がひっそりとすわっている。遠い親戚がいくつか敬雲にはあるが、通夜にきた者はいない。

檀家の主婦たちは庫裏の台所で、酒肴のあと片づけをしている。がらんとした本堂に、寂びた清範の読経ばかりが響く。清範の口から漏れ出る真言の一つ一つが、心に染み入ってくるような思いを浜中は抱いていた。

清範の声が、徐々に湿り気を帯びていく。どうやら清範は、経を読みながら泣いている。やがて経を唱え終え、リンを鳴らして清範がこちらを向いた。

「私の父が境内にあのような物を造ったことを、快く思われなかったのでしょう」

誰にともなく清範が言う。

「敬雲和尚が拙僧の寺にお見えになることは、まずありませんでした。今となっては、それが残念でなりません。金に飽かせて建造物を次々建てた父よりも、むしろ拙僧は敬雲和尚を尊敬していました」

涙声でそう言って、清範は棺に向き直った。深く丁寧に頭をさげる。そして美雨に目を向けた。

「ご迷惑でなければ、今後の法会も拙僧がお手伝いさせて頂きます」

美雨が小さく頭をさげる。

「長々とお邪魔しました。どうかお力落としのないよう……」

静かに立ちあがり、浜中たちに目礼をして清範は本堂を出ていった。静寂ばかりが堂内に残る。ろうそくの芯の燃えるちりちりという音だけが、時折聞こえた。みれば秋の蛾が、たわむれるように火のまわりを舞っている。

山の蛾はランプに舞はず月に舞ふ——。

水原秋桜子《みずはらしゅうおうし》の俳句を、浜中はふと思い出した。

水上から首ノ原をとおる県道をさらに行けば、やがては尾瀬の玄関口である戸倉へ至る。その途中に照葉峡《てりはきよう》と呼ばれる一帯があり、その名のとおり、紅葉の時期には山全体が鮮やかに色づく。照葉峡には十一もの滝があり、これらすべてに水原秋桜子が名前をつけた。時雨《しぐれ》の滝、翡翠《ひすい》の滝、ひぐらしの滝、白龍の滝――。

「お訊きしたいことがありましてね」

浜中が照葉峡の景色に思いを馳せていると、有浦がぽつりと口を開いた。美雨に視線を向けている。横で森住は表情を閉ざしているが、耳をそばだてているのが解った。かすかな緊張が、波紋のように堂に広がる。濡れた瞳をあげた美雨は小首をかしげ、有浦の次の言葉を待つような仕草をした。

眉の上できれいに切り揃えた黒髪、人形を思わせる白い肌、心もとなげな細い肩。風音がそこにいるような、奇妙な錯覚に浜中は一瞬陥った。

「なぜ風音さんは、長いスカートばかり穿いていたのです？」

有浦が問う。美雨は視線を落とし、少しの間逡巡してみせてから口を開いた。

「風音は足に傷がありましたので、隠すためだと思います」

「そういえば鑑識から、そんな報告がきていました。ケガでもされたのですか？」

「学生時代のある日、風音の足に、右足の脛のところですが、大きな傷があるのを見つけまして、どうしてそんな傷を負ったのか訊いてみたのです。けれど彼女は首を横に振るばかりで、教えてくれませんでした」

「正確にはいつ頃です？」

「中学……、一年生の時だったと思います」

美雨の言葉に浜中は顔をあげた。そういえば西条みさきが、風音は中学一年生の頃、人変わりしたかのように無口になって、長いスカートしか穿かなくなったと言っていた。その頃間違いなく、風音の性格さえ変えてしまったなにかが起きた。

「あのう、刑事さん」

堂の外から、ふいに声が聞こえた。引き戸のところに檀家の主婦たちが立っている。

「片づけも終わりましたんで、私らそろそろ……。引きあげる前に、燗でもおつけしましょうか」

年かさの女が言った。

「ああ、いや、これから車で署に戻りますのでね。どうぞお構いなく。われわれもそう長居はしませんよ」

有浦が応えた。

「そうですか……。では、失礼します。美雨ちゃん、明日もまたくるからね」

美雨はかぼそく立ちあがり、戸口まで出て主婦たちに深々と頭をさげた。美雨の悲しみを見て取ったのか、主婦の何人かが目に涙を浮かべる。口々に美雨を励まし、彼女たちは去っていった。

2

「夕刊、ご覧になりました？」

有浦が問う。美雨はうなずいた。

「首ノ原の事件、出ていましたね」

「はい」

「記事を読んで頂ければ解ると思いますが、群馬県警は風音さんを犯人だと断定した。はっきりそうは書いていませんがね。いずれゴシップ雑誌が、もっとあからさまに書き立てるでしょう。だが事件はまだ解決していない。動機が解らない。風音さんが犯人かどうか、正直私には半信半疑だ。あるいはこのまま、曖昧なまま、事件を風化させていくのがいいのかも知れない。弔問にきた村人たちのね、どこか吹っ切れた様子を見ればそうも思える……。

あなたは覚えているかどうか。十三年前に沼田市や水上町で、少女ばかり殺害されましてね。犯人を逮捕できずに捜査本部は解散した。やるだけのことはやった、仕方がない。当初私はそう思ったが、日が経つにつれ、悔しさばかり込みあげてくる。悲しみのただ中にあった遺族の顔を次々思い出し、決まってそのあと頭の中に犯人が浮かぶ。私は犯人を知りませんからね。顔はぼやけて黒いままだ。けれど歯だけは白い。今でも犯人は私の中で、白い歯をむき出して、嘲笑を浮かべているのです。あんな思いはもうたくさんだ。だから私は追いますよ。一人でも追う。自分が納得できるまで、この事件に線は引かない。さて美雨さん」

有浦は美雨にぴたりと視線を据えた。そして言う。

「あなたはどうです？　このまま終わらせたいと願うのでしたら、私はなにも訊きません。別の取っかかりを必ず探し、そこから事件に切り込んでいく。しかしです。事件に向き合いきちんと幕を下ろしたい、あなたがそうした思いを少しでも抱いているのであれば、どうか話してください」

「話す？」

「姉妹のあなたにしか知らないことが、きっとある」

そう結び、有浦はぷつりと口を閉じた。美雨はうつむき、微動だにしない。沈黙がそっと降りて本堂を包んだ。静かに時が刻まれていく。浜中はそろりと美雨を盗み見た。真剣な表情で、じっとなにかを考え込んでいるふうにみえる。ローソクの炎に合わせ、美雨の影が小さく揺れる。恐らくは彼女の心も揺れている。

ほどなく美雨が顔をあげ、風音の棺に視線を置いた。そのまま身じろぎもせず、しばらく彼女はそうしていたが、やがてこちらに顔を向けた。

「今朝……」

美雨の口から言葉がこぼれた。有浦は半目になり、ただ黙っている。森住はさりげなく美雨を観察している。海老原は、すっかり気配を消している。

「風音の荷物の中に、こんなものを見つけました」

そう言って、美雨は脇に置いた小さなバッグを手にした。蓋を開け、右手で封筒をそっと取り出す。

「みなで見ても？」

封筒を受け取りながら有浦が訊く。美雨が小さくうなずくと、有浦は手を伸ばして燭台を引き寄せた。横にいる森住が身を乗り出す。浜中は美雨に軽く会釈して立ちあがり、有浦の向かいにすわった。海老原もそっと寄ってくる。

封筒はずいぶん古く、隅から黄ばみ始めていた。表裏に宛名の類はなく、封もされていない。有浦は封筒の口を開けてそっと指をさし込み、三つに折られた便箋を引き抜いた。ゆっくり広げていく。便箋は五枚あり、封筒同様ずい分古い。黒いインクで記されたどこか幼さを残す字が、罫線に沿って几帳面に並んでいる。浜中たちは文字を目で追った。中学生の少女が友人の彩や瑠璃子に連れられて墓地へ行き、そこで尖った頭を持ち、轡をした馬の化け物に乱暴されるといった内容の告白文が、綴られていた。便箋の最後には三つの約束が、箇条書きで記されている。

「これが動機だと」

口元を歪め、絞り出すように森住が言った。有浦は無言で便箋に視線を落としていたが、やがて顔をあげた。

「あなた方が中学生の時の文集、ありませんか?」

美雨に訊く。美雨は一瞬怪訝な表情を浮かべてみせたが、ほどなく口を開いた。

「卒業文集でしたら、あると思います」

「探してきてもらっても?」

「はい。すぐ見つかるはずです」

美雨は席を立ち、そっと本堂を出ていった。浜中たちは便箋を読み返す。そして浜中は首をひねった。これを書いたのが風音だとして、彼女はこんな動機で三人を殺害したというのか。

すべての怪異や幽霊話を否定するつもりは、浜中にはない。だが馬頭など想像上の化け物で、実際には存在しない。便箋の中の風音らしき少女は中学生だ。その頃であれば馬頭や牛頭の存在を信じたかも知れないが、彼女はもう二十七歳になっている。二十七歳の女性が馬頭への誓いを守り、三人の女性を殺害するとは思えない。

浜中はちらと海老原に視線を向けた。峰山ふくという助産婦によれば、美雨と風音は馬頭の娘だという。そこになにか、別の動機があるのか。

美雨が戻ってきた。薄い冊子を手にしている。

「見つかりました」

「ああ、助かります。ちょっと拝借」

有浦は美雨から文集を受け取り、四人の真ん中に置いた。和綴じで、卒業という手書きの題名が大きく記されている。森住の目配せを受け、浜中は冊子を手にした。表紙をめくる。ガリ版刷りの、藁半紙の目次がある。あいうえお順に瑠璃子や彩が並び、山崎家の双子の名は、最後に記されている。浜中は風音のページを開き、板の間に広げた。浜中たちはローソクの炎を頼りに、便箋と文集の字を見比べていく。

小学生から中学生にかけて、字体の固まっていない子供の文字は、かなり変わることがある。風音の場合にそれはなく、文集と便箋の文字はとてもよく似ていた。ほとんどの特徴が一致している。

「鑑定にまわす必要もなさそうだな」

森住が言った。有浦が文集に手を伸ばし、美雨のページを開いて広げる。容姿がそっくりな風音と美雨は、字も似ているかも知れない、そう考えたのだろう。浜中たちは美雨の文と便箋の字を見比べてみる。似てはいたが、相違点がいくつもみられた。違う。美雨の字ではない。この便箋を書いたのはやはり風音だ。そう思い、しかし念のために浜中は、文集に寄せられたすべての文と便箋の文字を比較した。風音以外に似た字は一つもない。

浜中が文集を閉じると、有浦が問いたげな視線を美雨に向けた。

「告白文を書いたのは、風音だと思います」

控えめな口調で美雨が言う。うなずいて、有浦が口を開く。

「この便箋、あなたもお読みになりました？」

「今朝、二度ほど……」

「中学生の風音さんは肝試しをしようと誘われ、彩さんたちに無理やりこの寺に連れてこられた、そう書いている」

「はい」

「自宅の寺の墓地で肝試しとは、少し変では？」

「風音が連れて行かれたのは、旧の墓地だと思います。あの墓地は馬首寺がここに建つ前からあるそうで、私たちにとって境内の一部という親しみはありません。それに……」

美雨は口ごもった。

「それに？」

有浦が訊く。

「旧の墓地は訪れる人もほとんどなく、ずい分寂れています。そのため昔から出ると……」

「幽霊が？」

「はい。馬の化け物が現れるという噂もありました。だから怖くて、私や風音もあまり近づきませんでした」

「なるほど。ところでこの肝試しはいつ行われたのです？」

「中学一年生の時だと思います」

「あなたも参加を？」

「いいえ……」

と、美雨は首を左右に振った。黒い髪が細く揺れる。

「ではどうして中学一年の時だと解るのです？」

「中学一年の秋、父と私は遠い親戚の家へ行ったのです。肝試しはその時行われたのではないでしょうか」

美雨の言葉に浜中はうなずいた。告白文を書いた少女は、墓地で一夜を明かしている。中学生の少女が帰ってこなければ、家族は大騒ぎしたはずだ。けれどそうしたことは書かれていない。

「風音さんを一人残して？」

有浦が訊いた。

「風音をその……、養女にしたいという話でしたので」

「養女に？」

「はい。先方には子供がなく、私たちには母がいません。男手一つで双子を育てるのは大変だろうと持ちかけられて」

「敬雲さんはどうご返事を？」

「きっぱり断りました。その親戚は七、八年前に亡くなったのですが、けんもほろろな父の断り方がよほど癪《しゃく》に障ったらしく、以来つき合いが途絶えてしまって」

「そうですか……。あなたと敬雲さんが家を出たのは何時頃です？」

「夜の八時頃だったと思います。その日父は大切な法事があり、終わったあとで出かけました。夜行列車を予約していましたので……」

「風音さんの帰宅を待たずに？」

「檀家さんの家に遊びに行ったのだろうと、父が言いまして……。わが家にテレビやラジオはありませんので、私たちはよく見せてもらいに行っていたのです」

「うん、解りました。さて」

と、有浦は居住まいを正した。そして言う。

「肝試しの二日後、風音さんはあの夜のことを、ある人に相談したと書いている。彼女は私なんかよりずっと仏教に詳しいとも記している。この女性は誰です？」

「さあ……」

そう応え、美雨はかぼそくうつむいた。

「ご存じない？」

「はい」

「うん、まあいいでしょう……。ところで首ノ原には、牛頭や馬頭に関する言い伝えがあるのですか？」

ついと美雨はうつむいた。板の間に視線を這わせる。小さな沈黙のあとで美雨は顔をあげ、馬首寺の縁起を淡々と話していった。

「なかなか変わった言い伝えですな……、まあ昔話のようなものなのでしょう。便箋の最後に書かれている馬頭との三つの約束、これも里に伝わっているのですか？」

「いいえ。少なくとも、私は聞いたことがありません」

「そうですか……。うん、解りました。お気落としのところ、質問ばかりで済みません。この便箋と文集、お預かりしても？」

有浦の言葉に美雨がうなずき、そこへ森住が割って入った。

「ちょっといいですか、浦さん」

「どうした？」

「美雨さんに一つ、言っておきたいことがありましてね」

と、森住は目を細め、冷ややかな視線を美雨に据えた。有浦の返事も待たずに口を開く。

「あの時点であんたが警察に相談していれば、二人は死なずに済んだ。それだけは忘れるなよ」

「よせ、森住」

有浦が鋭く制し、さっと森住は表情を閉ざした。立ちあがる。

「待ってください」

美雨が言った。

「なんだ？」

美雨を見おろし、森住が問う。

「あの時点とはなんのことです？」

「とぼけんな。三日前、あんたは密かに首ノ原へ戻ってきただろう。そしてレンタカーと新幹線を使って都内へ戻った」

「レンタカー？」

よく解らないというように、美雨はゆると首をかしげる。

「裏も取れてるんだぞ」

吐き捨てるように森住が言った。

「三日前？　私が？」

森住を見あげて美雨が問う。

「今更隠しても仕方ねえだろ。安心しろ、あんたのやったことは犯罪じゃねえ。身内を警察に告発するのをためらい、とりあえず次の犯行をやめさせようとした。その気持ちは解らんでもない。しかし結果として、二人が死んだ。あんたが殺し」

「よせ」

目を細め、強い口調で有浦が言った。

「待ってください。私は……、私は……」

美雨が言う。

「その日首ノ原には戻っていません」

みなの視線が美雨に集まる。

「しかしあんた」

森住が口を開いた。

「本当です。嘘をつく必要もありませんし……」

美雨が言った。確かにそうだと浜中は思う。嘘をつく意味が美雨にはない。風音が犯人だと解った時点で警察に連絡すれば、二人の死は防げたと森住は主張したが、それは論理のすり替えだ。森住は自分のことを棚にあげている。敬雲に無理心中を思い立たせた直接の原因は、公園での浜中たちの会話を聞いたことだ。森住と浜中にこそ罪がある。

浜中はそろりと美雨に視線を向けた。黒く濡れた美雨の瞳に嘘の色はない。浜中にはそう見えた。

だとすればあの日、森住が見たのは誰なのか。

まさか。

あることに気づき、浜中は慌ててそれを否定した。

3

浜中たちは、馬首寺の石段を無言で下っていた。空気はすっかり冷え、吐く息が白い。空には無数の星が貼りつき、秋の虫の合唱が寂びた寺を包んでいる。

浜中は今夜、神月家に泊まるつもりでいた。そのため署から電車できた。馬首寺の駐車場にレオーネはない。代わりに紺色のカリーナが一台、隅に停まっていた。森住と有浦が乗ってきたのだろう。

カリーナの手前で有浦と森住が足を止めたので、どちらにともなく浜中は声をかけた。

「訊きたいことがあるのですが……」

「うん、なんだい？」

いつもと変わらぬ口調で有浦が言った。

「できれば車の中で……」

浜中は馬首寺の境内をちらと見あげた。不用意に話をするのは懲りている。

「うん、解った」

有浦が目配せをし、森住が無言でロックを解いた。一人でさっさと運転席に乗り込む。

「海老原さんも一緒のほうがいいのですけど」

「車の中で話すだけだ、構わんさ」

と、有浦が助手席に乗り込み、浜中と海老原は後部座席に収まった。海老原が乗っても、森住はなにも言わなかった。

「美雨さんとの話の中で、有浦警部補はある話題を意識的に避けていましたよね」

　助手席にすわる有浦の肩に目を置き、浜中は訊いた。

「ある話題……、か」

　前を見たまま有浦が応えた。

「風音さんが馬の化け物に乱暴された件です。告白文の中であれが一番不思議なのに、まったく触れようとしませんでした。あの夜風音さんになにが起きたのか、警部補はそれを知っていて、あえて話をしなかったように思います」

「お前さんは解らないか」

「解りません。馬頭など存在しないと思いますが、告白文を読む限り、風音さんは化け物に乱暴されたとしか」

「あれはな」

　苦い声で有浦が言う。

「敬雲さんかも知れないと、おれは思うんだよ……」

「敬雲さん⁈」

　浜中は思わず身を乗り出した。

「ああ……。推測になるが、いいかい？」

　と、有浦は横顔を見せた。

「はい。お聞かせください」

「まずは最初、馬首寺の旧の墓地に連れて行かれた風音が目隠しを取ると、馬の化け物が現れた。そうだな？」

「はい」

「それはだぶだぶの服を着、両目は気味が悪いほど離れ、耳は二つとも頭の上にあり、轡でも銜えているのか、口から鉄の輪が垂れていた、そう書いてある。これじゃ馬の化け物にしか見えない」

「はい」

「恐らく彼女たちの同級生の一人がマントでも着込み、馬の仮面をつけて潜んでいたんだ」

「墓地にですか？」

「肝試しにお化け役をそっと仕込む。よくあることだ。中学生が墓地で一人、風音がくるのを待つのはさぞ怖かったと思うが、彩に命じられたのだろう。彼女には逆らえないらしいからな。

さて、目の前に突然化け物が現れ、風音は気絶する。あの年頃の子供たちは時に残酷だな。彩たちは風音を置いて、帰ってしまった。だがしかし、それほどの罪じゃない。あんなことが起きるとは、彩たちも思わなかったのだろう」

有浦が言った。

「あんなこと？」

「法事を終えた敬雲が帰宅し、旧の墓地に気絶した風音を見つけた。あるいは逃げ帰る彩たちを見て不審に思い、墓場に入ったのかも知れない。そして……」

「まさか」

「気を失っている風音を犯した」

「しかし……、しかし告白文によれば風音さんを襲った化け物は、恐ろしく尖った頭を持っていたと」

「頭巾だよ、僧侶はよくかぶっているだろう。風音は気絶から覚めた直後だし、敬雲は月の光を背にしている。風音から見れば逆光だ。先の尖った頭巾が頭に見えても不思議はない」

「口の轡は……」

「数珠さ。手に数珠を填めていると邪魔だから、風音を乱暴している間、口にくわえていたんだろう。そして法事では大抵僧侶に、おしのぎや酒が振る舞われる。敬雲は酒肴を食べて帰宅した。ために息が臭かった。のしかかっているのが馬の化け物だと錯覚していた風音にとっては、獣じみた生臭い息に思えた」

「しかし実の娘を……」

「風音に養女の話が持ちあがっていたというからな。敬雲の中で様々な思いが、交錯していたのだろう。あるいはかなり酒に酔っていたか」

　そうだったのかと浜中はうつむいた。暗澹たる思いが去来し、胸を黒く染めあげていく。しかしまだ解らないことがある。やるせなさの中、浜中は口を開いた。

「そのあと風音さんの自宅の庭に、馬の化け物が何度か現れますが、あれは一体……」

「馬頭の手は白く小さくすべすべしていたと手記にある。少女の手だ」

　有浦が言った。

「肝試しの時墓地に潜んでいた同級生が、やはり彩ちゃんに頼まれて庭に入り込んだのでしょうか？」

「美雨かも知れんな」

「美雨さん？」

「ああ。告白文の中で風音は、ある人に相談しているだろう」

「はい」

「あれ、美雨だと思うぜ」

浜中はうなずいた。仏教に詳しく、馬首寺の縁起を知っている女性など、寺の娘以外にまずいない。

「風音に話を聞いた美雨は、真相に気づいた。しかしありのままを風音に話すわけにはいかない。そこでとっさに馬頭伝説をこしらえ、乱暴したのは化け物だと風音に言った。

馬頭観世音を本尊にしている寺なら、馬頭の仮面ぐらいあってもおかしくないし、父親の法衣をマントのようにかぶれば、体型はごまかせるだろう。それらを使い、馬頭の仕業だと風音に思い込ませるため、美雨は何度か庭に現れた。しかし美雨はやり過ぎた」

暗い声で有浦が言う。

「恐怖のあまり、風音が気絶したんだ。そこへ物音を聞きつけたかなにかして、敬雲がきた。風音が気を失っている。あるいは寝巻きがはだけていたか。いずれにしても敬雲は再び劣情を抱き、自分の姿が見えないよう風音の顔に毛布をかぶせ……。

すべてはおれの推測だ。わざわざ美雨に確認する必要はない」

と、有浦は煙草を取り出して火をつけた。ライターの小さな光に、闇が一瞬払われる。煙草の匂いと沈黙が、車内をゆっくり包んでいく。

「告白文の最後にあった三つの約束もな」

煙草を一本灰にしてから有浦が言う。

「彼女はとぼけていたが、美雨の創作だろう」

「美雨さんの？」

浜中は訊いた。

「ああ。肝試しの夜のことを、風音があちこちで喋ってみろ。敬雲に乱暴されたのではと思う人が必ず出てくる」

「では、風音を口止めするために」

「恐らくな」

「二つめと三つめの約束は……」

「男性とはつき合わないというあれか」

「はい」

「風音が男性を好きになり、体の関係を持ったらどうなる？　肝試しの夜を思い出して、激しく男性を拒絶するかも知れない。だからあのような誓いを作り、風音が肝試しの夜の事件を大人として受け入れられるようになるまで、男性とつき合わせないようにさせたかったんじゃないか。子供っぽい思いつきではあるが」

浜中はうなずいた。一見奇怪な告白文に、様々な事件や思惑が隠されていた。

ちょっとした肝試し。そんな些細なことから波紋が広がり、人々を呑み込んでいった。いずれにしても、告白文についての謎は解けた。しかしまだ一つ残っている。

「風音さんが犯人なのでしょうか？」

浜中は訊いた。

「まずは彼女だろう。ちょっと引っかかることはあるが……」

有浦が応えた。

「でも中学生の時の馬頭との誓いが、動機たり得るでしょうか？」

「いや、ならない」

「そうですよね」

「ある程度の年齢になり、いつか風音も肝試しの夜の真相に気づいたはずだ。彩たちのせいで自分は父に乱暴された。その時足をケガして長いスカートしか穿けなくなった。足以上の大きな傷を心に負った。ところが彩は幸せそうに結婚するという。馬頭との約束云々より、復讐の意味合いが大きかったのだろう……。

そういえば彩が殺害されたのが十一月二日。そして十四年前、風音が墓地でひどい目に遭ったのも十一月二日だ。因縁めくな」

「えっ！」

ずっと黙っていた海老原が、突然声をあげた。

「どうした？」

と、有浦が後部座席に顔を向けた。しかし海老原は微動だにしない。肩をすくめて有浦が前を向こうとし、そこへ海老原が口を開いた。

「見せてください」

「なにをだい？」

有浦が問う。

「先ほどの便箋です」

「うん、ああ、これか」

ダッシュボードの上に載せておいた封筒を有浦が手に取り、海老原に渡した。浜中は室内灯をつける。海老原は便箋を引き抜いて目の前に広げ、むさぼるように読み出した。三度ほど繰り返し読み、便箋をたたんで封筒へ入れ、そっと浜中に渡してくる。そして目を閉じ、右のこぶしで額を叩き始めた。コツコツという音が車内に響く。考え込んだ時の海老原の癖だと浜中は知っていたが、有浦はこの仕草を初めて見るらしい。左手であごを撫でながら、訝しげな視線を海老原に向けている。

三分ほどもそうしてから、海老原は手を下ろした。すっと目を開け、顔をあげる。そして海老原は口を開いた。

私はまた、いくつかの座を見た――、
それらに人々が座し、裁く権威が彼らに委ねられた――、
神の言葉ゆえに首をはねられた人たちの魂と――、
額と手に刻印を押されなかった人たちの魂を見た――。

「なんです、それ？」

浜中は小声で訊いた。

「新約聖書、啓示録。第二十章四節です」

暗い声で海老原が応えた。その虹彩は黒く濡れ、哀しみの色ばかりを湛えている。

「聖書と事件とどう関係が……」

「有浦さん」

浜中を無視して海老原が言った。

「うん、なんだい？」

「車を少し離れたところに停め、このまま馬首寺を見張ってもらえないでしょうか？」

「なに言ってるんだ、お前」

と、森住が言い、有浦に手で制せられて不服そうに黙った。

「なぜ見張りを？」

有浦が問う。

「誰かが今夜、馬首寺にくるはずなんです。そこで事件の幕が引かれる」

「事件の幕が？」

「はい。カーテンコールは残っているかも知れませんが……」

海老原が応えた。

「署に戻っても書類の山が待っているだけだ。見張るのは構わないが、お前さんはどうする？」

有浦に問われ、海老原は口を開いた。

「確かめたいことがありますので、僕はちょっと神月家まで行ってきます。戻ってきたら、どこかそのあたりに潜んでいますよ」

と、海老原は静かに車のドアを開けた。

4

カリーナを町道の脇に停め、浜中たちは馬首寺を見張っていた。海老原が去ってから、三十分近く経っている。その間動きはない。目はすっかり闇に慣れたから、誰かがきたとしても見逃すことはないだろう。

ほどなく闇の中に、人の姿が浮かびあがった。黒い服を着ている。人目を避けるように、道の端をそろりとこちらへ向かってくる。有浦たちも気づいたのだろう。弛緩から緊張へ、車内の空気が一瞬で変わった。まばたきさえ忘れたように、浜中は視線を一点に据える。黒いスカートを穿いている。女性だ。

「朝河弓子か？」

低い声で有浦が言った。浜中は無言でうなずく。弓子は馬首寺の前で足を止め、ゆっくり石段を上り始めた。靴音がかすかに聞こえる。全身を耳にして、浜中は音を追った。靴音はやがて消えた。弓子が境内に入ったのだろう。浜中たちは静かに車を降りた。そっと馬首寺へ向かっていく。そこへ押し殺したような女性の悲鳴が、風に乗って聞こえてきた。

「行くぞ！」

有浦が言った。馬首寺の境内でなにかが起きた。もう音を気にしてはいられない。浜中は三段跳びに石段を駆けあがる。有浦と、少し遅れて森住が続いてくる。境内へ出た浜中は、そこだけ明るい本堂をまっすぐ目ざした。もう悲鳴は聞こえない。

本堂にたどり着き、高床式の階段を駆けあがり、格子の向こうを浜中は覗き込んだ。

「やめろ！」

知らず声が出ていた。美雨が立っている。ローソクに照らされたその顔は、先ほどまでの慎ましげなものではなく、さながら鬼女だ。弓子は美雨の足元に横たわっている。首に紐が巻きついている。紐は天井の鴨居をとおり、先端を美雨が握っている。首吊りに見せかけて殺そうというのか。

「やめろ！」

浜中は再び言った。美雨はこちらを見、戦慄を誘うほどの物凄い笑みをほんの一瞬浮かべた。浜中の背中に悪寒が走る。有浦と森住がきた。浜中たちは回廊を引き戸のところまで行き、なだれを打って堂内へ踏み込む。美雨は微動もせずに、浜中たちをただ眺めている。

「弓子さん！」

足音を響かせて堂内を進んだ浜中は、美雨を突き飛ばして弓子の傍らにしゃがみ込み、両肩を持って強く揺すった。しかし反応はない。目を閉じた弓子の顔からは、色がすっかり失せている。

「大丈夫だ、脈はある」

横で有浦が言った。弓子の右手首を摑んでいる。森住は美雨に目を据え、引き戸を背に立ちはだかっている。突き飛ばされた美雨は隅にすらりと立ち、浜中が触れたあたりを汚らしそうに手ではたいている。

「逃げはしないわ」

真っ向から森住をにらみ返し、嘲笑とともに美雨が言った。森住は美雨から目をそらさない。浜中の肩を有浦が叩いてきた。庫裏のほうをあごで示す。うなずき、浜中は腰をあげた。堂を出て庫裏へ入り、廊下の取っつきに置かれた電話を取りあげる。警察と消防へ連絡した。

電話を終えた浜中が本堂へ戻っても、有浦と森住、そして美雨のにらみ合いは続いていた。浜中は有浦の横に行き、連絡が済んだ旨を告げた。

「失礼な人ね」

吐き捨てるように美雨が言う。

「電話を借りますぐらい言えないのかしら。親の顔が見てみたいわ」

「無駄口はやめましょう」

と、有浦が口を開いた。美雨は鼻で笑う。

「さて」

有浦が言う。

「ようやく解った。これで引っかかりが取れた。告白文の主は美雨さん、あなただ。自分をあのような目に遭わせた彩さんたちに、あなたは強い恨みを抱いていた。彩さんの結婚が決まり、あの時墓地にいた全員が首ノ原へ集うことを知り、恨みは殺意へ昇華した。そしてあなたは風音さんをうまく言い含め、首ノ原へきた。つまりあなたと風音さんは、最初から入れ替わっていた。そうだね？」

有浦が問う。しかし美雨は見事に無視した。退屈そうに右手で黒髪を弄び、有浦に目を向けようともしない。わずかに肩をすぼめ、有浦は口を開いた。

「彩さん、瑠璃子さん、みさきさん。十四年前に肝試しに参加した人々を、あなたは順々に殺していった。残るは弓子さんだけだ。

弓子さんは、十四年前の肝試しが動機の奥底にあることを知らなかった。自分まで標的にされているとは思っていなかった。そこで風音さんはあなたを都内へ呼び出し、その隙に首ノ原へきた。つまりあの時森住が公園で見たのは、風音さんだ。あなた方は双子だからね。妹の風音さんがあなたのことを、あの子と呼んでも不思議はない。

それだけではない。風音さんはもうあなたを首ノ原へ行かせないことにし、入れ替わりを解消してここへ戻ってきた。そして敬雲さんに殺されてしまった」

美雨は目を見開いて有浦を見つめていたが、やがて笑った。そして言う。

「面白い作り話はもう終わり？」

「どういう意味だ？」

目を細めて有浦が訊く。

「告白文の主は私じゃないってことよ」

「今更とぼけるんじゃねえ！」

森住が怒鳴った。うるさそうに美雨は手を振り、せせら笑いを浮かべながら、森住に言った。

「あなた馬鹿でしょ？」

「なんだと！」

森住が美雨ににじり寄り、そこへ靴音が聞こえた。ほどなく戸口に海老原が立つ。美雨を見て、横たわる弓子に目をやる。

「まさか……」

海老原が言った。

「いや、脈はある。消防を手配したから大丈夫だ」

有浦が応え、海老原は心底ほっとした表情を見せた。靴を脱ぎ、堂に踏み込み、美雨の前に立つ。

「告白文を書いたのは、美雨さん、あなたですね」

美雨は無表情に海老原を見ている。

海老原が言う。美雨はこくりとうなずいた。

「しかしさっきは違うと……」

浜中は言った。

「私は嘘をついていないわ」

「手の傷、それほどひどかったのですか？」

海老原が訊いた。美雨は一瞬目を見開き、次いで鮮やかに笑みを開いた。

「かなり腫れていた。指の骨、折れていたと思う」

そう応える美雨の口調は変わっていた。先ほどまでの棘がない。

「それであなたは」

虹彩を黒く濡らし、海老原が言った。

「弓子さんの代筆をしたのですね」

「なんだって?!」

有浦と浜中はほとんど同時に声をあげた。森住も目を丸くしている。

「告白文の主は朝河弓子さんです。彩さんたちの首を晒したのは彼女です」

海老原が言った。

「しかし、しかしですね……」

と、浜中はさっき海老原から受け取り、とりあえず胸ポケットに仕舞っておいた封筒を出した。便箋を広げ、文字を目で追う。告白文の主が弓子だとすれば、齟齬ばかり出てくる。

「ええと、ああ、ここです。目隠しをされた少女は、彩さんたちにどこかへ連れて行かれる。彩さんの合図で目隠しを取るとそこは墓地だ。けれど『お墓には慣れています』とあります。これは告白文の主が、寺の娘だからでしょう？」

「みさきさん、なんて言っていました？」

海老原が言った。

「え？」

浜中は首をかしげる。

「美雨さんと弓子さんは、互いの家をよく訪ね合うほど仲がよかったと、言っていたでしょう。弓子さんにとって馬首寺の墓地は、見慣れた場所だったのです」

「けれど告白文には、馬頭観世音菩薩と書かれたのぼりを、『この前私が洗ったばかり』と……」

「敬雲さんは早くに奥様を亡くされ、檀家の方々が家事の世話をした。敬雲さんに代わって料理を作り、洗濯をした。朝河家もそうした檀家の一軒だった。弓子さんがのぼりを洗ってもおかしくはありません」

「でも死のうと思ってあたりをさまよった少女は、白地に赤い旗の掲げられた家に帰ったんですよ。これ、馬首寺ののぼりでしょう。いくら朝河家が熱心な檀家だとしても、馬頭観世音菩薩と書かれたのぼりを、自宅の玄関先には掲げませんよ」

「文化の日です」

「え？」

一瞬、息がとまった。

「弓子さんが自宅に戻ったのは十一月三日、文化の日です」

海老原が言う。

「その日朝河家には、白地に赤の日章旗が掲げられていた。僕はそれを確かめに行ったのです。朝河家では祝日に日の丸を掲げる習慣があると、一乃さんが教えてくださいました」

「そういえば……」

浜中は思い出していた。彩が殺害されて弓子を自宅へ送った時、朝河家の門前には日章旗を立てるための、旗棒が立てかけてあった。

「しかし文字はどうです？」

浜中は訊いた。文集の美雨の字と便箋の字は違う。

「これを書いたあと、美雨さんは意識的に筆跡を変えたのでしょう」

海老原が応えた。

「一つ解らないことがある」

わずかな沈黙のあとで、有浦が口を開いた。

「告白文の三つの誓いだ。美雨さん、あなたはなぜあのような誓いを弓子さんにさせた？」

「どうしてでしょう」

歌うように美雨が応える。

「ふざけるのはよせ！」

そう言ってから有浦は、自分が激昂していることに気づいたのだろう。大きく息を吸い、ゆっくり吐き出した。美雨は頬に嘲笑を浮かべ、そんな有浦を冷ややかに見つめている。

「あなたは風音さんが憎かったのですか？」

海老原が言った。美雨は視線を移し、しばらくの間飽きもせずに海老原を見つめていたが、やがてぽつりと口を開いた。

「憎んではいなかったわ。邪魔だっただけ。私は一人で店をやりたかった。最初だけよ、あの子の協力が必要だったのは」

「それであの嘘を……」

「嘘？」

と、浜中は海老原に訊いた。

「三日前の公園でのことです。森住さんが見たのは、やはり美雨さんと弓子さんでした。あの時美雨さんは弓子さんに言ったのですよね、『境内にはあの子がいた。まだ終わっていない』と」

海老原が言った。無言を守ったままで森住が小さくうなずく。それを見て、海老原は口を開いた。

「みさきさんが殺害された時、境内にはあの子、つまり風音さんがいた。風音さんの犯行はまだ終わっていない……。美雨さんはそう言ったと解釈した。しかし違ったのです。ほんとうはこう言ったのです。

十四年前の肝試しの時、境内にはあの子、つまり風音さんもいた。だからあなたの復讐は、まだ終わっていない、と」

「なんですって⁈　それじゃ風音さんまで弓子さんに殺させようと」

浜中は思わず美雨を見つめた。

「三人殺すも四人殺すも同じよ。絞首台にあがるのは一度きりだわ」

清らかにさえ見える笑みとともに、美雨が言う。浜中は二の句が継げなかった。

「あなたにそそのかされて、弓子さんが風音さんを殺害した場合、殺人教唆に問われる恐れがある。そのためあなたは新幹線とレンタカーを使って都内へ戻った」

苦い声で海老原が言う。

「あなたには見破られたけれどね」

さらりと美雨が返す。

「なぜ弓子さんを殺そうとしたのです？」

浜中は訊いた。

「海老原さんに説明してもらえば」

小馬鹿にしたような口調で美雨が言う。海老原が口を開いた。

「告白文の主を、風音さんだと思わせる。そして風音さんの通夜を狙い、弓子さんを呼び出して自殺に見せかけ殺害する。そうすると警察は、告白文の中で風音さんが相談したある人が、弓子さんではないかと考える」

「風音さんに三つの約束を誓わせたから事件が起きた、それを悔やんで弓子さんが自殺した、そう思わせたかったと？」

浜中は言った。

「そうです。そして恐らくはもう一つ」

海老原が言う。

「美雨さんは以前から弓子さんを憎んでいた」

「正解よ」

と、美雨が手を叩くまねをした。

「なぜ海老原さんにそれが解るのです？」

浜中は訊いた。

「みさきさん、言ってましたよね。美雨さんへの無視が始まると、やがて弓子さんがやめようと言い出す。しかしそれがかえって彩さんの癇に障り、美雨さんへの無視は長引いた。みさきさんはこうも言っていた。彩さんは、同時に二人は絶対シカトしないと」

「美雨さんへの無視が長引くよう、弓子さんはわざと彩さんにやめようと言ったのですか？」

「そうなの」

と、美雨が弓子を見おろした。そして言う。

「友達のふりして保身ばかり。そういう子なのよ、弓子は」

「しかし、だからといって」

ぐいと身を乗り出し、浜中は言った。

「殺していいはずがない、そう言いたいのでしょう。でも私はうんざりだったのよ。退屈な村での暮らしも、閉鎖的な村人も、そして同級生もすべてね。浜中さん、きっとあなたには解らない。夏のいい時だけ村にくるあなたには絶対理解できない。半年近くも雪で閉ざされるここでの暮らしが、どのようなものかはね。それに私たちは、ここでは化け物扱いされてるのよ！」

美雨の言葉が初めて熱を帯びた。それに気づいたのか、かすかに含羞の色を浮かべ、美雨は冷ややかに笑みを開いた。そして言う。

「それにしても海老原さん、ここまでよく解ったわね。でもたった一つ、間違えていることがあるわ」

「間違えていること？　それはなんです？」

海老原が訊く。

「教えてあげるものですか。せいぜい考えなさい。さて、そろそろお終いね。話し過ぎて、少し疲れたわ」

美雨が言う。風がサイレンの音を運んできた。

5

翌日の午後。浜中は有浦や森住とともに、龍跪院の駐車場にいた。

弓子が犯人だと解り、そうなると新たな疑問がいくつか湧いた。まずは鐘だ。みさきが殺害された夜、龍跪院の鐘が鳴って一分後に、清範は外に出て境内を見あげている。その時弓子は池の龍の背に乗っていた。つまり弓子に鐘を鳴らす時間的余裕はない。しかしこれは瑠璃子の時と同じように、なんらかの装置を使えばよい。問題はその次だ。

浜中たちが龍跪院に駆けつけた時、弓子は三層目の池の中にいた。そして四層目の鐘撞堂の塀をのたくる龍の背に、みさきの姿はなかった。浜中は海老原や清範とともに境内をのぼり、二層目へあがった。変わらず弓子は池にいたが、鐘撞堂の龍は消えていた。

続いて浜中たちは三層目へ行った。左手には池があり、弓子がいる。そして鐘撞堂に目をやれば、その背にみさきの死体を乗せて、龍が戻っていた。浜中たちが境内に着いてから三層目へ行く間、弓子は池から出ていないはずだ。石段を上がっている時池は見えないが、それはごくわずかな時間に過ぎない。その間にどうこうできるわけはない。

「済みません、お待たせしました」

声が聞こえた。道に海老原の姿がある。彼がこれからみさきの事件の謎を、すべて解くという。

「まずは鐘の件から説明しましょう。持ってきてくれました？」

「ええ、ここに」

と、浜中は手に持っていた袋を掲げた。

「ではいきましょう」

海老原が歩き出した。浜中たちもあとを行き、みなで四層目まであがる。鐘撞堂があり、塀の上に龍が載っている。青銅色の鐘が太陽の光を鈍く反射していた。

「瑠璃子さんの時、弓子さんはジーンズを使って鐘を鳴らしたでしょう。あれと似たようなものです」

そう言って海老原は浜中から手提げを受け取り、中からヴィニール袋を取り出した。長い黒髪の束が入っている。みさきの髪の一部だ。海老原は髪の毛を出して手に取り、鐘撞堂へ近づいていく。打木からは二本の綱が垂れている。海老原は鐘に近いほうの綱を取り、団子状の結び目に髪の毛を一まわり巻きつけて縛った。そして髪の毛の端を持ち、鐘と反対側へ引く。髪と綱がぴんと張りつめ、打木が鐘から離れながら、斜め上にあがっていく。

「あとはこうするだけです」

海老原は手にした髪の先端を、鐘撞堂の柱に縛りつけた。そっと手を離す。打木から垂れた紐には髪の毛が結ばれ、それが柱に縛りつけられているから、鐘は鳴らない。打木は引かれた状態のまま、空中でぴたりと停止している。

「つややかな女性の黒髪ですからね。いずれ打木の重さに負けてほどけ、鐘が鳴る。両方同時に解けることはないでしょうけど、たとえば柱の髪がほどけた場合、綱に結んだ髪も相当ゆるんでいますので、自重でやがて落ちる。逆もそうです。はい、説明終わり」

「こんな簡単なことだったのか？」

有浦が言う。

「ええ。しかし煙幕が見事だった。弓子さんは龍跪院の縁起を知っていたのでしょう。首を口に入れておけば、いずれ清範さんによって縁起が語られる。それを聞けば捜査員は、龍の口に入れるため、邪魔な髪の毛をここで切ったと思い込む。そう計算していたのです」

「だからおれたちは、この仕掛けに気づかなかったというわけか。まったく一本取られたな」

と、有浦が首筋のあたりをぴしゃりと叩く。

「さて、次はいよいよ消えた龍です。下まで戻りましょう」

そう言って海老原は、縛りつけたみさきの髪の毛を回収した。浜中たちは石段を下りていく。

「あの夜鐘の音を聞いて、僕たちは駆けつけてきた。そして境内を見あげた。浜中さん、その時なにか変だと思いませんでした？」

一層目の駐車場まで下り、足を止めて海老原が口を開いた。

「ええ。鐘撞堂の塀の龍が、揺れたように見えました」

「違いますよ、浜中さん。揺れたようにではなく、ほんとうに揺れていたのです」

「揺れていた？　龍が？　しかしあれは陶製の造り物で」

「弓子さんの仕事は？」

海老原の話が飛んだ。

「埼玉県の加須市にある、生地や布地を扱う会社に勤めていると……」

首をひねりながらも浜中は応える。

「加須市はね、浜中さん。鯉のぼりの生産量が日本一なんです。だから生地や布地を扱う会社が多い」

「鯉のぼり？　いや、あの海老原さん。それがどう関係して」

「かぶせたんです」

「え？」

浜中は目を見開いた。有浦たちもぽかんとしている。

「鯉のぼりは上から順に、吹き流し、黒鯉、赤鯉、青い鯉ですよね。そして塀の上の龍は青く塗られています」

「かぶせたんですか、青い鯉のぼりを龍に⁈」

「ええ。すっぽり覆うようにしてね。だから龍は揺れたんです。さて、二層目へ行きましょう。ああそうだ。あの時石段には、枯れ葉が溜まっていましたよね。あれは僕たちの足音を聞こえやすくするため、弓子さんが撒いたものです」

海老原は歩き始めた。浜中たちもついていく。

「石段は奥にあって急でしょう。上っている間は二層目も三層目も見えなくなる。龍にかぶせた鯉のぼりの尾には、紐が結ばれていましてね。池にいた弓子さんは紐の先端を持っていた。そして僕たちが一層目の石段を上っている間に引いた。ところがあの夜は風がとても強くて」

「そうか！　風にあおられて、鯉のぼりが飛んでいったのですね」

浜中は言った。にっこり笑って海老原がうなずく。それが飛ぶ龍の正体か。そして浜中はうなずいた。弓子の両手首にはきつく縛られたあとがあり、とても自力ではつけられないと、病院の医師が言っていた。弓子は紐を手首に巻きつけ、鯉のぼりを懸命に引いた。しかし風に負け、ついに離してしまった。その時についた傷だ。

「あれ？　でもそれだと海老原さん、龍は消えませんよね」

二層目に出て足を止め、浜中は問うた。

「だから鯉のぼりは上から順に、吹き流し、黒鯉、赤鯉、青い鯉なんです」

横に立って海老原が言う。

「それはさっき聞きましたけど……」

「二重にかぶせておいたんですよ。まずは龍を黒鯉で覆い、上から青い鯉をかぶせた」

「二重？　なぜそんな手間を？」

「透けないためです」

「透けないって……」

「みさきの死体は、元々龍の背に載っていたんだな。それを隠すために鯉のぼりをかぶせた。青い鯉だけだと透ける可能性があり、黒鯉も使った」

有浦が言う。大きくうなずき、海老原が口を開いた。

「そのとおりです。弓子さんは、僕らが二層目への石段を上っている間に、二つの鯉のぼりの紐を引いて、手元に回収する予定でいた。そうすれば、突然みさきさんの死体が龍の背に現れることになり、犯人は鐘撞堂付近にいると思わせることができる。けれど風が吹いて青い鯉のぼりが飛ばされ、黒鯉の紐まで引く時間がなくなった。つまり僕たちが二層目に到達した時、黒鯉だけが残っていたのです」

「それで龍が消えたのか……」

浜中はひとりごちた。すっぽりと龍にかぶせられた黒鯉は、闇に完全に溶け込んでいたのだろう。そのため黒鯉の内側にある龍はまったく見えず、石段を上っているわずかな間に、消えたと思い込んでしまった。

「さあ、もう一つ上にあがりましょう」

海老原が言う。浜中たちは石段をあがり、三層目に出た。

「弓子さんを池に引きこんだ黒い入道について、お話しします」

池に向かって歩きながら、海老原が口を開いた。

「僕たちが三層目への石段をあがっている間に、弓子さんは回収した二つの鯉のぼりに重石を巻きつけ、池に捨てる予定でいた。しかし計画が狂ってしまった。そこで僕たちが三層目にあがる間に、黒い鯉のぼりを回収し、とりあえず体の脇に隠した。

浜中さんに呼びかけられ、意識を取り戻した振りをした弓子さんは、鯉のぼりを抱えて池へ飛び込んだ。池の中で鯉のぼりに重石を巻きつけて捨てるためです。そしてその時浜中さんは、一瞬だけ黒い鯉のぼりのかたまりを見た。これが入道の正体であり、あの夜のすべてです。ご質問は？　なければ説明を終わります」

そう言って海老原は、ショーを終えた魔術師のように頭をさげる。浜中は舌を巻いていた。海老原によってあらゆる奇怪な現象が、理《ことわり》をもって解明されていく。そういえばあの件も、大体解っていると海老原は言っていた。

「峰山ふくさんの件はどうなのです？」

浜中は訊いた。鐘撞堂の龍が空へ舞って藤原湖に潜り、やがて湖面に顔を出した。ふくはそれを見たという。

「上暖下冷という言葉を知っていますか？」

海老原が言う。

「上暖……。いや、知りませんけど」

「あの日はずいぶんと暖かい風が吹き、けれど藤原湖には雪解け水が入っていた。従って湖面あたりの温度は低く、その上の空気は暖かくなっている。すなわち上暖下冷です。

温度が低いほど、空気は密度が高くなりますよね。そして光は密度の高い空気を好む。つまり藤原湖越しに龍跪院の境内を見た場合、光はまっすぐ進まず、山なりになる。温度の低い湖面へと、光が引っ張られてしまうんです。ところが人間の目は、光が山なりになっているとは思わず、直線上に象を結ぶ。つまり実際より上に物体があるように見える。これが上位蜃気楼」

「蜃気楼……。ふくさんが見た空を舞う龍は、鐘撞堂の龍の蜃気楼だったのですか？」

「ええ」

「しかし海老原さん、そのあと龍は藤原湖の水面から飛びあがって」

「ふくさんが龍を見た日、このあたりに小さな地震がありました。だからはずれてしまったのでしょう」

「はずれた？　なにがです？」

「藤原湖底には、およそ百六十戸の家がそのまま沈んでいます。昔の龍跪院も湖の底にあり、石段の手すりには陶製の龍が載っている。一体は鎌首をあげて口を開け、もう一体は顔を伏せて口を閉じている。

　湖底の境内の手すりは木製であり、恐らくかなり腐っています。龍が造られたのは昭和大恐慌のさなかであり、それほど肉厚ではない。つまり軽い。

　口を閉じていても鎌首を持ちあげていれば、湖底に沈む時、歯の隙間から空気が漏れたことでしょう。けれど龍は顔を伏せている。そして胴体は上下に何度かうねっている。そのため顔より高い位置にある胴体の中に、空気が溜まったままになっていた。

　この状態で地震があり、陶製の龍はついに手すりからはずれたんです。空気の浮力によって龍は持ちあげられ、勢いよく湖面に浮かぶ。しかし歯の隙間から空気が漏れ出て、すぐに沈んだ。ふくさんが見たのはこれです」

　そう言って海老原は、わずかに両手を広げてみせた。

6

「牛頭馬頭は、野武士か山賊のことだと思います」

海老原が言った。浜中たちは龍跪院を出て、首ノ原公園にきていた。湖面を望むベンチにすわっている。そこで海老原が、馬首寺の縁起について話を始めた。

「彼らは山の中に棲み、気の向くままに首ノ原へきて、食物を盗んで娘をさらった」

海老原の話を聞きながら、「七人の侍」という映画を浜中は思い出していた。他村との行き来がなく、山間にひっそり開けた首ノ原は、野武士たちにとって格好の餌食だったのだろう。

「界雲という僧が封じ込めたとありますが、つまりはうまく話をつけて、野武士たちを追い出したのでしょう。なにかちょっとした仕掛けを使い、自分にはたいへんな法力があると見せかけて、脅したのかも知れません。いずれにしても野武士は首ノ原を去り、娘たちは解放された。しかし当然乱暴されていた」

苦い声で海老原が言う。

「野良犬にでも噛まれたと思って忘れてしまえ。なにかあった時、よくそんなことを言いますよね。それと同じだったのです」

「村を荒らしたのは生身の人間ではない。牛頭と馬頭という化け物だ。だからもう、忘れてしまえと」

有浦が訊いた。

「ええ。そうすれば拐《かどわ》かされた娘さんも、やがては別の村人と結婚できます。化け物にさらわれただけで、野武士に乱暴されたわけではない。つまりまだ生娘ですからね。こうして野武士は牛頭と馬頭になり、馬首寺縁起が生まれた。しかしそれだけでは終わらなかった」

「界雲さんが娶った娘さんか」

そう言う有浦にうなずいて、海老原は口を開いた。

「八ヶ月足らずで出産したとあります。野武士の子を身籠もっていたのでしょう」

「しかも生まれたのは双子だった」

「はい。二人とも間引いてほしいと、村人は界雲さんに頼んだことでしょう。けれど彼は首を縦に振らなかった」

「でも海老原さん、さらわれた娘さんたちの中には、ほかにも野武士の子を妊娠した人がいたのでは？」

浜中は訊いた。

「もちろんです。多くは堕胎されたでしょう。そして堕ろすことができずに生まれた子は、間引かれたはずです」

「間引く？　双子ではなくてもですか？」

「はい」

「そんな……」

「すべてをなかったことにして、馬首寺縁起の中に封じ込める。それが村人の選んだ道です。しかし……」

「界雲さんのところに生まれた双子だけは、残ってしまったのですね」

「双子は禁忌だと説かれ、一人だけ間引くことは承知したようですが」

海老原の言葉に浜中はうなずいた。双子はやがて体が合わさり、一人の女の子になった――。縁起の一節だ。

「こうして馬首寺の子孫は、首ノ原で唯一野武士の血を受け継ぎ、化け物あるいは馬頭の子などと、長い間陰口を叩かれ続けた」

海老原が言う。その怨念が美雨に取り憑き、あのような振る舞いに走らせたのではないか。どうにも哀しく美雨が思え、浜中は小さくため息をついた。湖面に視線を置いたまま、海老原が口を開く。

「二つの縁起が繋がっていることにも、これで説明がつきます」

浜中はそっと点頭する。二人の間引きに応じなかった界雲に、村人の一部、あるいは多くが反発を覚えた。そこへ旅の僧がきた。彼らは新たに寺を建て、僧を迎えた。そして界雲に対する悪意を込めた龍跪院縁起をこしらえた。しかし一方、野武士を追い出した界雲を援護する者もあり、彼らは檀家として残り、馬首寺の世話をあれこれ焼くようになった――。

そうなのだろう。

静かに沈黙が降りてくる。刷いたような薄い雲が太陽にかかり、湖面に影が広がっていく。

「たった一つ、間違えていることがある。昨日美雨はそう言っていた。なんのことだろうな、あれは」

　ややあってから、有浦が言った。

「告白文にヒントがあるような気はするのですが……」

　と、海老原はポケットから告白文のコピーを取り出す。海老原に頼まれて、浜中が複写したものだ。

浜中もコピーを一部持っている。

「しかし何度読んでも解らない。あのことではないはずだし」

　海老原に渡すことを有浦は黙認してくれた。

「あのことってなんです、海老原さん？」

「え？　いや、なんでもないです……」

　慌てた口調で海老原が言う。まだなにかあるのだろうか。解らない。浜中は小さく頭を振った。冷たい風が吹き抜けていく。首ノ原は冬を迎えつつあった。

「寒い……。なにか重ね着してくればよかった」

　思わず浜中はひとりごちた。

「え？　浜中さん、今なんて……」

　海老原は目を見開いている。立ちあがり、そして目を閉じ、右のこぶしで額を叩き始めた。

「そうか！」

　三分ほどもそうしたあとで、海老原は言った。

「ちょっと僕、用を思い出しました。これで失礼します。ああ、浜中さん！」

「な、なんです？」

「どうもありがとう」

と、頭をさげて、海老原は駆け出していった。

7

二人の警察官と入れ違いに、浜中たちは取調室に入った。机の向こうに美雨がすわっている。彼女の背には鉄格子の填まった小さな窓があり、弱い陽がさし込んでいた。有浦が美雨の向かいにすわり、横に森住が立つ。浜中は書記用の、隅の机にすわった。

「あら刑事さん、この前はどうも」

嘲りの笑みを浮かべて美雨が言う。有浦はわずかにうなずき、質問を開始した。美雨は無言を守り、楽しそうにさえ見える様子で、質問を繰り出す有浦を眺めている。やがて有浦は肩をすくめ、浜中に目配せを寄こした。浜中は封筒を胸ポケットから出し、有浦に渡した。

「海老原君からこれを預かってきた。あなたに渡してほしいそうだ」

有浦が言う。あのあと海老原が持ってきたもので、中は有浦しか見ていない。海老原は、これを渡せば美雨が説明してくれるとだけ言った。

「海老原さんが……」

美雨は封筒を受け取り、ゆっくり封を開けた。三つ折りの便箋を取り出して広げる。便箋は一枚だけで、あまり文字も書かれていないのか、美雨はすぐに顔をあげた。そして彼女は心から楽しそうに、小さく笑った。

「やっと気づいたみたいね」

そう言って、美雨は便箋を有浦に渡した。そっと席を立ち、浜中は覗き込む。

あの人は、必ず僕が追い込みます――。

たった一行、そう記されている。森住にも見せてから、有浦は便箋を机に置いた。

「まだ解らないの？」

美雨が口を開いた。

「解らないとは？」

有浦が問う。

「あの告白文、ある？」

美雨が言う。浜中はポケットから告白文のコピーを取り出し、机の上に広げた。美雨がある行を指で示す。彩たちに墓地へ連れて行かれた少女が、目隠しを取るくだりだ。

立ち並ぶ墓石のただ中、私は一人ぼっちです。ざわと両腕に鳥肌が立ちます。風が吹くたびカタカタと、まわりの卒塔婆が鳴ります――。

「この部分がなにか？」

有浦が訊く。

「ただ読むだけではだめ。馬首寺の縁起と重ねないと、ほんとうのことは見えてこない」

「縁起と重ねる……」

と、有浦が首をひねる。重ねるとはどういう意味か。浜中がそう思っているうち、有浦が口を開いた。

「そうか……、解った」

「ねっ、おかしいでしょう」

歌うように美雨が言う。

「どこがです？」

思わず浜中は口を開いた。

「縁起によれば、かつて首ノ原には首憑寺があった」

有浦が言う。浜中はうなずいた。馬憑寺の墓地は今も馬首寺の境内にあり、肝試しはそこで行われた。

「首憑寺は浄土真宗だ」

「それがなにか……」

「浄土真宗には、墓に塔婆を置く習慣はない。つまり彼女が連れて行かれたのは、馬首寺の旧墓地ではない」

「やっと気づいたのね。そう、肝試しが行われたのは馬首寺ではなく、龍跪院だったのよ」

「えっ？」

浜中は目を見開いた。美雨が言う。

「弓子は龍跪院の墓地で気を失い、それを見つけた清範が乱暴したんだわ」

「しかし翌朝目を覚ました弓子さんは、馬頭観世音菩薩と書かれたのぼりのある寺をあとにしたと」

「乱暴したあと清範が馬首寺まで弓子を運び、旧の墓地に置き去りにしたのよ。犬や猫でも捨てるようにね」

美雨は初めて怒りをあらわにした。

「十四年前のこと、そして今回の事件。すべては坪内清範から始まったのよ。けれどあの男はなんの罪にも問われていない。でもこの手紙があるから安心ね」

美雨は海老原の手紙に手を置いた。

「あの探偵さんが追い込むと宣言したんですもの。清範の悪事は必ず暴かれるわ」

そして美雨は、傲慢でしたたかな仮面をそっと脱いだ。かぼそい女性に立ち返り、これまでのことを素直に話していく。

龍跪院と馬首寺は同じ宗派で行き来があった。だが敬雲は清範の父とそりが合わず、使いはいつも美雨の役目だった。それは清範に代替わりしても続いた。

ある日。使いで龍跪院を訪れた十二歳の美雨は、清範に乱暴されてしまう。そしてそのあとも脅かされては体を要求された。

やがて美雨は、この関係を断ち切ろうと決意する。最初彼女は清範の性的興味を妹に向けさせようと、龍跪院への使いを風音に頼んだ。風音は応じ、美雨の代わりに何度となく行ってくれた。しかしある日、突然風音は龍跪院への使いを断るようになり、長いスカートを穿き出した。清範に訊けば風音を乱暴しようとし、しかし逃げられたという。風音はその時、足に傷を負った。

続いて美雨は、清範に弓子を乱暴させて、警察に通報することを思いついた。自分が清範に乱暴されたことは、絶対誰にも話したくなかった。だからそんなまわりくどい方法を考えた。

実はこれにはきっかけがあり、その年の夏、弓子とともに美雨は遊園地へ行き、怖がる彼女を無理に誘って二人でお化け屋敷に入った。そうしたら弓子はあまりの怖さに気を失い、以来お化けや幽霊を病的に怖がるようになった。そこで美雨は弓子を龍跪院の境内で気絶させて清範に見せ、彼が乱暴するよう仕組もうとした。

少女らしい思いつきといえばそれまでだが、美雨はこの企てを慎重に進めた。まずは龍跪院の墓地に幽霊が出るという話を彩や瑠璃子に吹き込み、弓子がひどく怖がりなこともつけ加えた。そして頃合いを見計らい、肝試しを持ちかけた。娯楽の少ない山間の村のこととて彩は飛びつき、あの事件が起きる。

肝試しは清範が出かけている時、行うことになった。当日、用があると先に学校を出た美雨は龍跪院へ行き、馬の化け物の扮装をして弓子を待った。馬の格好でなくてもよかったのだが、彼女の家の本尊は馬頭観世音菩薩で、馬に関するちょっと恐ろしげな面があり、それを使った。

弓子が気絶しなかった場合、さらに何度か肝試しをさせ、それでも駄目なら別の方法を考えようと思っていたが、ちょっと驚かしただけで、弓子はあっさり気を失った。

龍跪院でなにか起きたら、うしろを振り返らずにすぐ逃げろ、そうしないと祟られる――。

彩たちにはそう言っておいたから、闇の迫る墓地には、気絶した弓子と美雨だけが残った。そしてうまい具合に弓子が目を覚ますより前に、法事を終えた清範が帰ってきた。音を立て、清範の注意を墓地に向けた美雨は、墓石の裏にそっと隠れた。ほどなく清範が墓地にきて、弓子にのしかかった。

ここまでは、ほぼ美雨の思いどおりに運んだ。あとは弓子からその時の話を聞き出し、警察へ通報するだけだった。たとえ清範が逮捕されてもこちらから言い出さない限り、美雨を乱暴したことまで白状しないはずだ。

ところが弓子と話をしてみれば、どうやら彼女は人間以外に犯されたと思っている。あるいはそう思いたいのか。そこで美雨は考えた。このまま弓子を信じ込ませれば、肝試しの夜の真相を知るのは清範と美雨だけになる。うまくいけば警察に通報せずとも、清範との関係を断ち切れるかも知れない。

馬首寺の縁起を美雨は思い出し、馬頭の話を弓子にした。そして馬頭に辱めを受けたと思い込ませるため、夜になれば馬の面をかぶり、彼女の家の庭に現れた。一方清範は弓子のことが忘れられず、朝河家の近くを徘徊していたのだろう。ある夜、美雨に脅かされて気絶した弓子を見つけ、清範は彼女の部屋へ侵入した。

やがて美雨は告白文を思いつく。馬頭を封じ込めるためと偽り、あの出来事を弓子に書かせて自分が預かる。これを持参して警察で真実を話すと脅せば、清範はもう自分に手を出さないだろう。ただしそのためには、あの夜の出来事を弓子に喋られては困る。誰もが知ればただの怪談話になってしまう恐れがあり、そうなると警察も取りあげてはくれず、清範への脅しの材料として弱くなる。

そこで口外しないことを、美雨は弓子に誓わせようとした。だから最初、約束は一つだけだった。けれど当時、美雨が思いを寄せていた同級生が、弓子のことを好きになっていた。そのため美雨は二つめの約束をつけ足し、念のため首ノ原という地名にかけて、もう一つの約束を考えた。

肝試しからしばらく経ち、頃合いをみて美雨は告白文の一部を清範に見せた。予想以上の効果だった。これ以上自分に手を出したら、弓子に真実を告げて彼女を警察に連れて行き、告白文を提出する――。そう宣言した美雨の前で、清範は二度と体を要求しないと誓い、弓子とのことを誰にも話さないよう懇願さえした。以来美雨は中学を卒業するまで度々清範に小遣いをねだり、金を受け取った。両者の関係は、あの事件を機にすっかり逆転した。

これが過去のすべてだった。

美雨の言うように、首ノ原に降りかかった厄災は、すべて清範が運んできた。最初に美雨が犠牲になり、次いで弓子が毒牙にかかった。そして十四年の時を経て、三人の女性が殺害され、一人の僧侶が娘とともに心中した。すべての罪は清範にある。首ノ原を呑み込むほどの大きな波紋の中心には、あの男がいた。しかし強姦罪の公訴時効は七年。もはや清範を罪に問えない。

取調室を出た浜中は、壁を叩いて唇を噛んだ。

8

沼田署を出た浜中たちは、弓子の入院している病院へ行った。病院にマスコミや野次馬が殺到してはたいへんなことになるから、彼女がここにいることや、通夜の出来事はまだ公表していない。

浜中たちが病室に入ると、白いベッドの中に弓子はいた。浜中たちに気づいて上体を起こそうとする。

「そのまま、そのまま」

温かみのある声で、有浦が言う。

「はい……、済みません」

と、弓子は頭を枕にうずめた。切れ長の目の焦点はどこかずれ、瞳は黒く潤んでいる。

「これ、見舞いだ」

有浦は途中で買った小さな花束をさし出した。

「でも、私は……」

「うん、容疑者だ。けれど患者でもある。花の種類はよく解らないが、大して高いものではない。いやでなければどうぞ」

「ありがとうございます」

有浦の目配せを受け、浜中は花瓶に花を挿した。窓辺に置く。弓子はしばらくの間、カサブランカの花をじっと見つめていたが、やがて瞳を浜中たちに向けた。

「さて、ちょっと話を訊きたい」

有浦が言う。弓子ははっきりうなずいた。そして質問に応えていく。

美雨に言われるまま、弓子は告白文を書こうとしたが、左手を痛めてペンを握れない。そこで美雨が代筆すると言い、その瞬間に弓子は、風音か美雨が手紙の主であるかのような言いまわしをしようと考えた。手紙はずっと残るし、美雨以外の誰かに見られる可能性もある。それがとてもいやだったという。

こうしてあの告白文が生まれ、しかしそのあとたいへんなことが起きる。弓子は妊娠していたのだ。もはや怪談話として葬り去ることはできず、やはり誰かに乱暴されたのだと、はっきり弓子は認識した。誰が自分を辱めたのか。解らない。顔はまったく見えなかったし、うなり声しか聞いていない。いずれにしても、子供を産むわけにはいかない。

そう決意し、しかし産婦人科へ行っての堕胎など、思いも寄らなかった。医師や看護婦にどう話していいか解らない。親に黙って保険証など持ち出せない。いくらお金がかかるか解らない。万が一にでも産婦人科へかよっているところを見られたら、噂はたちまち村中に広がる。

弓子は両親の目を盗み、冷たい風呂に何時間も浸かった。縄跳びもした。自分の腹を叩いた。何度も何度も叩いた。とても辛くて、死ぬような日々が続いた。そして子供は流れた。開放感などまるでなかった。子供を殺した罪悪感に冷たく包まれ、苛《さいな》まれた。

やがて高校を出、社会人になった弓子はちょっとした病気にかかって産婦人科へ行き、思いも寄らぬことを医師に告げられた。とても妊娠しづらい体なのだという。医師の手による手術以外で堕胎した場合、まれにみられる症状だと説明された。この時弓子に交際相手はなく、結婚や妊娠などを具体的に考えたことはなかったが、それでも心が折れるほどのショックを受けた。

数年後、弓子はある男性に出会い、強く惹かれた。やがて弓子は結婚を夢見るようになり、相手の男性も同じだと言ってくれた。週に一度は僕が料理を作るよなどと話し、子供が大好きだからどうかたくさん産んでほしいと、ある日冗談めかして言ってきた。その瞬間、はっきり顔がこわばるのを弓子は感じた。

とても言えない。中学生の時に乱暴されて妊娠し、自分をいじめるようにして堕胎した。その結果妊娠しづらい体になったなど、口が裂けても言えない。告白しても、相手は受け入れてくれるかも知れない。けれど言えない。言えば必ず二人の心に瑕《きず》が生まれる。

あれほど楽しみにしていたデートが心の重荷になり、いつしか弓子は彩たちを殺害して首を置く方法を、あれこれ考え始めていた。実行する気はさらさらない。自分をひどい目に遭わせた彩たちを、頭の中で殺害するのは気が晴れたし、今後のことを考えたくない時など、殺害計画の練り込みに夢中になった。ちょっとした現実逃避、それだけだった。

計画が少し具体化したのは彩の結婚を知った時で、弓子は生まれて初めて燃えるような憎悪と嫉妬を覚えた。今までの恨みなどささやかだと思えるほど、それは強く激しい感情だった。

あの事件以来、自分がどれほど苦しんだか。けれど張本人の彩は幸せに包まれて結婚する。やがては神月家を継ぎ、先の心配もまったくない。順風満帆。そんな彩の人生に、暗黒のくさびを打ち込んでやりたいと、心から思った。

ほどなく弓子は殺害計画に必要な道具を買い揃えるようになり、神月家の人々が留守の時を見計っては、蔵に忍び込んで蝋人形を少しずつ持ち出した。しかしそれでもまだ、実行に移す気はなかった。準備を進めるだけで充分、心の闇は取り払われた。

こうして彩の結婚式前日を迎え、風音が風呂場へ行った隙に、弓子は奥の間に彼女を訪ねた。彩は嬉しそうな顔をして、白無垢姿の自分を眺めている。弓子は十四年前の肝試しのことを持ち出した。

たった一言、あの時はごめんねと彩が謝ってくれれば、結婚を祝福することはできないけれど、過去は水に流すつもりだった。

しかし彩は忘れていた。弓子の人生までも変えてしまったあの出来事を、まったく覚えていなかった。それだけではない。好きな男性と結婚をし、やがて子を授かる。これに優る女の幸せはないとさえ言った。

目の前が昏くなった。体中の血が逆流するような思いがきた。知らず両手に紐を持ち、彩の首にかけていた。

強い恐怖や深い悲しみ、あるいは怒りに包まれた時、弓子はよく気を失う。身体検査のたびにヘモグロビンの数が少ないと言われるから、元来貧血体質なのだろうし、子供の頃にお化け屋敷で気絶して以来、癖になってしまった感がある。だから彩の首に紐をかけた時も、瞬間的に気を失った。頭に血がのぼって、気絶するというやつだ。

弓子はすぐに目を覚まし、部屋に戻って、用意しておいた包丁や裁ちばさみを手に再び奥の間へ入った。淡々と彩の首を切断していく。もう一人の自分がそれを天井あたりから眺めているような、奇妙な錯覚ばかりがあった。

時計の騒動の間にリンゴの木から彩の首を回収し、荷物に入れようとしたら風音が部屋にいた。そこで仕方なく首を冷蔵庫に入れたのが小さな誤算で、それ以外は驚くほどうまくいった。

あとはもう、よく覚えていない。十四年前からの運命だと思い、怒りも憎しみもないまま誰かに操られているようにして、瑠璃子とみさきの首を切断した——。

「ひどい悪夢の中を、ずっとさまよっていた気がします。実は今、すべてが終わってほっとしているんです」

弓子が言う。その顔はとても穏やかで、三人を殺害して寺に首を晒した狂気の片鱗はどこにもない。彼女もまた被害者なのだと浜中は思った。

「ほんとうにご迷惑をおかけしました」

と、弓子は少しだけ上体を起こし、頭をさげた。

「とにかく今は、体を休めることだ」

有浦が言う。

「ありがとうございます。ところで刑事さん、一つだけ解らないことがあるのですが……」

「なんです？」

有浦が問う。弓子はそして口を開いた。

「彩、瑠璃子、みさき。この三人を殺したのは一体誰なのでしょう」

9

ノックの音がした。呆然としていた浜中はわれに返って腰をあげ、病室のスライドドアを開ける。

海老原が立っていた。

「話があります」

真剣な面持ちで言う。

「話？」

「はい。それほど長くはかかりません」

「解りました。僕だけでしたら出られると思います」

と、浜中は一旦扉を閉じ、有浦に断ってから病室を出た。海老原とともに廊下の端へ行き、階段脇の長椅子に並んですわる。

「肝試しの翌朝、弓子さんは死に場所を求めて首ノ原をさまよいました。その人はそんな弓子さんの姿を目撃したそうです」

少しうつむき、床に視線を預けたままで海老原が言う。

「弓子さんの身になにかが起きたのではないか。そう考えてその人は、以降弓子さんを注視します。やがてその人は馬首寺で美雨さんと弓子さんの話を盗み聞きし、告白文も含め、すべてのことを知る。そして十四年の時が流れた。

彩さんが結婚し、昔の仲間が神月家の旧邸に集まることを、その人は耳にします。まさかとは思ったが、念のため旧邸の庭に潜んだ。奥の間の障子には、彩さんの姿が映っている。そこへもう一人、女性が入ってきた。二つの影は揉み合って、一つが倒れた。その人はガラス戸を開け、縁側から奥の間に入りました。倒れていたのは弓子さんであり、彩さんが呆然と立っていました。

このまま彩さんが騒ぎ出せば、弓子さんは殺人未遂に問われる。それを避けるため、その人は彩さんを殺害した。彩さんは膝をつき、すわるような格好で亡くなった。けれどその時点では、弓子さんがほんとうに首を切るとは思わなかった」

海老原が言葉を切った。訊きたいことはあったが、浜中は無言で待つ。ややあって、海老原は口を開いた。

「瑠璃子さんとみさきさんも、十四年前の肝試しに加わっていた。弓子さんが二人を狙う可能性が高い。そう思い、彩さんの事件以降、その人は瑠璃子さんとみさきさんの動きに注意を払った。そして弓子さんの先まわりをして、二人を殺害した」

「なぜそんなことを……」

「弓子さんを殺人者にしたくなかったのです」

「だからどうして」

「『ブルー・ライト・ヨコハマ』って曲、知っていますか？」

海老原が突然言った。

「え？　ずっと前に流行った曲ですよね」

「十六年前のクリスマスに発売され、大ヒットしました。ところでいつかお話ししましたよね。美雨さんと風音さん以外、あの年には首ノ原にもう一組双子が生まれたらしいことを」

浜中はうなずいた。峰山ふくという助産婦の証言だ。

「それが誰だか解りました」

海老原が言う。

「誰です?」

「一人は朝河弓子さんです」

「そういえば弓子さんにはよく似た人がいて、確か名前をあゆみさんとか……。でもそんな人はもう首ノ原にいませんし、事件とは無関係ですよね」

「僕の友だちに、間宮という苗字の男がいましてね」

再び話が飛んだ。首をかしげる浜中にちらと目を向け、海老原が言う。

「本名は幸雄なのに、仲間からは林蔵と呼ばれています」

「間宮林蔵ですか」

「ええ、そんなことってよくあるでしょう。杉山という姓の人が、清貴と呼ばれたり」

「はい」

「『ブルー・ライト・ヨコハマ』を歌っていたのは、石田あゆみです。あの曲が流行ってから、彼女はあゆみと呼ばれるようになった。本名は石田孝子なのにね」

「まさか、石田巡査長の?」

「はい。孝子さんと弓子さんは双子であり、駐在所の石田さんの娘さんです。孝子さんは奥さんとともに、以前に事故で亡くなられていますので、石田さんにとって弓子さんは、たった一人残されたご家族なのです」

「ご迷惑、おかけしました」

声が聞こえた。いつきたのか、階段のところに石田が立っている。

「すぐにでも自首をと思ったのですが……」

石田が言う。事件がすべて終わり、弓子がもう誰も狙わないと解るまで、自首するのを待っていたのだろう。

「人を殺すのはいけないことです。しかし私は娘を守り抜いた。弓子を殺人者にしなくて済んだ。無論誇りになどは思わない。けれど後悔はしていません。浜中さん、私が父親であることを、弓子にはどうか黙っていてください。お願いします」

と、石田は深く頭をさげた。

「解りました。お約束します」

立ちあがり、石田に礼を返しながら、浜中は応えた。

エピローグ

浜中康平は、一人でバスに揺られていた。乗客はぽつんぽつんと数えるほどで、みな無言を守っている。浜中は半ば呆然とすわっていた。まだ信じられない。

一昨日のことだ。夜の七時過ぎにアパートへ帰宅してみれば、留守番メッセージを示すボタンが、せわしく点滅していた。再生し、浜中はその場に立ち尽くした。電話をかけてきたのは神月初江で、彼女は泣きながら、神月一乃の死を告げていた。

長患いでもしていれば、まだ覚悟はできる。しかし一乃は見る限り、かくしゃくとしていた。八十歳を過ぎてはいたが、浜中にとっては青天の霹靂《へきれき》でしかない。

明後日に身内だけの仮通夜を行うので、どうか弔問にきてほしい。留守番メッセージは、そう結ばれていた。もう一度再生し、初江の声を聞いているうち、すぐにでも神月家へ駆けつけたい思いが突きあげるようにきた。ネクタイをゆるめてその衝動に堪え、浜中は少しだけ泣いた。

バスは夜道を首ノ原へと入っていく。窓に顔を近づけると、車内の様子が消えて外が望めた。過ぎ去る風景のすべてが一乃とともにある。広くて温かい一乃の背中は浜中の成長につれて小さくなり、もうばあちゃんおんぶは無理だとある日言われ、とても悲しかった。

いつかばあちゃんをおんぶしてな——。

一乃に言われた約束は、果たせず終わった。

白いなまこ塀が見えてきた。浜中はバスを降りる。コートの前をかき合わせた浜中は、わずかに肩をすぼめて神月家の門をくぐった。

呼び鈴を押すと、ガラス格子の向こうに人影がさし、玄関扉が開いた。神月唯だ。黒いワンピースに身を包んでいる。泣いてはいない。堪えているのか、あるいは浜中のように、一乃の死を受け入れられずにいるのか。唯は無言で浜中を招き入れた。

一乃の遺体は、旧邸の広間に安置されているという。廊下を歩き、広間に案内され、浜中は思わず足を止めた。坪内清範がいた。こちらに背を向け、経を唱えている。清範の過去の罪は公表していない。村人の中であの事件を知っているのは、美雨と清範だけだろう。

広間には、有浦良治の姿もあった。黒い背広を着てすわっている。ほかには神月英市と初江がいるだけだ。仮通夜のため、村の人は呼んでいないらしい。

浜中は英市夫妻に会釈をし、清範のうしろにすわった。白木の棺が、一乃の好きだった果物や花に囲まれている。写真があり、黒い縁取りの中で一乃が気むずかしそうに、ほんの少しだけ笑っていた。

焼香を済ませ、浜中は有浦の隣に腰を落ち着けた。向かいには英市夫妻がすわっている。ほどなく読経が終わり、ついと清範が立ちあがった。

刑事としてはまずいことに、浜中は思いが表情に出る。清範と目を合わせたくはなかった。浜中はただうつむき、清範が去るのを待った。しかし彼はすぐに足を止め、有浦の横にすわった。浜中は顔をあげ、そろりと目をやる。清範に表情はない。隣では有浦が、なに食わぬ顔ですわっている。

唯がみなに茶を配り、座の空気がすこしだけ緩んだ。ぽつぽつと一乃のことが語られていく。その死は突然だったらしい。外の風呂に入り、なかなか出てこないので初江が様子を見に行くと、一乃は湯船の中で寝ていた。起こしてみれば、どうにも気分が悪いという。慌てて部屋に運び、布団に寝かせ、医者を呼ぼうか迷っているうち、一乃は静かに逝った。その死に顔は菩薩のように安らかで、かすかに笑ってさえいたという。

浜中は棺の窓から一乃を覗いた。優しげな顔をしている。一乃は普段、化粧をほとんどしない。今日は死化粧を施され、生前より若々しくみえた。別れがたく、浜中がじっと一乃を見つめていると、英市が軽く肩を叩いてきた。うなずき、浜中は窓を閉じて席に戻った。

「そういえばあれ、なんだったのかしら?」

唯が言った。さあねえと初江が首をかしげる。

「あれとは?」

浜中は唯に訊いた。

「髪飾りよ」

「髪飾り?」

「うん、子供用の小さな銀の髪飾り。お風呂場から運んで寝かせたあと、一乃ばあに言われて箪笥を開けたら、出てきたのよ」

唯が言った。

「彩ちゃんの?」

「違うと思う、見たことないし……。もちろん私のでもない」

「一乃ばあが子供の頃に、つけていたのかな?」

「そんなに古くは見えなかったけど……」

「で、それをどうしたの?」

浜中は唯に訊いた。

「手に取りたいって一乃ばあが言うから、渡したわ」

「それで?」

「ぎゅっと握って、このままにしておいてって。だから今も、一乃ばあの右手の中にあるわ」

と、唯は一乃の棺を目で示した。

「よほど思い出のある髪飾りなのかな」

解らないと唯が応え、英市夫妻も首をかしげた。心当たりがないらしい。

やがて会話が途切れ、それでも清範に席を立つ気配はなかった。浜中はちらと清範を盗み見、次いで初江に顔を向ける。問いたげな浜中の視線に気づき、初江が口を開いた。

「有り難いことにね。ご住職が夜どおし、経をあげてくださるそうよ」

「一乃刀自には大層お世話になりましたので」

抑揚のない声で清範が言う。清範の罪を知っていれば、一乃は決して神月家の敷居を跨がせなかったはずだ。しかし一乃は知らずに死んだ。澄ました表情の清範になにか一言、言ってやりたい。浜中はそう思ったが、人を傷つける言葉が思いつかず、また霊前を穢《けが》す気もして、ただ黙っていた。

電話が鳴った。唯が立ちあがって席を外す。すぐに唯は初江を呼んだ。部屋を出た初江はほどなく戻り、英市に耳打ちしてから口を開いた。

「急に用事ができまして……。一時間ほど出かけてきます」

「こんな時間に？」

浜中は訊いた。十時に近い。

「明日のお通夜のことでちょっとね」

初江が言った。

「それじゃ、私もそろそろ……」

と、有浦が立ちあがった。見送るために浜中は腰をあげたが、すぐに制せられた。

「ここでいいよ。じゃあな」

そう言って有浦は、初江夫妻とともに部屋を出ていく。唯も去り、浜中と清範だけが残された。清範は微動もせず、背筋を伸ばして正座している。ほどなく唯が戻ってきた。清範が再び読経を始める。聞きたくもない真言が部屋に満ちる。

読経は十五分ほどで終わり、清範がすわり直した時に玄関の呼び鈴が鳴った。清範に会釈を残して唯が出ていく。ほどなく唯は戻ってきて、浜中を呼んだ。自分に客かと首をかしげながら、浜中は腰をあげる。清範一人を残して部屋を出、唯に案内されるまま玄関に向かった。

新邸の応接室の前で唯は足を止め、ドアを目で示して旧邸に去った。再び首をかしげながら、浜中は応接室のドアを開ける。そして目を丸くした。帰ったはずの有浦が立っていた。人さし指を唇に当て、手招きをしている。わけが解らないまま部屋に入れば、海老原と森住がいた。二人の体には、夜の冷気がまだ残っている。ずっと外にいたらしい。少し前の呼び鈴は、森住か海老原が押したのだろう。

「ど、どうしたんです？」

うしろ手でドアを閉め、誰にともなく浜中は訊いた。

「まあすわろうや」

有浦が言い、浜中たちはソファに腰をおろした。向かいにすわった森住は、仏頂面をしている。突然森住が辞表を出したのは、石田が起訴された翌日だった。一身上の都合としか森住は理由を言わなかったが、浜中には解っていた。敬雲と風音の死の責任を取るため、辞表を出したのだ。

二人になった時にそう訊いたが、森住はなにも応えてくれなかった。公園での件は浜中も気に病んでいた。自分にも責任があると思っていた。それを話すと森住は口元を歪め、浜中に責任はないからもう忘れろと言ってくれた。森住はそして、県警本部を去った。

「出たか？」

有浦が訊いた。海老原が大きくうなずき、森住はわずかにあごを引いた。

「そうか……」

と、有浦はソファに背を預け、大きく息を吐き出した。

「出たってなにがですか？　なにかあの、僕だけ蚊帳の外っていうか……」

そう言う浜中を無視するように、森住が立ちあがった。

「私はこれで」

「うん。ああ、そうだ」

ドアに向かう森住の背に、有浦が声をかけた。振り返り、森住はわずかに首をかしげる。

「県警本部の捜査一課長はな、おれと同期なんだ。これ、預かっちまってな」

と、有浦は胸ポケットから、白い封筒を取り出した。辞職願と書かれている。

「お前さんの辞表だ。なぜ辞めるのか解らないと課長に言われてな。公園での件だろうと思い、悪いが話したよ。しかし課長に、辞表を受け取る気はないそうだ。罪は消えない。どこへ行ってもついてまわる。ならば逃げずに受け止めろと言っていた。あとは森住、お前さんが決めることだ」

森住はしばらく有浦を見つめていたが、封筒を受け取って深く頭をさげ、部屋を出ていった。

「よし、これでいよいよ最後だ」

有浦が言い、そこへノックの音がした。ドアが開き、唯が顔を覗かせる。

「どうしました？」

有浦が訊く。

「ご住職がお夜食を望まれまして」

唯が応えた。

「これであなたは台所に入り、旧邸の広間には清範だけが残されるわけか」

と、なぜか有浦はにやりと笑り、海老原に目配せした。その時、ふいに音が鳴り響いた。かなり大きなブザー音だ。有浦と海老原がさっと立ちあがり、ものも言わずに応接室を飛び出した。よく解らないまま、浜中もあとを追う。二人は旧邸の広間に入った。

「ようやく尻尾を出したな、清範！」

有浦が叫ぶ。どうしたわけか清範は、一乃の棺を開けて中に手を入れようとしていた。ブザー音は棺の中から聞こえていたが、清範が浜中たちのほうを向いた途端に、ぴたりとやんだ。

「これは刑事さん、帰られたのでは」

落ち着いた口調で清範が言った。まるで動揺していないようにみえる。

「仕掛けた罠に獲物がかかるまで、帰れやしねえよ。一体あんた、なにしているんだ？　棺を開けて」

「刀自のご尊顔を拝したくなりましてね」

「そうじゃねえ。一乃さんが右手に握っている銀の髪飾りを、取ろうとしたんだろう」

「髪飾り？　なんのことです」

清範が問う。有浦は無言でポケットから封筒を出した。中から二枚、紙を取り出す。清範に掲げてみせてから、有浦は紙を渡してきた。受け取り、浜中は目をとおす。一枚は新聞のコピーで、九歳の女児が前橋市内で行方不明になったことを報じていた。日付は十三年前になっている。もう一枚は便箋で、達筆の筆文字が綴られていた。一乃の字だ。浜中は文字を目で追う。

十三年前、私は龍跪院の境内で銀の髪飾りを拾った。そして前橋市内で行方不明になった少女が、同じような髪飾りをしていたことを新聞で知った。

どうしたものかと思ったが、結局誰にも言えず、髪飾りは仕舞っておいた。

ところで私はそろそろ寿命らしい。髪飾りは、あの世で少女に返すことにする。

清範。お前がなにをしたのか私は知らない。問うこともしない。人の心があるのなら、自分の罪には自分で始末をつけなさい——。

手紙を読み終え、浜中は顔をあげた。清範を睨みつける。

「銀の髪飾りを取り戻そうとした、そうだな？」

そう言ってじりじりと、有浦は清範との間合いを詰めていく。

「たとえそうだとしても、拙僧がなにかしたという証拠はございません」

そう応え、清範はくつくつ笑った。

「あるんだよ、証拠が」

有浦が言う。清範の顔が、わずかに歪んだ。

「海老原さんが見つけてくれたんだ」

有浦の目配せを受け、海老原が口を開いた。

「森住さんが手を貸してくれたお陰ですよ。清範さん。僕、お詫びしなければなりません。手すりの上に這う龍、少し壊しちゃいました」

その瞬間、清範は大きく目を見開いた。

「やれやれ、終わったか」

棺の中から声がする。懐かしい声だ。

「一乃ばあ！」

浜中は思わず叫んだ。むっくりと、一乃が起きあがる。

「ど、どうして？」

「海老原さんたちと相談して、一芝居打ったんだ。しかし海老原さんが見つけてくれたのであれば、もう芝居をする必要はない。決定的な証拠が出たのだからな」

一乃が言った。

「それじゃ、さっきの手紙は？」

浜中は訊く。

「嘘だ。海老原さんらに言われるまま、書いた」

「髪飾りも？」

「ばあちゃんが持っていたのはこれだ」

と、一乃は右手を開いてみせた。楕円形の小さな防犯ブザーが握られている。

「ひどいよ、どうして僕に教えてくれなかったのさ？」

「康平、お前は顔に出る」

「だからといって」

「うん、そうだな。ばあちゃん、悪かった」

棺を出て、一乃がぺこりとお辞儀をした。浜中の目に涙があふれてきた。ごめんなという一乃も、目をしわしわさせている。浜中は一乃の涙を初めて見た。

「清範」

有浦が口を開いた。

「元々あんたにそうした性癖があったのか、それとも美雨に乱暴した時発露したのか、それは解らん。いずれにしろ、あんたは少女を性的対象にしていた。そして十三年前、三人の女児を乱暴して殺害した。

警察の警戒が強まり、あんたは考えた。死体さえ出なければ単なる行方不明事件で終わり、それほど騒ぎにならないのではないか。そこであんたは少女の死体を、石段の上を這う龍の腹に隠すことを思いつく。右側の龍は口を開けているから、押し込めば入る。だが龍の腹の内径は、三十センチそこそこだ。そこであんたは痩せた女児をさらった。二人を犯し、殺し、遺体を龍の腹に詰めた」

ようやく浜中は事態が呑み込めた。清範が女児の死体をどこへ隠したのか解らない。調べても境内から出てこなかった場合に供え、銀の髪飾りの話を作りあげた。清範が髪飾りを回収する場面を押さえれば、大きな状況証拠になる。

「遺骨や衣類と一緒に、大量の灰も出てきました」

海老原が言う。

「線香の灰でしょう。あれは消臭効果がありますからね。旧の境内を立ち入り禁止にすれば、腐敗臭にも気づかれないと思ったのですね」

「一つお訊きしたい」

海老原にぴたりと視線を据え、清範が言った。

「拙僧は以前、龍の鼓動やうなり声を聞いた。そして龍は突然血の粒を吐いた。あれはなんだったのか?」

「死後五日程度経過した遺体は、硫化水素やアンモニア、メタンなどの混ざった、いわゆる腐敗ガスを全身に発生させます。殺されて龍の腹に入れられた少女の腹部には、腐敗ガスが溜まっていた。あなたがとおりかかった時、少女の腹部が破裂した。これが鼓動です。そしてガスが抜け、うなり声のような音がした」

海老原が言う。

「龍が吐いた小さな血の粒は？」

清範が訊いた。

「龍の腹に押し込められた少女は血を流していた。あなたが入れた灰の一部が血を吸い、凝固した。それが腐敗ガスの圧力で、龍の口から出た。もういいですか、これ以上あなたと話をしたくない。あなただけは、僕は決して許しませんよ」

清範は呆然と立ち尽くしている。

「さて、浜中」

と、有浦が視線を寄こしてきた。

「なんです？」

「これだよ」

有浦はポケットから、手錠を取り出した。そして言う。

「清範には、お前が手錠をかけろ」

「え？　あ、いや、いいですよ。僕はなんにもしていませんし、手錠は警部補がお願いします」

「そうはいかねえのさ」

「どうしてです？」

「死んだふりをして貰う代わりに、手柄は浜中にやると一乃さんに約束したんだ。約束を破ったら、あとが怖そうだからな」

有浦はにやりと笑い、言葉を続けた。

「大手柄だぜ、浜中。これでお前は県警本部のエースだ」

どうしてこうなるのだろう——。

そっとため息をつき、浜中は有浦から手錠を受け取った。刑事も悪くないなと少し思う。駐在所勤務の夢も、捨てがたいのだけれど。

引用文献

『季題別　水原秋桜子全句集』水原秋桜子　昭和五五年　明治書院刊

本格の流れを漕ぎ進む若武者＝小島正樹論

横井　司

1

それはひとつの奇跡だったのかもしれない。

一人の青年が自分の好きな作家の名前をインターネットで検索したら、その作家のキャラクターを使ったパロディないしパスティーシュの原稿募集ページにぶつかり、そういう条件ならと短編を書き上げてしまったことがきっかけで、その作家との共同作業で長編小説を上梓しただけでなく、ついには単独で長編小説を書き続けるようになった。その青年が、それまで小説とは読むものであり、書くものとは考えず、物語の類いをまったく書いたことのなかったというから驚きだ。青年の名は小島正樹、インターネットで検索をかけた作家は島田荘司という。

御手洗潔と石岡和己のパスティーシュないしパロディ短編の募集に応じた「鉄騎疾走す」は、島田荘司の御手洗シリーズのパロディ・パスティーシュを基とした連作長編『御手洗パロディ・サイト事件』（二〇〇〇）に収録された。これが縁となり、同企画の第二弾『御手洗パロディサイト事件2／パロサイ・ホテル』（二〇〇一）にも投稿を請われ、「雪に吊られた男」が書かれた。

「鉄騎疾走す」は、事件が起きたころ、犯人は現場に近い関越自動車道の三芳パーキングエリアにいたというアリバイ・トリックものであり、「雪に吊られた男」は、北海道の留萌市で起きた密室殺人事件の謎を解き明かす話である。『パロサイ・ホテル』の語り手・石岡和己は、同作品に対して次のような読後感を抱いている。

雪国での大がかりな機械トリックは、これも私を懐かしい気分にさせた。青池研吉の「飛行する死人」とか、狩久の「落石」、大坪砂男の「天狗」、そういう黄金時代の傑作を私に思い出させる。これは冷え冷えとした白銀の街角で起こる、もうひとつのメルヘンともいうべき世界だ。こんな大袈裟な機械カラクリが、実のところ私は好きなのだ。

本格ミステリ・マニアであれば、石岡が右であげた作品に加え、高木彬光の「白雪姫」（四九）を連想するだろう。

デビュー作にその作者の全てがあるとは、よくいわれることだが、この両短編もまた、その後の小島正樹の作風を見事に現わしている。そのひとつが、不可能興味・トリック趣味であることはいうまでもないが、もうひとつは、現代的な装いを見せる作品世界と、昭和のミステリを連想させる「メルヘンともいうべき世界」との、ふたつの世界を書き分ける方向性である。

右の両短編は、島田キャラのパロディ・パスティーシュを書くという企画のためもあり、小島独自の名探偵キャラクターは登場しない。だが、この二作品の出来映えから、その才能をイベント的な企画だけで埋もれさせるのは惜しいと思われたものか、「長編を書く予定があるなら、私でよかったらいつでも見ますよ」という連絡が島田荘司から小島のもとに入る。「だったら書いちゃおう！」と思って書いたのが、後に島田荘司との合作長編として刊行される『天に還る舟』（二〇〇五）の原型となる作品だった。

インタビュー「注目の気鋭２０１０／小島正樹」（『２０１１本格ミステリ・ベスト10』原書房、二〇一〇・一二。右の引用も同書から）では、原型長編が『天に還る舟』に練り上げられるまでに、島田と小島の間でどのようなやりとりがなされたか、簡単ながら紹介されている。それは、ちょうど同じ頃に訳された、エドワード・D・ホックがエラリー・クイーンの指導のもと『青の殺人』（七二。邦訳二〇〇〇年）を書き上げたことや、ジェイムズ・ヤッフェがやはりクイーンの指導のもと短編を書き続けていったエピソードを思い起こさせる。小島がそれまで小説を書いたことがなかったことを考えるなら、ヤッフェとクイーンの関係になぞらえる方が、よりイメージ的にぴったりくるだろうか。

こうして刊行された『天に還る舟』において、島田荘司のキャラクターである中村刑事に協力する素人探偵として、海老原浩一が初めて顔を見せることになる。同書では中村が推理を展開する場合もあり、海老原の独り舞台というわけではないし、後に小島が単独で書くようになる海老原と比べ、キャラクターとしてはまだまだ真面目な印象を与える。だが殺人トリックは、「鉄騎疾走す」や「雪に吊られた男」でも見られたように、思いきった「機械カラクリ」が駆使されているのみならず、後の作品にも見られるような自然現象に由来する奇想が盛り込まれている。奇矯な天才探偵が前面に出て来ないという点を除けば、小島ミステリの世界が見事に確立されているといっていいだろう。

ことに、各章の冒頭に、各殺人事件を描いたメルヘンチックな語りが挿入される趣向には注目される。この、土屋隆夫の『危険な童話』（六一）を思わせないでもない叙述は、それが最後になって登場人物のある考えと重要な関わりを持っていたことが明かされるという、一種の構成上の工夫が施されている。こうしたある種の叙述トリックともいうべき趣向は、単独で著書を上梓するようになってからの、小島のほとんどの作品で見ることができる（現在のところ「機械カラクリ」を盛り込まない唯一の作品である『四月の橋』〔二〇一〇〕は除く）。本書『龍の寺の晒し首』もまた､例外ではない。寺社縁起に絡む奇想が描かれるという点では、一種の原点回帰ともいえる作品なのである。だが、話が先に進みすぎた。もう少し、これまでの活動を追うことにしよう。

『天に還る舟』は無事、刊行されたものの、それを契機に続々と依頼が舞い込むことはなかった。そこで「依頼がなければ、こちらから賞に投じよう」と思った小島だったが、「応募しては落ちの繰返し」だったという。そうする内に「気がつけば、いつの間にかただ闇雲に書くだけになっていた。それは苦行であり、決して楽しい作業ではない。いっそ楽しんで書くことだけを考えよう」と決めた上で、自分がどんなミステリが好きだったのかを考えた時に浮上してきたのが、本格ミステリだったという（前掲「注目の気鋭２０１０」）。

こうして書かれた『十三回忌』（二〇〇八）は、「いま、若武者は解き放たれた！」という島田荘司の言葉をオビの惹句に添えて刊行された。同書は、小島にとって「ありとあらゆる本格のコードを入れて」みた作品だったという。そのコードのひとつひとつをここで指摘することはしないが、「ありとあらゆる」という物言いからも明らかなように、ひとつの長編に複数のトリックを盛り込むという姿勢は、単独で執筆するようになってからも維持されたのである。そしてそれは小島のひとつの持ち味として、『武家屋敷の殺人』（二〇〇九）になって開花し、『扼殺のロンド』（二〇一〇）へと受け継がれることになる。『武家屋敷の殺人』のオビの惹句には「詰め込みすぎ！　掟破りの密室死体消失連続トリック！」と書かれ、『扼殺のロンド』のオビには「新世代トリックメーカーが挑む不可能状況の連打！」と書かれた。この両惹句が小島ワールドの性格をよく示している。本書『龍の寺の晒し首』は、「『武家屋敷の殺人』以上のやりすぎミステリーをめざし、ぎりぎりまで追い込む所存です」（「作家の計画・作家の想い」『本格ミステリー・ワールド２０１１』南雲堂、二〇一〇・一二）と作者自身が述べているとおり、こうした小島ワールドの継承と展開を目指した作品として受け止めることができよう。

2

何度も投稿し落選した経験をへて、自分が本当に書きたいもの、好きだったミステリは何かと考え直してみたとき、頭に浮かんだのが本格ミステリだったということは、先に紹介した通りである。では、小島正樹が考える本格ミステリとはどういうものなのか。

インタビュー「注目の気鋭２０１０」では、「とある一族が暮らす広大な土地で奇怪な連続殺人事件が起き、ふらりと探偵が現れて、意外な犯人を指摘する、というような」ものだったと答えているが、小島がイメージする本格ミステリは、かつて彼が好んで読んだ本格ミステリの世界観と重なっている。右のインタビューで、「ミステリではどういった作品がお好きですか」という質問に対して、小島は次のように答えている。

やっぱり最初に読んだミステリの横溝正史さんが好きです。それと、乱歩さんと高木さんかな。ですが、一時期、そうした方々の作品をほぼ読んでしまい、昭和の香りのするミステリはもうないのかなと独り決めしてしまったのです。／それでしばらくミステリを読むのをやめていたら、

「週刊文春」で綾辻行人さんの『霧越邸殺人事件』が一位になった。どうやら僕の好きそうなあの本格じゃないかと思って、すぐに読みましたね。綾辻さんの作品をすべて読み、その後に島田先生の存在を知り、『占星術殺人事件』を手に取りました。これがもう、べらぼうに面白くて……。書店に日参するようにして、棚に並んでいる島田先生の作品を、端から一気に読みました。

綾辻行人の『霧越邸殺人事件』が『週刊文春』の「傑作ミステリーベスト10」で一位になったのは一九九〇年のことだった。綾辻が島田荘司の推輓《すいばん》を受け『十角館の殺人』でデビューしたのが三年前の一九八七年であり、時代はまさに第一期・新本格ムーヴメントのさなかである。同じ九〇年には、島田荘司が『暗闇坂の人喰いの木』で五位にランクインしており、これが御手洗潔シリーズの重厚長大長編の先がけとなった。そういう時代に島田、綾辻の作品を読んだ小島正樹は、まさに新本格第一世代の申し子といえるかもしれない。

右の引用で注目されるのは「昭和の香りのするミステリはもうないのかな」という発言である。

小島正樹の作品は、今のところ二系統に分けることができる。ひとつは名探偵・海老原浩一が登場する作品群。もうひとつは、居候弁護士・川路弘太郎を狂言回しとし、謎解きを担当するフリーター那珂邦彦ほか、リバーカヤック同好会の面々が協力する作品群である。後者は作者によって「平成のメイフライ・シリーズ」と名づけられている（『本格ミステリー・ワールド・スペシャル』刊行・座談会」前掲『本格ミステリー・ワールド２０１１』）とおり、元号的には現代を舞台としているのに対し、前者はすべて昭和が舞台となっている。

現在までに発表されている海老原シリーズを設定年代順にまとめれば以下のようになる（設定年代

後の地名は事件が起きた場所)。

『天に還る舟』　昭和58(一九八三)年12月　埼玉
『龍の寺の晒し首』昭和59(一九八四)年11月　群馬
『十三回忌』　昭和60(一九八五)年7月　静岡　＊上は海老原が事件に関わる時点の年代
『扼殺のロンド』　昭和60(一九八五)年9月　静岡

「昭和の香りのするミステリ」を好み、昭和を舞台とした作品を書き継いでいる小島だが、「昭和」という言葉から受ける印象や、自身が好むという昭和のミステリ作家から受ける印象とは異なり、昭和もそろそろ幕を下ろそうかという時期を設定年代としていることが見てとれよう。

こうした年代設定になったのは、直接的には、島田荘司の御手洗潔シリーズ以降に設定しようとした結果であるかもしれない(御手洗潔が『占星術殺人事件』で初登場したのは一九八一年)。御手洗潔が登場して以降なら、海老原浩一のような天才型探偵がいてもおかしくないだろうという、一種のリアリズムの考え方によるものだ。ただ、ここではもう少し、小島にとっての「昭和の香りのするミステリ」とは何か、ということに、こだわってみたい。

昭和といっても、六十年以上続いたわけで、間には太平洋戦争(第二次世界大戦)を挟んでいる。江戸川乱歩、横溝正史は大正末にデビューし、乱歩の本格ミステリ作家としての全盛期は大正末から昭和初期、横溝の本格ミステリ作家としてのキャリアは戦後の『本陣殺人事件』(四七)から始まるといっていいだろう。高木彬光のデビューはその戦後であり、神津恭介ものに代表される本格ミステリの全盛期は昭和二十年代から三十年代前半。同じ昭和のミステリ作家といっても、本格ミステリという文脈に限っていえば、それだけのズレがある。その上、たとえば横溝正史の場合、昭和二十年から三十年頃の受容のされ方と、昭和五十年以降の受容のされ方とには、やはりズレが生じていると考えるべきだろう。昭和五十年以降の受容には、角川映画と連動したブームが切っても切れない関係にある。怪奇幻想ロマンという切り口で一般的に受け入れられた横溝ミステリは、当時の若い読者にとっては、戦前の『新青年』などに発表された作品と径庭《けいてい》がなかったのではなかろうか。

　小島の生年は公開されていないのだが、横溝ブーム以降に横溝の作品に接したことは確実だろう。横溝の『八つ墓村』（五一）は、市川崑監督による映画化（九六）の際、「ホラー・ジャパネスクの頂点」という惹句を伴って刊行されたことがある。近年の江戸川乱歩作品が、角川ホラー文庫から刊行されていることとも考え合わせると、乱歩や横溝に代表されるミステリは、本格としてよりも、あえて戦前の用語を使うならば「変格」として受容されていることは疑いを入れない。小島のいう「昭和の香りのするミステリ」が、そうした時代の受容を通してのものであることは、「昭和には〈奇怪〉とか〈怪奇〉という文字が似合うような気がするんです」（前掲「『本格ミステリー・ワールド・スペシャル』刊行・座談会」）という小島の発言からも明らかだろう。

　要するに小島が目指している「昭和の香りのするミステリ」（傍点引用者）とは、横溝ブーム以降に醸成された「昭和」ミステリなのである。「とある一族が暮らす広大な土地で奇怪な連続殺人事件が起き、ふらりと探偵が現れて、意外な犯人を指摘する、というような」、映画『犬神家の一族』（七六）以降にメディアを通して描かれた金田一耕助シリーズを連想させるものが、小島にとっての本格ミステリであるのは、そのためだ。

こうした小島の「昭和」ミステリ観は、綾辻行人の右のような言葉とも通底している。

僕にとって〝本格ミステリ〟というのは、随分と曖昧で語弊のある云い方だとは思いますが、〝雰囲気〟なのです。何と云うか、ミステリというジャンルが、その歴史の中で育んできた様々な〝本格ミステリ的エッセンス〟とでもいったものがあって、それらがうまく作中で結晶してさえいれば、結晶化の仕方がどれほど既成の〝本格〟と異なっていても、また局部肥大的であったとしても、その作品は僕にとっての〝本格〟である、と思う。(「あとがき」『水車館の殺人』講談社、一九八八・二)

綾辻のいう「本格ミステリ」を「昭和のミステリ」と置き換えてみれば、これはそのまま小島のイメージする昭和ミステリ観ということになるだろう。

ところで、「昭和の香りのするミステリ」をめざす小島の作品で空白点ともいうべきは、戦争という出来事だ。たとえば、二階堂黎人の二階堂蘭子シリーズは昭和を舞台としているが、その理由として、「作品のカラーに合う時代」であると同時に「第二次大戦の影響を絡めたかった」からだとインタビューで答えている(山口雅也監修、千街晶之・福井健太編『ニューウェイヴ・ミステリ読本』原書房、一九九七・三)。『天に還る舟』では、連続殺人の遠因が戦時にまで遡っていたが、おそらくそれは合作者である島田荘司が導入したモチーフであろう。『十三回忌』以降の作品では、不思議と戦争の影は感じられない。それに代わってクローズアップされるのは、いじめであったり家庭内暴力(児童虐待)であったりするのが、小島ミステリの特徴だ。先のインタビューで二階堂は「人間関係だけの謎っていうのが横軸だと思うんですよ。横軸だけの謎じゃなく、そこに時間軸の謎を絡めたいんで、戦争っていう大きな断裂があると、それだけで自然に謎が生まれてくるんですよね」と述べているが、その伝でいえば、歴史の縦軸と関わる人間性の問題や正義の問題ではなく、横軸と関わる、すなわち現代（同時代）における人間性の問題や正義の問題を描くあたりに、現代の書き手である小島の作家性が顕れているといえようか。

『十三回忌』に顕著なように、小島のミステリに時間軸の要素が絡んでこないわけではない。だがその時間軸のスパンは、遠く戦争まで及ばず、一族の中の時間軸にとどまっている（この点をもってしても、小島の横溝体験が横溝ブーム以降のものであることを証しているように思われる）。

小島は自分が目指すミステリについて次のように述べている。

飛びっきり奇妙な謎がきっちり解明されるものが好きです。島田先生の作品のような、冒頭の奇妙な謎が最終的に日常のレベルまで解明されるというものに、強く憧れます。（略）まずは謎ありきですね。最後まで引きこまれるような魅力的な謎がなければならない。／解明は、夢オチやSFあるいはオカルトなどに頼らないようにする。あくまでも生身の人間が実行した——ささやかな偶然には助けられたかもしれないけれど——現象や犯行が望ましい。それを、同じ生身の人間の名探偵が解くわけで、僕はそういうものを書き続けたい。（前掲「『本格ミステリー・ワールド・スペシャル』刊行・座談会」）

物理トリックにこだわる作風のように見えて、「生身の人間」にこだわっているところが印象的だ。

ここに見られるのは一種の人間中心主義であると同時に、同じ人間同士なら共感できるという想いであるように思われる。名探偵は機械仕掛けの神ではなく、犯人に共感できる同じ人間であるという想いとでもいおうか。海老原浩一は、謎解きにあたって聖書からの言葉を呟くことが多いが、時として見せる悲しみの表情は、彼が人間として犯人に、あるいは犯人を追い込んだ運命に対して、同情を寄せているように読めなくもない。

そして犯人もまた、自らの肉体（生身）をかけて犯行を行なうわけで、それを最も象徴的に示しているのが『十三回忌』における、金色のモニュメントに突き刺した殺人トリックだろう。被害者をオブジェとしてしか見ないようなトリック（それはあるタイプの本格の宿命でもある）の背景に、こうした肉体主義的な発想がすべり込むあたりは、小島がリバーカヤックや散歩を趣味としているからだ、といってしまっては、あまりにも作家論的な見方になってしまうだろうか。

インタビュー「注目の気鋭２０１０」において、「一族とか家族とかの集合体にこだわるのも、かつて夢中になって読んだ本格ミステリからの影響でしょうか」と問われて、小島は「意識していなかったのですが、間違いなく横溝さんの影響です」と答えている。「実はこういうふうに血がつながっているといった作品を、わくわくして読んで」いたそうだが、こうした血縁関係に潜む謎、あるいは血縁関係が絡む謎というプロットが、海老原シリーズによく見られるものであることは、シリーズの読者にはいうまでもあるまい（ついでながら、海老原シリーズがいずれも地方都市を舞台としているのは、横溝正史のいわゆる岡山ものに対するリスペクトだと考えることができる）。血のつながりにこだわる志向性と「生身」の肉体にこだわる志向性は、やはりどこか通底しているように思われてならない。

「横溝さんの世界観と、島田先生のとてつもない物理トリック、そのふたつが柱になって、そこへ綾辻行人さんの意外性の美しさを入れたい」（前掲「注目の気鋭２０１０」）という小島正樹の望みは、以上のような様々な位相をはらんだものとして捉えてみた方がよいだろう。

3

本書『龍の寺の晒し首』には、密室状況からの斬首の消失といったトリックはもちろん、寺院の欄干に設置された飾り物の龍が鳴き、血へどを吐いたり、屋根に設置された飾り物の龍が空を飛翔したり、首のない死体がボートを漕いだり、といった奇想や怪現象が、例のごとく、これまでかといわんばかりに盛り込まれている。『天に還る舟』以来の、伝説を模倣する事件というモチーフや、『武家屋敷の殺人』以来の、奇怪な体験を綴った手記を合理的に解釈してみせるという趣向も扱われる他、『十三回忌』や『扼殺のロンド』で見せたプロローグ処理に似た趣向もうかがえる。さらには縦の時間軸に絡めた謎も設定され、それが奇想と密接に絡められている点も見逃せない。二転三転する真相なども含め、これまでの小島ワールドの集大成のような印象を与える力作に仕上がっている。

いや、小島ワールドの集大成といっては語弊があるかもしれない。小島正樹は新作を書くたびに集大成を目指そうとする傾向があるからだ。「やりすぎミステリー」（前掲「作家の計画・作家の想い」）といわれる所以である。その姿勢は、本格ミステリを書く愉しみと喜びに満ちている。もちろん、書き手本人にとっては苦しみかもしれないが、自分を限界まで追いつめていこうとするストイックさが、ある種の感動を呼び起こさせるのである。それはオールを駆使しながらひたすら川を下るカヤック競技の営みにも似ている。

ただし、小島の「平成のメイフライ・シリーズ」では、リバーカヤックが孤独な営みとしてではなく、仲間たちと共に川を下るスポーツとして描かれていることを想起すべきだろう。カヤックのツーリングでは、「最上級者が先頭を行き、それに次ぐ技量の持ち主たちが、二番手やしんがりを務める」のだという（引用は小島の『四月の橋』から）。カヤックを始めたばかりの川路弘太郎は、先頭と後尾を上級者に挟まれて、時には沈《ちん》（転倒して水中に沈むこと）しながらも、怖れずに漕ぎ進む。小島のミステリを読んでいると、島田荘司や綾辻行人といった上級者に挟まれて、乱歩や横溝から連綿と続く本格ミステリという流れを漕ぎ進むイメージが湧いてくる。小島正樹はたった一人で本格の流れに漕ぎ出しているのではない。『龍の寺の晒し首』は、そうした本格の伝統に棹《さお》さす漕ぎ手による新たなる力作なのである。

龍の寺の晒し首

2011年3月24日　第一刷発行

著　者　小島正樹
発行者　南雲一範
装幀者　岡 孝治
発行所　株式会社南雲堂
東京都新宿区山吹町361　郵便番号162-0801
電話番号　(03)3268-2384
ファクシミリ　(03)3260-5425
URL　http://www.nanun-do.co.jp
E-mail　nanundo@post.email.ne.jp
印刷所　図書印刷株式会社
製本所　図書印刷株式会社

ISBN 978-4-523-26501-6　C0093